*Noiva até sexta*

# CATHERINE BYBEE

## Noiva até sexta

### Noivas da Semana
#### LIVRO 3

**Tradução**
Sandra Martha Dolinsky

1ª edição

Rio de Janeiro-RJ / Campinas-SP, 2017

VERUS
EDITORA

**Editora**
Raïssa Castro

**Coordenadora editorial**
Ana Paula Gomes

**Copidesque**
Maria Lúcia A. Maier

**Revisão**
Raquel de Sena Rodrigues Tersi

**Capa e projeto gráfico**
André S. Tavares da Silva

**Diagramação**
Daiane Cristina Avelino Silva

**Foto da capa**
SvetlanaFedoseyeva / Shutterstock (noiva)

**Título original**
*Fiancé by Friday*

ISBN: 978-85-7686-605-3

**Verus Editora Ltda.**
Rua Benedicto Aristides Ribeiro, 41, Jd. Santa Genebra II, Campinas/SP, 13084-753
Fone/Fax: (19) 3249-0001 | www.veruseditora.com.br

CIP-BRASIL. CATALOGAÇÃO NA FONTE
SINDICATO NACIONAL DOS EDITORES DE LIVROS, RJ

B997n

Bybee, Catherine, 1968-
Noiva até sexta / Catherine Bybee ; tradução Sandra Martha
Dolinsky. - 1. ed. - Campinas, SP : Verus, 2017.
23 cm.          (Noivas da Semana ; 3)

Tradução de: Fiancé by Friday
ISBN: 978-85-7686-605-3

1. Romance americano. I. Dolinsky, Sandra Martha. II. Título.
III. Série.

17-42972                    CDD: 813
                            CDU: 821.111(73)-3

Revisado conforme o novo acordo ortográfico

*Para Crystal*
*Sou incrivelmente abençoada por ter você como amiga*

O FLASH DAS CÂMERAS A fez ficar mais ereta, se voltar para os impertinentes paparazzi e sorrir. Lady Gwen Harrison sabia que os fotógrafos não tinham certeza de quem ela era. Ali, nos Estados Unidos, a mídia não a seguia insistentemente. Os fotógrafos estavam diante de uma mulher elegante que parecia uma estrela de cinema, mas na verdade não passava da filha de um duque falecido. Mas isso não os impediria de descobrir seu nome. Seu irmão, Blake Harrison, o atual duque de Albany, era bastante popular na América. E, por causa dele e de seu grupo de amigos, a foto de Gwen havia saído em muitos jornais.

Gwen olhou novamente para além dos fotógrafos, sorriu e virou para ir embora. Tinha muito trabalho a fazer.

O Baile de Caridade Wilson era o típico evento que Gwen estava acostumada a frequentar. Tendo crescido em uma mansão nos arredores de Londres, com uma mãe muito exigente e um pai que raramente notava sua presença — a menos que ela estivesse diante dele —, Gwen era o exemplo de socialite. Não representava ameaça a ninguém ali. A maioria dos convidados eram atores, ativistas ou políticos, acompanhados de seus respectivos cônjuges e companheiros. Mas Gwen não estava ali para se autopromover. Seu único propósito ao participar do baile era encontrar clientes potenciais para a Alliance.

Um garçom se aproximou quando ela entrou no salão e lhe ofereceu uma taça de champanhe. Ela aceitou com um sorriso e prosseguiu.

Reconheceu alguns rostos, a maioria pessoas que Eliza, sua amiga e ex--diretora da Alliance, já havia lhe apresentado.

— Lady Harrison — uma voz chamou sua atenção para um pequeno grupo de pessoas, a poucos metros de distância.

Marilyn Cohen, uma mulher deslumbrante, do tipo mignon, e provavelmente a mais famosa do salão, acenou para ela e a cumprimentou com dois beijos no rosto.

— Que bom te ver de novo — disse Gwen. — Há quanto tempo!

— Desde o baile do governador, eu acho — recordou Marilyn. — Como estão o Carter e a Eliza?

— Se adaptando a seus novos papéis.

Carter havia sido eleito governador da Califórnia, e os dois se mudaram para Sacramento, a capital do estado, quando ele assumiu. Carter era o melhor amigo de Blake, e Eliza era a irmã que Gwen nunca teve.

Ela olhou ao redor de Marilyn, esperando ver o marido dela.

— Está sozinha esta noite?

— O Tom está em uma locação na Groenlândia. Não entendo por que os estúdios não recriam aquele lugar horrível em um set de filmagem. E você, está sozinha?

Gwen abriu um sorriso.

— É difícil ficar sozinha em um salão tão cheio.

E estava cheio mesmo. As mulheres ostentavam vestidos longos de gala, e os homens, smokings, certamente não alugados.

Marilyn enlaçou o braço no de Gwen e a puxou.

— Muito bem, vamos ver que estragos podemos causar. — Acenou para um grupo de atores, e as duas caminharam na direção deles. — Está a trabalho hoje? — sussurrou.

Ela conhecia o suficiente sobre a Alliance para justificar a pergunta.

— Estou sempre à procura de clientes.

Marilyn abriu seu sorriso de um milhão de dólares.

— Vamos ver quem conseguimos fisgar, então.

A Alliance havia sido fundada por Samantha — ou Sam, como a maioria de seus amigos a chamava —, que acabara se casando com o irmão de Gwen. Samantha tivera a brilhante ideia de criar uma agência para aproximar pessoas. Não era um serviço de relacionamento, era um serviço de *planejamento de vida*. Seus clientes consistiam em homens e mulheres que precisavam se casar com a pessoa perfeita por razões outras que não o amor. Políticos que precisavam se ajustar ao "perfil de família" para serem eleitos. Duques que precisavam se casar para atender ao impiedoso testamento do pai e ter direito a herdar milhões. Atores ou atrizes que estivessem em busca de um escândalo para manter seu nome nos jornais.

Gwen recrutava clientes em eventos como esse. E às vezes já encontrava o par ideal para os homens em seu banco de dados.

Nem todo mundo se casa por amor e para sempre. Os clientes da Alliance tinham suas razões para se casarem, e os casais que a agência formava pagavam generosamente por esse arranjo.

Marilyn apresentou Gwen a todas as pessoas importantes ali presentes. De quando em quando, acenava com a cabeça em direção a um cliente em potencial, e Gwen fazia algumas perguntas discretas. A Alliance era uma empresa exclusiva, que não se valia de propaganda em cartões de visitas.

À medida que a noite avançava, Gwen imaginou que não sairia dali com nenhum novo cliente.

Por sobre o ombro, alguém disse seu nome.

Ela se voltou para a voz profunda e deu um sorriso educado. O dono da voz era vários centímetros mais alto que ela, e os ombros largos e a atitude relaxada demonstravam que ele se sentia muito à vontade abordando estranhos.

— Desculpe, eu conheço você?

Ele riu como se ela tivesse contado uma piada.

— Ainda não — disse, estendendo a mão. — Michael Wolfe.

Gwen o cumprimentou, e ele rapidamente deixou o braço cair ao lado do corpo.

— Eu disse algo engraçado, sr. Wolfe?

Ele se encostou em uma mesinha e sorriu para um casal que passava.

— Você realmente não sabe quem eu sou?

Ela balançou a cabeça.

— Desculpe.

— Eu sou ator.

— Que ótimo. Mas ainda não faço ideia.

Ele riu abertamente, maravilhado.

— Ah, que divertido. Eu me ofereceria para lhe pagar uma bebida, mas aqui é de graça.

Na boca de qualquer outra pessoa, essas palavras soariam como uma cantada, mas na dele não era bem assim.

Seus olhos escaparam para além dela novamente, dessa vez em direção a um grupo distante de homens.

*Hummmm?*

— Então, lady Harrison, como vai o *casamento* do seu irmão?

Gwen manteve uma expressão neutra.

— Você conhece o meu irmão?

Michael Wolfe balançou a cabeça.

— Não tive o prazer. Mas temos alguns conhecidos em comum.

O que significava que Michael Wolfe não estava perguntando sobre Blake e Sam, e sim sobre o casamento deles. Então o sr. Wolfe estava perguntando sobre a Alliance.

— Que tal mais uma taça de champanhe, sr. Wolfe?

~⦿~

— Acho que encontrei o marido perfeito para você — disse Gwen, tirando seus Louboutins e jogando-os no chão.

*E você que achou que sapatos de quase mil dólares não machucariam seus pés...* Infelizmente, não era o caso.

— Você acha que encontrou o quê? — disse Karen, baixando o volume da televisão e girando o corpo no sofá.

— Um marido para você.

As palavras de Gwen despertaram toda a atenção de Karen. A TV ficou escura, e Karen deu um tapinha a seu lado, no sofá.

— Sente aqui e me conte tudo.

Gwen deixou a bolsa na mesa do hall, trancou a porta e ligou o alarme da casa.

— Preciso tirar este vestido primeiro. O bordado ficou me arranhando a noite inteira.

Ela se virou de costas, suplicando silenciosamente que a amiga a ajudasse com o zíper. Karen atendeu ao pedido e seguiu Gwen escada acima.

— Você não pode soltar a palavra "marido" e sair da sala, Gwen. Isso é maldade.

Segurando a frente do vestido com uma mão e levantando a bainha com a outra, Gwen subiu, decidida.

— O baile em que eu estive hoje estava lotado. Muitos casais e um monte de atores.

Entrou no closet e deixou o vestido escorregar pelos ombros. Depois de pendurá-lo, pegou uma camisola na cômoda e voltou para o quarto.

— Sabe, a Samantha disse que eu me cansaria desses jantares, mas estou gostando. Conheci tanta gente interessante desde que me mudei para cá.

Gwen se mudara para os Estados Unidos havia quase um ano. Aos trinta e um anos, ela vivera completamente protegida do mundo na propriedade de sua família, uma mansão nos arredores de Londres. Tinha viajado o mundo, mas sempre acompanhada de um guarda-costas ou de sua mãe.

Agora que seu irmão era o duque da família, a propriedade pertencia a ele. Não que Gwen não pudesse morar lá, mas o casamento de Blake e Samantha dera a ela a oportunidade de cuidar da própria vida. Especialmente quando Samantha lhe falara de seus negócios.

Agora, com os deveres de esposa, mãe e duquesa em tempo integral, Samantha não tinha tempo de administrar a empresa que fundara. Gwen passara a ajudar a dirigir a Alliance, embora não tivesse habilidade para os negócios. No entanto, com a experiência que um título de nobreza lhe dava, ela sabia como se relacionar com os ricos e famosos — exatamente o tipo de cliente que a agência buscava. Onde Gwen deixava a desejar, Karen se destacava. As habilidades administrativas de Karen e sua capacidade de manter os registros em ordem eram melhores que as de qualquer secretária executiva. Juntas, elas gerenciavam muito bem a empresa.

— Voltando ao marido perfeito...

— Ele é muito bonito, alto, simplesmente adorável — disse Gwen, sentando-se na beirada da cama e abrindo a cinta-liga.

— Sabia que ninguém mais usa isso? — disse Karen, apontando para a lingerie da amiga.

— Se fosse verdade, seria impossível encontrar um lugar para comprar cinta-liga e meias sete oitavos.

— É, mas é preciso ir nessas lojas de lingerie sexy para achar — provocou Karen.

— Os homens adoram roupas íntimas elaboradas.

— E daí? Parece que eu sou a única que te vê assim.

Gwen riu e prosseguiu com as novidades.

— O nome dele é Wolfe... Michael Wolfe. Talvez você já tenha ouvido falar.

— O ator?

— É, você conhece?

Karen sacudiu a cabeça.

— É impossível o Michael Wolfe estar procurando uma esposa por meio de uma agência. Ele é a sensação das telonas agora.

— Foi o que ele disse.

— Ele disse? Quer dizer que você não sabia?

Gwen deu de ombros, tirou o sutiã e colocou a camisola.

— Você já me viu ir ao cinema? Eu prefiro curtir um bom livro.

— Mas é o Michael Wolfe! Ele é uma celebridade, Gwen.

Karen a seguiu até o banheiro, onde Gwen abriu a água quente da pia para tirar a maquiagem.

— Eu nunca tinha ouvido falar. Talvez se ele tivesse atuado em um filme do James Bond, eu conhecesse.

Karen se encostou no batente da porta e observou Gwen através do espelho.

— Você está falando sério? Michael Wolfe?

— É um homem encantador. Muito engraçado.

— Além de lindo, solteiro e rico. Deve chover mulher em cima dele.

*O problema é esse*, pensou Gwen.

Ela deu descarga no vaso sanitário, só para fazer barulho, então se inclinou para Karen e sussurrou:

— Eu acho que ele gosta de homens.

Karen arregalou os olhos.

— Sério?

Gwen fez um gesto para ela falar baixo. A casa de Tarzana estava equipada com um sofisticado sistema de segurança, que incluía monitoramento de áudio e vídeo vinte e quatro horas por dia. Eliza tinha morado ali antes de se casar com Carter, que, por várias razões, insistira nas medidas de segurança. Quando Carter ganhou a eleição e os dois se mudaram para Sacramento, os aparelhos permaneceram onde estavam, por insistência de Blake.

E de Neil.

— Você acha que ele é gay?

Gwen pediu silêncio novamente e apontou para o hall. Não havia câmera nos quartos nem nos banheiros, mas ela sabia que o hall era monitorado.

— Nossos clientes merecem privacidade.

Karen revirou os olhos.

— Meu Deus, Gwen, nós desfilamos por aqui quase peladas e você está preocupada com a privacidade dos nossos clientes? Você conhece o Neil. Ele não deixaria qualquer um ouvir o que acontece aqui dentro.

Só com a menção do nome de Neil, Gwen sentiu uma onda de calor. O homem era uma força da natureza, parecia um guerreiro highlander do século dezesseis. Os traços duros e o físico amplo podiam ameaçar os outros, mas, para Gwen, só o que faziam era atraí-la.

Pena que Neil nunca lhe dera uma abertura.

— Privacidade é fundamental para os nossos clientes. É melhor manter em segredo alguns detalhes, não é?

Karen revirou os olhos, e as duas desceram as escadas.

— Então, se o Michael é... você sabe... por que quis falar com você? Como você se aproximou dele, afinal?

Gwen sentou no sofá e se preparou para uma longa conversa.

— Ele me procurou. Parece que o nome da Alliance conseguiu entrar em alguns círculos de celebridades.

— É bom saber. Existem muitos bolsos forrados em Hollywood.

— Atores são os clientes perfeitos. Especialmente quando querem algo temporário.

A Alliance ajudava a elite e os ricos a encontrar parceiros de vida. Muitos queriam uma noiva ou um noivo temporário, e estavam dispostos a pagar muito bem por isso. Mulheres lindas, como Karen, geralmente não tinham dificuldade para arranjar homens, mas algumas não estavam procurando exatamente amor.

Por razões que Gwen ainda não descobrira, Karen queria um parceiro temporário para ter estabilidade financeira nos próximos anos. Quando duas pessoas se uniam sabendo que a relação terminaria em uma data previamente estipulada, todos ficavam satisfeitos.

— O Michael não tem nenhuma dificuldade para convencer o mundo de que está apaixonado pelas atrizes com quem trabalha — disse Karen. — O que te faz pensar que ele é...

— Ele não disse nada abertamente. Não ainda, pelo menos. Só se apresentou e ficou completamente surpreso porque eu não sabia quem ele era.

— Ele é megafamoso, Gwen.

— Pode ser. Enfim, ele me perguntou como estava indo o casamento do meu irmão. Achei estranho e perguntei se ele conhecia o Blake, e no mesmo instante ele respondeu que não. Então disse que ele e o Blake tinham conhecidos em comum.

— Um jeito sutil de dizer que ele conhece o trabalho da Alliance.

— Foi o que eu pensei, então perguntei se ele gostaria de conhecer algumas das minhas amigas. Ele deu uma piscadinha, disse que adoraria e me entregou um cartão.

Karen estendeu as mãos.

— Então, o que te faz pensar...

— Ah, o jeito dele. Às vezes a gente simplesmente sabe essas coisas.

Michael havia flertado com as mulheres do salão e avaliado os homens. Sim, ele tinha sido sutil, mas, se havia uma habilidade que Gwen aperfeiçoara nos últimos meses, era a de ler as intenções masculinas.

Quando um homem está procurando alguém, ele emana uma certa energia. Eliza havia ensinado a Gwen durante meses como abordar esses homens, para ajudá-los a conhecer a Alliance. Em alguns eventos sociais ela não havia conseguido fazer contatos, mas, em outros, Gwen conseguira recrutar homens e mulheres para seu cadastro.

— Michael Wolfe? — disse Karen, tamborilando o dedo no queixo.

— Se ele está procurando uma esposa temporária, acho que você seria a combinação perfeita.

— Por quê?

— Primeiro, os dois são lindos. As câmeras devorariam vocês. Segundo, o fato de o Michael ser uma pessoa pública seria difícil para muitas mulheres, mas você, minha querida, é dura na queda.

— O que você quer dizer com isso?

— Que você tem a visão global da coisa e nunca perderia isso sob pressão. — Gwen mostrou três dedos no ar. — E terceiro: você não tem nenhuma ilusão de que um casamento temporário vire um relacionamento amoroso.

— Todos os nossos clientes dizem isso.

— Mas alguns têm essa esperança. E, se o Michael for... você sabe... isso não vai ser possível.

Karen deu de ombros e levantou do sofá.

— Acho que vou deitar mais cedo e ver se tem algum filme dele no pay-per-view.

Gwen lhe desejou boa-noite e foi para a cozinha. Colocou uma chaleira no fogo para fazer chá. Observou o espaço pequeno, e a sensação de aconchego a fez suspirar. Quando a Alliance encontrasse um noivo para Karen, ela iria embora e Gwen moraria sozinha.

∽�’⊱

Neil MacBain pausou o áudio, balançou a cabeça, voltou a maldita gravação e a ouviu novamente.

— *Sabia que ninguém mais usa isso?*

— *Se fosse verdade, seria impossível encontrar um lugar para comprar cinta-liga e meias sete oitavos.*

— *É, mas é preciso ir nessas lojas de lingerie sexy para achar.*

— *Os homens adoram roupas íntimas elaboradas.*

Neil bateu a mão no mouse e desligou o som antes de se torturar mais.

*Porra! Eu preciso transar!*

Ouvir Gwen, com seu sotaque polido, falando sobre cinta-liga e meias fez seu cérebro disparar diretamente para o seu pau. O desejo de clicar no monitor de vídeo fez seu olho direito se contrair, mas ele se conteve e saiu da sala de vigilância.

Blake, Samantha, o filho deles, Eddie, e até a irmã de Samantha, Jordan, estavam na Europa, com planos de ficar pelo menos um mês. A ausência deles significava menos pessoas para proteger e muito tempo para pensar.

Ele odiava pensar.

Fazer era um passatempo muito melhor.

Fazer significava ficar nas sombras de edifícios altos e vigiar o único membro da família Harrison que podia ali nos Estados Unidos.

Não que vigiar Gwen fosse uma tarefa árdua. Essa noite, ela estava com um vestido longo bordado de contas douradas que brilhavam com os flashes dos paparazzi no tapete vermelho. Ela não era o foco da lente dos fotógrafos, mas era o centro da de Neil. Com um olhar e um sorriso aos paparazzi, Gwen entrou no salão, o corpo esguio se movendo com a graça e a elegância que a maioria das pessoas ao seu redor tentava comprar, mas não conseguia.

Gwen desempenhava um papel central em muitas das fantasias de Neil. Fantasias que nunca se tornariam realidade.

Ele tirou a jaqueta de couro preta e jogou na lateral do sofá. Tirou também o coldre onde guardava a Beretta M9, que nunca deixava em casa, e a colocou em cima da jaqueta. A casa de hóspedes de dois dormitórios, na pro-

*15*

priedade de Blake e Samantha em Malibu, era seu refúgio havia cinco anos, e ele já se sentia suficientemente confortável, como se pertencesse ao lugar. Além da governanta e da cozinheira, não havia ninguém ali que Neil precisasse vigiar durante a noite.

Ele checou novamente o sistema da casa em Tarzana e confirmou que os alarmes internos, que dispararim se houvesse uma invasão, estavam ligados. Gwen e Karen ligavam quando saíam ou quando iam dormir.

Neil ligou a TV no noticiário local, mais pelo ruído de fundo. Serviu uma bebida num copo e deitou no sofá.

Essa era a vida que ele queria: discrição e pouco estresse. Ele podia ser guarda-costas de um duque e sua família até dormindo. Não, até dormindo e de ressaca, daquelas que fazem o quarto girar.

As pessoas de seu passado diriam que ele estava desperdiçando tempo. Mas o tempo era seu, e ele o desperdiçaria se quisesse.

Afastou as lembranças, inclinou a cabeça para trás e fechou os olhos. Sua consciência foi se apagando até adormecer, e seu corpo relaxou.

O som agudo de uma brecha na segurança o fez levantar de um pulo, completamente desperto em meio segundo.

Ele correu para a sala de segurança, ligou o interruptor geral e uma dúzia de monitores ganhou vida. Então os analisou rapidamente e encontrou a violação em Tarzana. O monitor brilhava, vermelho, e transmitia imagens de dentro e fora da casa. Ele apertou a discagem rápida com uma das mãos e pôs a imagem de Tarzana na tela grande.

O hall estava vazio, o detector de movimento não havia disparado as luzes externas e a porta da frente estava fechada. Mas a porta dos fundos não estava segura.

— Gwen? — Neil ouviu Karen chamar de dentro da casa.

O áudio transmitia cada palavra nitidamente. O alarme tocava lá dentro, provavelmente alto o bastante para acordar os vizinhos. Ele ouviu o telefone tocar, tanto em sua orelha quanto na casa. Foi girando a imagem, procurando por Gwen, e seu coração parou até que ela apareceu na tela.

Ela correu para o painel de controle, abriu e começou a digitar alguns números. Vendo-a sã e salva, Neil continuou a examinar as imagens.

— Atende a merda do telefone! — disse ele, apertando os dentes.

— Eu esqueci... — Gwen falou, acima do barulho do alarme.

— Desliga isso! — Karen pediu.

As duas mulheres estavam paradas na frente do painel de controle. Quando Gwen digitou os números, o alarme silenciou, e ela foi do painel ao telefone.

— Alô?

— O que aconteceu? — Neil perguntou, com a mão no mouse pairando sobre o controle principal, que acionava a polícia local.

— Oi, Neil.

Puta que pariu, agora não era hora de tratar de amenidades.

— Gwen? — disse Neil, tenso.

— Eu abri a porta dos fundos e esqueci de desligar o alarme primeiro.

Karen voltou para o quarto, aparentemente indiferente ao drama.

Gwen atravessou de uma sala a outra. A camisola que usava mal cobria a bunda.

— Por quê?

— Por que o quê?

— Por que a porta dos fundos está aberta?

A imagem do quintal estava escura, sem sinal de problemas.

— Está uma noite bonita. Pensei em deixar entrar um pouco de ar fresco. Está tudo bem, Neil. Desculpe se o acordei.

Ela estava encostada na porta que havia aberto, falando com ele.

— Eu não estava dormindo.

— Claro que não. Você nunca dorme, não é?

— Eu durmo.

*Só não em uma cama. E não por muito tempo.*

— E com que o Neil sonha quando dorme? — Por alguma razão conhecida apenas por ela, Gwen o provocava falando sobre ele na terceira pessoa.

Ele desligou os alarmes e se sentou na cadeira de couro no meio da sala.

— E então? — insistiu ela.

Qual era a pergunta? Ah, sim... Com que ele sonhava? Com loiras platinadas com sotaque britânico vestindo cinta-liga, meias e nada mais.

— Eu não sonho.

— Todo mundo sonha.

*Armas, explosões... corpos em chamas.*

— Eu não.

— Ouvi dizer que não sonhar não é saudável — disse ela, girando uma mecha de cabelo no dedo e olhando pela porta dos fundos. A porta que deveria estar fechada, trancada e protegida por alarme.

— Não tem nada de errado com a minha saúde. Quanto tempo você vai ficar com a porta aberta?

Gwen parou de brincar com o cabelo e olhou ao redor da sala.

— Você está me observando?

Neil engoliu em seco.

— Neil?

— Você precisa trancar a porta e religar o alarme.

Gwen foi até uma cadeira na cozinha e pôs o pé em cima dela. A camisola subiu pela coxa enquanto ela fingia que coçava a perna, o que Neil sabia que não era por acaso. Gwen sabia que ele a estava observando. Ela andava flertando com ele fazia muito tempo.

— Tranque a porta, Gwen.

— Eu gosto dessa brisa. É mais quente aqui do que em Malibu.

— Ligue o ar-condicionado.

*E abaixe essa perna.*

— Você está preocupado à toa, Neil. Não tem ninguém perigoso lá fora.

— Tranque a porta.

— Vou desligar, Neil. Tente dormir um pouco.

Ele sabia que ela não ia fechar a porta, muito menos trancá-la.

— Gwen!

— Bons sonhos.

— Droga, Gwen!

Ela desligou, ignorando o pedido de Neil. Havia somente uma pessoa que se recusava a seguir suas instruções, e essa pessoa era Gwen Harrison... Não, *lady* Gwen Harrison.

Lady Gwen terminou seu chá antes de trancar a porta de tela que até o gato da vizinhança poderia abrir. Então apagou a luz e saiu da cozinha.

Deixando a porta dos fundos aberta.

*Eu não queria dormir mesmo...*

GWEN AFASTOU UM MILÍMETRO A cortina e olhou para fora. Do outro lado da rua, Neil estava reclinado no banco da frente do sedã escuro. Sua cabeça balançava cada vez que ele lutava para não dormir.

Ela se sentira um pouco culpada quando espiara, uma hora antes, e vira que Neil tinha ido até lá em algum momento da noite para ficar de olho nela. Havia deixado a porta dos fundos aberta para provocá-lo, mas não pensou que ele iria até lá.

Estava errada.

O remorso que sentia estava encoberto por outra coisa: satisfação.

O homem gostava dela. Ah, ele se esforçava para não gostar, mas Gwen sabia que em algum lugar sob aquela couraça masculina havia um coração enorme.

Ele mantinha distância dela sempre que podia. Pelo menos fisicamente. Não cedera nem uma vez às insinuações nada sutis de Gwen a respeito de sua atração por ele. Às vezes ele era tão inflexível quanto uma parede de tijolos. No entanto, na noite anterior, fora necessária apenas uma porta aberta, e ali estava ele.

Hummm, ela teria que pensar mais sobre isso.

Na cozinha, a cafeteira apitou. Embora preferisse chá, Gwen fez café com a intenção de pedir desculpa por suas ações e compensar Neil pelo incômodo.

Não era o que ela realmente queria lhe dar, mas era algo que ele aceitaria.

Gwen serviu uma xícara, pensou em pôr creme e açúcar, mas sacudiu a cabeça.

*Ele deve tomar puro.* Qualquer outra coisa simplesmente não combinaria com sua personalidade. Forte, robusto...

*Ele deve tomar puro.*

Gwen apertou o cinto do roupão rosa macio e calçou os chinelos combinando. Com a xícara de café na mão, saiu no orvalho da manhã.

O tranquilo bairro de Tarzana ainda estava adormecido, com as ruas vazias.

Olhando para a janela escura do carro, Gwen avistou um notebook e um tablet, que transmitiam imagens de sua casa. A cabeça de Neil estava inclinada para o lado, e seu peito enorme subia e descia, em um ritmo regular.

*Ele dorme sim.*

A animação deu lugar à culpa novamente. Ela respirou fundo e apoiou o punho fechado na janela. Bateu de leve, na esperança de não assustar Neil.

Mas não funcionou.

A resposta de Neil, explosiva, com direito a uma arma surgida do nada e apontada diretamente para ela, resultou em um grito e na queda da xícara de café.

O coração de Gwen se alojou na garganta, e a perna doía por causa do café quente e dos cacos de porcelana.

O reconhecimento tomou o rosto de Neil. A arma desapareceu e ele saiu do carro.

— O que é que você está fazendo? Tentando ser morta?

Incapaz de pronunciar qualquer palavra, ela ficou ali, paralisada, completamente trêmula.

Neil foi até ela, esmagando com o pé o que restava da xícara de café. Olhou para baixo e praguejou. Em seguida fechou com um chute a porta do carro e a levantou no colo antes que ela conseguisse abrir a boca.

— Me põe no chão.

Ele saiu marchando até o outro lado da rua, ignorando o pedido de Gwen, e irrompeu através da porta da casa como um jogador da defesa depois de derrubar homens de cento e quarenta quilos.

— Me põe no chão, Neil.

Atravessando rapidamente a casa, ele a colocou sentada no balcão da cozinha e levantou sua perna dolorida até a pia. Abriu a água, quase arrancando a torneira. Com uma gentileza que ela não esperava, tirou seu chinelo encharcado e jogou água fria sobre sua perna.

— Que barulho é esse? — disse Karen, erguendo os ombros dentro do robe ao entrar. — Neil? — perguntou, obviamente surpresa ao vê-lo ali.

Gwen fez uma careta quando Neil esfregou a parte da perna em que os estilhaços haviam se alojado.

— E-eu derrubei uma xícara de café.

Aflita, Karen tentava ver o ferimento na perna da amiga.

— Ai! — gritou Gwen.

— Fique parada. — Apesar dos dedos largos, Neil conseguiu arrancar os caquinhos da perna de Gwen com bastante destreza.

— Isso dói! — ela reclamou.

Ele bufou e continuou examinando o ferimento.

Karen se afastou.

— Acho que você vai sobreviver — disse, enquanto pegava uma xícara e a enchia de café. — O que você está fazendo aqui, afinal, Neil?

Gwen encontrou os olhos castanhos do homem, que mudavam de cor conforme seu humor. Como de costume, Neil não deu nenhuma explicação, concentrando-se na perna dela novamente. O corte era superficial, mas o café quente deixara uma mancha vermelha por onde passara.

— É sempre bom conversar com você, Neil — disse Karen, rindo. — Gwen?

— Eu... — Ela limpou a garganta. — Eu deixei a porta dos fundos aberta. O Neil veio checar.

Karen bebeu o café.

— Ah — disse e saiu segurando a xícara.

Depois de fechar a torneira, Neil pegou a panturrilha de Gwen com sua mão grande e a secou suavemente com uma toalha de papel.

— Você vai precisar passar algum remédio nisso — disse.

— Temos alguma coisa lá em cima — respondeu ela.

Ele deixou de tocar a ferida, mas manteve a mão no tornozelo de Gwen. Sem olhar para o seu rosto, disse:

— Nunca se aproxime na surdina.

Gwen poderia jurar que a voz dele tremeu, mas isso seria sinal de fraqueza, e Neil não era uma pessoa fraca.

— Não precisa falar duas vezes. Aprendi a lição. — Levaria um bom tempo para ela esquecer a expressão dura no rosto de Neil quando ele puxara a arma.

Ele hesitou quando soltou o tornozelo de Gwen e foi até a porta dos fundos. Em seguida a trancou ruidosamente.

Sem dizer mais uma palavra, saiu da cozinha e da casa pela porta da frente, enquanto Gwen o fitava.

～∞～

Neil esperou até virar a esquina da casa de Gwen e parou em uma rua lateral.

Apertava tanto o volante que os nós dos dedos ficaram brancos. O coração ainda estava disparado, desde que ela batera na porta do carro. O olhar de absoluto horror e medo no rosto de Gwen quando ele apontara a arma para ela ficaria em sua memória para sempre. Seu dedo estava no gatilho. Um único aperto e ele teria... Balançou a cabeça, afastando o pensamento.

Como é que ele tinha adormecido, porra? Estava ficando molenga, e, quando isso acontecia, pessoas se machucavam. Até morriam.

Se algo acontecesse com Gwen sob sua vigilância — e era sempre sua vigilância —, ele seria incapaz de conviver com isso.

Pressionou um botão e quase no mesmo instante estava com um de seus homens — aqueles para quem ligava quando precisava de reforços — ao telefone.

— Vou me ausentar durante algumas horas — disse a Dillon. — Preciso que você fique de olho em Tarzana e Malibu.

— Pode deixar, chefe.

Neil desligou o telefone e as imagens de vídeo. Precisava se recompor, e a única maneira de fazer isso era malhando pesado.

Correu na esteira por uma hora, em vez dos trinta minutos habituais. Dobrou as repetições com os pesos, acrescentou mais dez quilos e forçou os músculos além do limite. Depois de um banho, se jogou nu na cama — aquela onde ele raramente dormia — e fechou os olhos.

E sonhou. Ah, se sonhou...

～∞～

Vestida informalmente — pelo menos era o que ela achava —, Gwen estava sentada no terraço de um café em Santa Monica, bebendo seu chá gelado. Havia chegado cedo para garantir uma mesa onde não pudessem espioná-la em companhia de seu cliente.

Usava um chapéu, não dos seus prediletos, mas um de aba maior, que amassava seus cabelos e a fazia se sentir muito americana.

22

Gwen observou a entrada e viu Michael passando pela recepcionista e caminhando ao seu encontro. Um chapéu também cobria os cabelos escuros dele, e óculos de sol escondiam seus olhos e a maioria dos traços. Gwen levantou e ele a cumprimentou com um abraço e um beijo no rosto, como se fossem velhos amigos.

— Que bom te ver de novo — disse ela, evitando chamá-lo pelo nome, para o caso de alguém estar escutando.

— Obrigado por ter vindo.

Ele esperou que ela se sentasse antes de fazer o mesmo. Olhou ao redor. Não era hora do almoço ou do jantar, de modo que o restaurante não estava movimentado. O grupo mais próximo estava bem fora do alcance auditivo.

— Imaginei que você gostaria de um pouco de privacidade — disse Gwen, quase sussurrando. — Espero que este lugar atenda às suas necessidades.

Ele olhou ao redor de novo.

— Espero que seja a primeira e última vez que a gente precise se encontrar às escondidas.

O garçom veio atendê-los. Pediram a bebida de Michael e duas entradas e informaram que isso seria tudo.

Quando o refrigerante dele chegou e o garçom se afastou, Gwen começou a fazer perguntas:

— Me diz uma coisa, Michael. Devo te chamar de Michael?

— Vamos ficar com Mike por enquanto. Por alguma razão, meus fãs não pensam em mim como Mike.

Gwen sorriu e continuou:

— O que você sabe sobre a Alliance, Mike?

— Eu sei que vocês podem encontrar uma companheira que atendas às minhas necessidades. Minhas necessidades temporárias.

— Falando assim, parece que somos um serviço de acompanhantes.

Michael sorriu e balançou a cabeça.

— Essa não é uma das minhas necessidades.

Ah, sim. A confirmação de que ela necessitava acerca de sua orientação sexual. Mas, por via das dúvidas, ela o cutucou uma última vez.

— Ouvi dizer que você pode ter a mulher que quiser. Por que veio até nós?

Michael se inclinou para a frente e a olhou por cima dos óculos escuros.

— Sim, eu posso ter a *mulher* que quiser. Mas procurei vocês porque, embora eu não queira, eu preciso de uma.

— Entendo.

Ele subiu os óculos no nariz e se recostou na cadeira.

— Eu sou ator, srta. Harrison. Finjo ser algo que não sou todos os dias da minha vida. E a minha esposa vai ser obrigada a fazer o mesmo.

— É claro. Todos os meus clientes compreendem as regras.

— Mas a minha esposa vai ter que fazer isso em público. Vai precisar ser tão hábil quanto eu para convencer as pessoas de que somos felizes juntos, e a armação não pode ser revelada até depois do divórcio.

Gwen notou que o garçom se aproximava e passou a falar do tempo. Após a comida ser servida, continuou:

— Por quanto tempo vai precisar de uma esposa?

— Um ano, talvez um pouco mais. Minha agenda de filmagens está apertada nos próximos dezoito meses, e por causa disso vou precisar viajar bastante para fora do país.

— O que torna mais fácil que você e sua esposa tenham vidas separadas.

— Sim. Mas, quando estivermos juntos, precisamos parecer o casal perfeito. Eu vou beijá-la e abraçá-la em público, diante das câmeras, e ela vai posar como minha amada.

Durante todo o tempo em que conversaram, Gwen pensava em Karen, em como ela era apta para o papel. Karen poderia ter sido atriz, se quisesse. Seu ponto de vista liberal acerca da sexualidade e sua capacidade de se relacionar com crianças de rua tanto quanto com a elite política faziam dela a escolha perfeita para Michael.

— Por que você quer fazer isso?

— Tenho minhas razões — disse ele. — Milhões delas. Nem o meu assessor de imprensa sabe o que estou prestes a fazer. Só você e a sua cliente vão saber a verdade.

Gwen se inclinou para a frente e beliscou um pouco da entrada. Com calma, explicou o contrato que ele deveria assinar e o cronograma de pagamento que estabeleceriam.

— Tem alguns papéis que preciso que você preencha. Vou investigar a sua vida, Mike. E provavelmente vou descobrir coisas que você preferiria manter em segredo.

Gwen pensou em Samantha, em como era fácil para ela dizer aos potenciais clientes que a vida deles era um livro aberto, que ela leria do início ao fim.

— Você só vai encontrar o que eu quiser que você encontre — ele disse com um sorriso petulante.

Foi a vez de Gwen baixar os óculos de sol e forçá-lo a olhar para ela.

— Quando eu terminar, vou saber até o nome do seu primeiro amante. Alguns clientes nossos escondem segredos maiores que o seu. Se estiver disposto a se abrir, vou ficar feliz em te ajudar.

— Nem a mídia consegue descobrir essas informações. O que te faz pensar que com você vai ser diferente?

— A mídia quer uma história. Eu quero proteger os meus clientes e me certificar de que não vou colocar ninguém em uma situação abusiva. Meus objetivos são mais pessoais, Mike.

Ela subiu os óculos de volta e deixou que ele pensasse em suas palavras.

— Gostei de você, Gwen. Você é casada?

Ela inclinou a cabeça para trás e riu.

— Não. E não, obrigada.

Samantha havia conhecido o irmão de Gwen quando fora contratada para lhe arranjar uma esposa. Mas Blake não conhecera outra mulher, e os dois estavam quase chegando ao terceiro aniversário de casamento. No entanto, Gwen não era Samantha e tampouco se parecia com o irmão.

— Vá em frente, investigue — disse ele. — Vai ser interessante conversar com alguém que saiba todos os meus segredos.

— Sua esposa também vai saber.

— Suponho que sim. Em quanto tempo vou ter notícias suas? — ele perguntou.

— Já tenho uma mulher em mente.

— Confiável?

— Todas as nossas clientes são confiáveis. Essa, em particular, talvez seja a única que não é sua... Como se diz? Tiete? O fato de você ser famoso pode ser novidade para mim, mas não é para as mulheres que temos em nosso cadastro.

— Entendo.

— Se a mulher que eu tenho em mente concordar, para quando podemos marcar o encontro entre vocês? E com que rapidez você pretende se casar?

— Isso aqui é Hollywood. Tudo, tudo mesmo, é cuidadosamente coreografado. Estou pensando em um encontro "ao acaso", depois saímos por um tempo e, então, atração irresistível e amor eterno.

Enquanto Michael explicava o que queria, sua voz baixou uma oitava. E o encanto pelo qual Hollywood pagava caro fez um arrepio percorrer a coluna de Gwen.

*Pena que ele é gay.*

— Então um mês, no máximo? — ela perguntou com um sorriso.

— Sim, acho que está bom. Vou fazer coincidir com o fim das minhas gravações em Nova York. Você acha que podemos trabalhar dentro desse prazo?

*Contanto que a Karen concorde...*

— Sem problemas.

# 3

**O OBTURADOR CLICAVA CONFORME A** câmera capturava fotos e mais fotos dos dois saindo do restaurante. O homem deu um beijo no rosto da mulher e eles se separaram.

De onde estava sentado, ele viu a marca e o modelo do carro do homem, fez uma foto da placa e voltou a lente para a mulher. Ela tirou os óculos de sol enquanto procurava algo na bolsa. Olhou em volta, como se estivesse ciente de que alguém a observava.

— Eu estou observando — ele sussurrou para si mesmo. — Vá se acostumando comigo.

Então baixou a câmera quando o homem passou veloz em seu carro, sem notar nada.

E, quando a mulher se afastou, enfiou uma bala na boca e a seguiu.

Gwen fez a chamada internacional e esperou dois toques. Depois de uma conversa rápida e cordial com Tamara, a governanta da casa de seu irmão na Inglaterra, aguardou enquanto Samantha era chamada.

— Alô?

— Ah, que bom ouvir sua voz. Como está Albany?

— Molhada — disse Samantha, rindo. — E Tarzana?

— Quente e seca.

— Como vão as coisas por aí? E a Karen?

— Está ótima. Na verdade, ela é parte do motivo pelo qual estou ligando. Preciso de uma checagem de antecedentes de um possível marido para ela. Já ouviu falar de Michael Wolfe?

— O ator?

Por que todos o conheciam, menos ela?

— Ah, que bom, você o conhece.

Samantha não cuidava das atividades da Alliance desde que se casara, mas sabia quem contatar para checar antecedentes. Quanto mais pública fosse a pessoa, mais difícil era achar qualquer coisa substancial. Mas, se houvesse alguma sujeira, ela certamente encontraria.

— Todo mundo conhece Michael Wolfe, Gwen.

— Foi o que a Karen disse. Você tem tempo para dar uma olhada nisso? Samantha riu.

— Você morou aqui e sabe que o que eu mais tenho é tempo. Tem mais empregados nesta casa do que gente morando no seu quarteirão. Se eu deixar uma toalha no chão do banheiro, ela vai ser recolhida antes de eu sair do chuveiro.

Gwen lembrava. Os empregados enchiam os corredores da casa de um rico duque. E, embora ela não fosse muito de cozinhar, em nome de sua privacidade, ia demorar para voltar a fazer três refeições decentes ao dia.

Gwen olhou para a câmera que sabia que estava escondida no canto da sala.

*Quase privacidade.*

— E o que isso tem a ver com a Karen?

— Ela é a candidata ideal. Ele precisa de uma mulher bonita o bastante para convencer os fãs de que encontrou o par perfeito. Se esse Wolfe é tão cobiçado como dizem, ele poderia ficar com a mulher que ele quisesse.

— É verdade — disse Samantha.

— A Karen é linda. Eles vão formar um casal maravilhoso. Ela não vai ficar impressionada com a fama dele. Duvido que existam muitas mulheres na nossa agenda com esse perfil.

— Concordo.

Gwen continuou listando os atributos de Karen:

— As amigas mais próximas dela somos você, a Eliza e eu. Se ela precisar desabafar sobre o casamento, pode contar com a gente, em vez de falar com alguém que deixe vazar algo para a imprensa. Ela entende o jogo de interesses melhor que as outras. Só vai ter que convencer as crianças do Boys and Girls Club de que está loucamente apaixonada.

— É, ela pode mesmo ser o par perfeito para ele — concordou Samantha. — Isto é, se os antecedentes forem bons.

— Acho que sim. Eles vão se dar muito bem.

— Ela ainda não o conheceu?

— Não. Vou esperar você terminar a pesquisa antes de apresentar os dois. Quanto tempo acha que vai levar?

— Uns dois dias. Michael Wolfe. Que emocionante! Você sabe o que isso significa, se tudo der certo?

Gwen soltou um suspiro, antecipando o que Samantha diria.

— Significa que finalmente vou ter um pouco de privacidade por aqui.

Ela adorava dividir a casa com uma amiga da sua idade. Todos sabiam que ela nunca tinha morado sozinha, mas a última coisa que queria era que qualquer pessoa da família sentisse pena dela.

— Você não me engana, Gwen.

— Não sei do que você está falando. Ah, está ficando tarde! Tenho mais alguns telefonemas para dar. Mande um beijo para o meu irmão, está bem?

— Deixe a atuação para o Michael, Gwen. Você é péssima nisso.

Ela riu, disse que amava a cunhada e desligou.

— Ei, Gwen — Karen chamou, dos fundos da casa.

Gwen seguiu a voz e a encontrou olhando pela janela da cozinha.

— O que você acha que é isso? — Karen perguntou, apontando para o terreno além da cerca.

Um guindaste na rua de trás estava erguendo uma grande caixa de madeira acima da casa.

— Não faço ideia.

— Eu sei que os antigos donos tiveram a hipoteca executada. Tiraram a placa de venda há duas semanas. Fico imaginando o que os novos proprietários vão fazer.

Gwen abriu a porta dos fundos. O som de uma dúzia de vozes masculinas falando em pelo menos duas línguas diferentes encheu a cozinha. Ela saiu e observou a casa vizinha. A caixa de madeira pendia de um grande cabo que se inclinava perto do beiral da casa. Ela prendeu a respiração quando alguém do outro lado da cerca gritou "para!" a quem operava a grua. Karen foi até ela e subiu em uma das cadeiras do jardim para enxergar melhor.

— Está vendo alguma coisa?

O pequeno quintal era cercado por uma combinação de blocos de concreto e madeira. A cerca que separava as duas propriedades não tinha mais que um metro e meio de altura. Algumas árvores ajudavam a separar o espaço, mas, independentemente do ângulo em que se olhasse, a privacidade do quintal era inexistente.

— Acho que é uma banheira.

A caixa de madeira balançou no ar, o zumbido hidráulico da máquina que a segurava soluçou, e a banheira balançou uns dois centímetros mais perto da casa.

— Espero que não caia no telhado — disse Karen.

— Acho que todo mundo ali está preocupado com isso.

Nenhuma das duas conseguia deixar de observar a caixa, que continuou balançando até o guindaste a colocar com segurança no chão.

— O que estamos fazendo aqui embaixo? Do seu quarto dá para ver bem melhor — disse Karen.

Gwen voltou para dentro da casa.

— Fique à vontade.

Observar os vizinhos, especialmente os pitorescos, era um ótimo passatempo, mas Gwen não vira no quintal ao lado nenhum homem que valesse a pena.

Após espiar durante alguns minutos, Karen voltou ao escritório conjunto e se sentou à mesa.

— Você sabe o que isso significa, não é?

Gwen estava olhando a seção de entretenimento de uma revista online, procurando informações sobre o seu novo cliente.

— Não, o quê?

— O cheiro da comida da sra. Sweeny vai empestear o quarteirão.

Gwen estreitou os olhos. A vizinha delas, a sra. Sweeny, recebia todos os novos moradores e recém-casados com o seu intragável linguine com molho de mariscos. Só o cheiro já fazia o cão mais faminto correr na direção contrária. Até mesmo os gatos.

— Vamos fechar bem a casa e deixar o ar circular assim que sentirmos o cheiro de macarrão cozinhando.

— Se tudo o que ela fizesse fosse cozinhar o macarrão, ninguém reclamaria.

— É verdade.

Gwen viu uma foto de Michael de braço dado com uma atriz. Cada vez que o via, ele estava com alguém diferente.

— Eu falei com a Samantha. Ela está checando os antecedentes do Michael.

Karen girou na cadeira, voltando a atenção para Gwen.

— Não sei por quê, mas duvido que ela encontre algo sobre o cara que a gente já não saiba.

— Ou o que presumimos — acrescentou Gwen.

— Sabe onde ele mora?

— Ele se mudou para Beverly Hills um ano atrás, mais ou menos. Antes disso, morava em Hollywood Hills.

Tudo isso era público.

— A casa é isolada?

— Você sabe como é a maioria das casas em Beverly Hills... Completamente invisível da rua. A menos que o dono queira aparecer e ostentar.

— Meu palpite é que o Michael não vai querer que as pessoas saibam como é a vida dele em casa — disse Karen, dando de ombros. — Eu posso aguentar.

Gwen olhou para a amiga.

— Achei que você ia gostar de ter privacidade. Entre as câmeras e os vizinhos barulhentos, não temos muito disso por aqui.

— Eu gosto de estar perto das pessoas.

Karen era voluntária de uma unidade local do Boys and Girls Club e provavelmente gastava metade do seu salário com crianças carentes. Embora Samantha tivesse checado os antecedentes dela muito antes de Gwen começar a trabalhar na Alliance, ela não se sentia à vontade para fuçar o passado da amiga. Se Michael fizesse perguntas específicas sobre Karen, Gwen pediria a Samantha que lhe passasse os detalhes. Como colega de trabalho e companheira de moradia, Gwen pensava que um dia Karen se abriria com ela. Mas, se isso não acontecesse, ela não podia fazer nada a respeito.

— O que você vai fazer com o dinheiro, se de fato você e o Michael se casarem?

Suas clientes que estavam dispostas a se casar com homens ricos o faziam por uma quantia bastante elevada. No contrato constava um valor mínimo de dois milhões de dólares, mais uma comissão de vinte por cento para a agência. O noivo concordava em arcar com todas as despesas da noiva, desde um guarda-roupa até um carro novos. Os arranjos da convivência eram determinados no início das negociações. Alguns maridos viviam com a esposa, mas nunca dormiam no mesmo quarto. Se ambos se sentissem atraídos um pelo outro, entendia-se que a agência seria isenta de possíveis processos de paternidade daí resultantes. Se o casal permanecesse junto depois do tempo estipulado, a agência seria paga conforme o acordado e caberia ao casal dissolver os pactos antenupciais.

Havia alguns poucos clientes que estavam realmente procurando relacionamentos amorosos. Nesses casos, a combinação dos casais se dava com base em seus perfis, desejos e interesses românticos. Ambas as partes concordavam em pagar à Alliance pela checagem de antecedentes e todas as despesas associadas, além da taxa relacionada ao serviço de seleção dos pares.

Samantha havia fundado a Alliance fazia mais de cinco anos. Vários casais tinham se conhecido, casado, divorciado e continuado amigos. Até aquele momento, oitenta por cento dos casais que haviam ficado juntos por amor ainda estavam casados. Apenas uns vinte por cento dos que se casaram por dinheiro haviam extrapolado o contrato e tiveram filhos ou continuavam casados. Os demais se divorciaram conforme o planejado.

Samantha e Blake estavam entre esses vinte por cento.

— Vou investir metade, para garantir estabilidade na velhice.

— E a outra metade?

— Estive pensando em abrir uma casa para desabrigados. Um lugar aonde as crianças pudessem ir e se sentir seguras, na falta de um lar.

Aí estava a ocasião ideal para Gwen sondar mais a vida de Karen.

— Deve dar muito trabalho.

— Qualquer coisa que valha a pena normalmente dá trabalho. Existem muitos adolescentes sem-teto, que enfrentam todo tipo de problemas só para ter o que comer.

Karen virou de costas, indicando a Gwen que a "hora de compartilhar" havia acabado.

— Além disso, a ex-mulher de uma celebridade poderia convencer as pessoas a fazer doações para ajudar as crianças. Vale a pena tentar.

Karen tinha um coração enorme.

— Vamos torcer para que os antecedentes do Michael sejam bons, então.

O celular de Gwen tocou, poupando Karen de mais perguntas.

— Alô?

— O que está acontecendo no quintal?

Neil era especialista em pular o "tudo bem com você?" e ir direto ao ponto.

— Como é?

— No seu quintal. Os detectores de movimento estão malucos, mas não tem imagens de vídeo chegando.

O tom seco de Neil e as perguntas rápidas tornavam difícil responder de forma calorosa e amigável.

— Temos novos vizinhos. Eles baixaram uma banheira de hidromassagem com um guindaste.

— Na casa que dá de fundos para a de vocês? — ele perguntou.

— Sim.

A linha ficou muda por alguns segundos.

— Neil? Você ainda está aí?

— Preciso que você vá lá fora.

— Por quê? — Gwen perguntou, levantando da cadeira e indo em direção à porta dos fundos.

— Preciso fazer um teste.

Ela foi até o quintal.

— Alguém já te disse que você é paranoico?

— A maioria das pessoas evita dizer coisas que me irritam.

Ela sorriu.

— Eu gosto de te irritar.

Neil riu. Bem, mais bufou que riu.

— Isso foi uma risada, Neil?

Ele raramente sorria, mas, quando o fazia, o corpo de Gwen amolecia e ela se perdia no olhar dele. Pena que ele não estava ali com ela, para que ela pudesse vê-lo em vez de imaginá-lo.

— Aí está você — disse ele, sem responder à pergunta.

Gwen acenou, sabendo que a câmera a havia encontrado.

— Vá até a cerca de trás.

Ela caminhou na ponta dos pés, evitando afundar os calcanhares na grama macia.

— Você está aí? — ele perguntou.

— Estou. Não consegue me ver?

— Preciso reajustar o equipamento para pegar um ângulo melhor.

— Vou voltar para dentro agora.

Os homens no quintal da casa vizinha a observavam. Ela acenou, sorriu e voltou para dentro da casa.

— Se já terminou, preciso voltar ao trabalho.

— Eu... eu... Como está sua perna?

Gwen parou na cozinha e olhou para o pé.

— Está bem. Obrigada por perguntar.

— Ótimo. Bom, daqui a uma hora estou aí para checar as câmeras.

Ela mal podia esperar.

— Paranoico — repetiu Gwen.

Ele bufou pela segunda vez e desligou o telefone.

## EU NÃO DEVIA ESTAR AQUI.

Mas, maldição, ele não conseguia ficar longe. Neil sabia que a estática no detector dos fundos provavelmente era causada pela movimentação dos vizinhos, por um gato ou até mesmo pelo vento.

Gwen tinha razão. Ele estava paranoico.

Mas Neil não conseguia controlar sua paranoia, assim como não conseguia parar de pensar nela, no terror estampado em seus olhos quando ele puxara a arma em sua direção.

Aproximar-se de um cliente — que era como ele precisava enxergar Gwen, e todos os Harrison — o deixava fraco. Ele tinha que manter distância.

Então, que raios estava fazendo indo para Tarzana para ver uma mulher que não queria ou não precisava de sua ajuda?

Ignorando os próprios sinais de alerta, Neil estacionou em frente à garagem de Gwen, ao lado do carro dela, e franziu o cenho. Por que ela insistia em estacionar do lado de fora?

Com passos decididos, foi até a porta da frente. Bateu duas vezes e deu um passo atrás, para que Gwen ou Karen o vissem claramente no monitor ao lado da porta.

Ninguém atendeu. Bateu de novo, dessa vez mais alto e por mais tempo.

— Estou indo!

Gwen abriu a porta um pouco depressa demais e sem esforço suficiente para que Neil achasse que estava trancada.

— Ah, oi.

Ela se afastou, deixando-o entrar.

— Você pelo menos olhou para ver quem era?

— Você disse que viria.

— Mas você olhou?

Ele passou por ela, ignorando o aroma floral de sua pele, que lembrava a primavera.

Ela desconsiderou a pergunta, o que confirmava que não havia olhado. Quando Gwen fechou a porta, não a trancou.

*Vou precisar de um dentista se continuar apertando os dentes desse jeito.*

Quando Gwen estava saindo do hall, Neil entrou em seu caminho e segurou seu braço. Como se ela fosse uma criança, ele levou a mão dela à fechadura da porta e a segurou ali.

— Não está esquecendo nada?

Ela sorriu para ele e se aproximou ainda mais.

— Duvido que alguém tente algo com você aqui, grandalhão. — Os olhos azul-claros de Gwen cintilavam enquanto ela o provocava.

— Seu irmão me pediu para ficar de olho em você, Gwendolyn.

Ela baixou a voz e girou a tranca sob a mão dele.

— Eu gosto quando você me chama pelo nome completo, Neil. Me faz pensar que você se importa comigo.

Se fosse qualquer outra mulher, ele a teria espremido contra a parede, pressionado o corpo contra o dela e se deixado levar por sua voz sensual e seus olhos que flertavam.

Mas Neil soltou a mão de Gwen e se obrigou a desviar os olhos dos dela.

*Maldita mulher!*

— Cadê a Karen?

— Fazendo umas coisas na rua.

Gwen estava sozinha, com a porta destrancada e o carro estacionado fora da garagem. Por que simplesmente não colocar uma maldita placa dizendo: "Estou aqui. Venha me pegar"?

*Eu odeio este bairro. Difícil demais de controlar. Os vizinhos moram muito perto, os carros não param de passar. Nenhum portão fica trancado.*

Ele foi para os fundos da casa e saiu para o quintal. A câmera ali posicionada havia sido estrategicamente presa na linha do beiral do telhado. Sem pedir licença, foi para a lateral da casa e experimentou a porta.

*Destrancada!*

Encontrou uma escada e voltou para o quintal. Colocou o notebook na mesa do pátio e reposicionou a câmera onde queria. Limpou a cúpula dos detectores de movimento e checou as linhas.

Os novos vizinhos haviam colocado uma banheira de hidromassagem no meio do pequeno quintal. Havia madeira empilhada ao redor, mostrando que provavelmente haveria mais pessoas andando por ali, talvez uma equipe de pedreiros.

Neil decidiu que mais tarde andaria pelo quarteirão e checaria alguns carros e o número das placas.

— Terminou aí em cima? — Gwen quis saber.

Neil não havia notado que ela o observava da porta.

Quando apoiou os dois pés no chão, ele perguntou:

— Você já conheceu os novos vizinhos?

— Ainda não. Hoje foi a primeira vez que vi gente aí desde que a casa foi vendida.

— O banco executou, não foi?

Gwen assentiu.

— Foi o que a Eliza falou. Não cheguei a conhecer os antigos moradores.

Mais olhos — desde que fossem amigáveis — era melhor que menos. Era mais provável que um vizinho intrometido chamasse a polícia se visse algo suspeito.

— Por que tudo isso, Neil?

— Estou fazendo meu trabalho.

— Tem certeza de que é só isso?

Ele ia responder quando Gwen cruzou os braços em sinal de desafio.

— Isso não tem nada a ver com a possibilidade de a Karen se mudar?

Ele baixou a escada.

— A Karen vai se mudar?

— Talvez. Você não ouviu?

— Ouvi o quê? — Ele precisava escutar as conversas em Tarzana com um pouco mais de frequência.

Gwen baixou a voz.

— Talvez eu tenha encontrado um par para ela. Se tudo der certo, ela vai se mudar daqui a uns dois meses, talvez até antes.

— Está falando sério?

— Esse é o nosso trabalho.

Um músculo na mandíbula de Neil se contraiu. Ele tentou relaxar, mas não conseguiu.

— Você está me encarando, Neil.

Ele esfregou o queixo, subiu de novo a escada e verificou se havia transmissão nos cabos para poder instalar outra câmera. Isso para se certificar de poder ver cada centímetro do quintal. Depois passou os próximos trinta minutos checando o equipamento de segurança. Havia estática em uma das linhas de áudio externo; mandaria os eletricistas a substituírem.

Durante todo o tempo em que ficou de lá para cá, Neil pensou em Gwen morando ali sozinha.

Não havia motivo para lady Gwendolyn Harrison, a filha mimada de um duque e a mulher mais deslumbrante com que Deus presenteara o planeta, morar sozinha naquele bairro fuleiro, a poucas quadras de assassinos, estupradores e ladrões. Neil já havia escutado bastante a rádio policial para entender a demografia do bairro.

Não era de admirar que os escritores criassem contos sobre princesas encarceradas em torres de marfim por motivos de segurança.

— Você já testou essa fechadura três vezes — disse Gwen, agraciando-o com os dentes branquíssimos e o sorriso brilhante.

— Está emperrando.

— Ah...

— Quando você vai saber sobre a Karen? — Ele mexeu na fechadura pela quarta vez.

— Vamos terminar a checagem dos antecedentes e marcar um encontro entre eles. Em duas semanas vamos saber se vai dar certo. Talvez antes.

*Tempo suficiente para instalar mais duas câmeras e atualizar algumas coisas.* Neil não gostou de ver a quantidade de movimento que os detectores externos captavam. Ficou no pátio, completamente imóvel, enquanto os malditos aparelhos enlouqueciam. Falhas técnicas como essa faziam as pessoas ignorarem os sinais.

Deu um tapinha no painel de controle usado para armar e desarmar os alarmes.

— Qual é a sua senha para pedir socorro?

— Zod.

— Os números.

— Nove, seis, três.

— Quando você usa essa senha? — Ele a estava pressionando, sem saber mais o que fazer.

— Se tiver alguém aqui me ameaçando e me mandando desligar o alarme. Eu conheço o protocolo. Não vai acontecer nada. Eu já sou uma menina crescida.

— Você é uma menina frágil que o entregador de jornais do bairro poderia quebrar ao meio como um galho, se quisesse.

— O Tommy não faria uma coisa dessas. Ele é um bom garoto.

Ele ergueu levemente os cantos da boca.

— É um sorriso que estou vendo no rosto do Neil? — ela zombou.

Ele apertou os lábios, formando uma linha fina.

— Ah, eu me enganei — disse Gwen, escondendo o próprio sorriso.

— Vou ligar amanhã com detalhes sobre quem vai vir para arrumar algumas coisas — disse ele, guardando o equipamento na bolsa. — Tranque a porta quando eu sair.

— Sim, senhor — ela retrucou, simulando uma continência.

— Estou falando sério, Gwen. Seus hábitos de segurança são péssimos. Seu irmão não vai deixar você morar aqui sozinha se não começar a levar essas coisas a sério.

O sorriso brincalhão desapareceu do rosto dela, e Neil percebeu que havia usado as palavras erradas para convencê-la.

— Meu irmão não manda em mim.

— Mas é o dono da casa.

— A Samantha é a dona da casa. E ela nunca me faria sair daqui.

Neil começou a contrair a mandíbula novamente.

— Talvez eu precise te lembrar que eu não sou criança — disse ela.

Os olhos de Neil percorreram rapidamente o corpo de Gwen.

— Você não precisa me lembrar disso.

Ela deu um passo na direção dele e colocou a mão em seu braço.

— Vou tentar me lembrar de trancar as portas.

Neil balançou a cabeça; não queria que ela soubesse como o angustiava pensar nela morando ali sozinha. Abriu a porta para sair e disse por cima do ombro:

— E estacione o carro na garagem.

— Ah, meu Deus, Gwen, sobe aqui! — disse Karen, rindo, enquanto gritava do andar de cima. — Rápido.

Gwen subiu as escadas e encontrou Karen olhando pela janela do quarto. Ela havia aberto as cortinas só o suficiente para espiar.

— O que é?

— Olha!

Gwen trocou de posição com a amiga e estreitou os olhos. Era tarde da noite, e o bairro estava escuro, exceto pela luz que vinha da banheira dos novos vizinhos, que haviam chegado dois dias atrás. Havia duas pessoas na banheira de hidromassagem e, pelo que podiam ver, eram uma mulher e um homem. Se Gwen tivesse que adivinhar, diria que era um casal mais velho, talvez em idade de se aposentar.

— O que é para olhar?

— Fique olhando.

Gwen estava prestes a abandonar seu posto quando a mulher se levantou.

— Ela está pelada!

Karen começou a rir.

— Eca!

— Nossos vizinhos gostam de nadar pelados! — *Eu nunca vi isso na Inglaterra.*

Karen espiava ao lado dela e ria.

— Olha como ele é peludo!

Gwen desviou os olhos.

— Não devíamos ficar espiando.

— Eles é que não deviam desfilar por aí sem roupa.

— Eles estão no quintal deles.

— Cercado de sobrados — disse Karen, com um sorriso brilhante. — Esse é o tipo de maluquice que você nunca vê quando está trancada em uma mansão supervigiada.

Gwen não podia argumentar contra isso. Deu outra olhada rápida. Então o telefone tocou, e as duas levaram um susto.

— Não devíamos ficar espiando — Gwen repetiu.

Karen continuou observando enquanto ela atendia o telefone.

— Alô?

— Tem um barulho vindo do quintal — disse Neil, ignorando as gentilezas e começando a dar ordens. — Veja se as portas estão trancadas.

— Sabe, Neil, pessoas normais cumprimentam quando ligam para alguém. Coisas do tipo "oi, tudo bem?".

— Os detectores de movimento estão malucos — Neil disse, com frustração na voz.

Gwen ficou calada de propósito, ouvindo-o suspirar.

— Olá, Gwen. Pode me dizer o que está acontecendo lá fora?

*Não é melhor assim?*

— Olá, Neil. Que bom que você ligou. Não está acontecendo nada. Nossos novos vizinhos estão curtindo a banheira de hidromassagem. Talvez ela interfira no seu equipamento.

— Melhor ir até aí para verificar eu mesmo.

— Não se atreva.

— Por que não?

— Não preciso que os meus novos vizinhos pensem que eu convidei gente para vir aqui ficar olhando para eles.

Essa não seria a melhor maneira de se apresentar.

— Ficar olhando para eles? Quem disse alguma coisa sobre isso?

Gwen observou as cortinas novamente e captou a desagradável visão do homem peludo de costas.

— Aparentemente, roupa é opcional na banheira deles. E eles optaram por não usar.

—Eles o quê?

— Estão curtindo a hidromassagem pelados. E eu não quero você no meu quintal com eles lá fora. Se precisar consertar alguma coisa, venha amanhã.

— Eles estão pelados?

— Foi o que eu disse. As portas estão trancadas e o alarme está ligado. Estamos bem, Neil, juro.

— Tudo bem. Amanhã de manhã estou aí.

— Fique à vontade. Eu não vou estar aqui, tenho um compromisso logo cedo.

— Está certo.

— Boa noite, Neil.

Ele desligou o telefone. Aparentemente, dizer "oi" e "tchau" na mesma ligação era pedir demais para ele.

# 5

DE MANHÃ, GWEN FOI À padaria da esquina, onde tomou seu chá com biscoitos antes de ir encontrar Michael pela segunda vez.

Os esqueletos no armário dele não eram nenhuma surpresa, e não foram motivo de preocupação para Samantha, Karen ou Gwen.

Karen estava cautelosamente animada.

Como Michael havia sido aprovado, era a vez dele de aprovar o currículo de Karen antes de se conhecerem.

Gwen atravessou os enormes portões da propriedade de Michael, bem longe das ruas principais de Beverly Hills. Qualquer mapa de celebridades comprado por uma mixaria indicaria a localização, mas um turista precisaria escalar um muro de quase quatro metros para ver o quintal.

O caminho de pedras a fez lembrar de sua casa perto de Londres, mas as semelhanças acabavam aí. A influência espanhola na arquitetura era evidente em todos os lugares por onde ela passava os olhos. Buganvílias subiam pelas colunas da entrada, recepcionando os convidados com tons de roxo e vermelho. As janelas e portas arqueadas a remeteram às muitas missões católicas espalhadas pela costa da Califórnia.

Michael saiu pelas largas portas da frente de braços abertos.

— Lady Harrison.

Deu-lhe dois beijos no rosto.

— Gwen, por favor. Ninguém me chama de lady Harrison, a menos que esteja querendo alguma coisa.

— Nós dois sabemos que eu quero alguma coisa. Entre.

— Sua casa é linda. — Ela estava esperando algo moderno, cheio de brilho.

— Não é o que você esperava?

— Sou tão transparente assim?

No interior da residência, os deleites visuais continuaram. Extensas paredes cobertas de obras de arte conduziam a tetos abobadados com lustres de ferro.

— É a coisa mais próxima de uma *villa* espanhola deste lado da fronteira. Pelo menos que eu tenha encontrado.

— É linda, Michael.

*A Karen vai adorar.*

— Tenho certeza de que, se tudo der certo, você vai vir aqui mais vezes para aproveitar.

Ele a levou até uma grande sala com vastas janelas que davam para um jardim. O som de água fluindo atraiu o olhar de Gwen para uma fonte no centro do pátio. Cores salpicavam e se misturavam a árvores e arbustos.

— Pensei que você tivesse uma queda por decoração moderna.

— Linhas retas, tudo em preto e branco... não combinam comigo. Talvez com alguns dos meus personagens. — Michael a convidou a se sentar. — Eu venho de uma cidade pequena, onde as pessoas se orgulham mais dos seus jardins que dos seus carros. Acho que um pouco disso me influenciou.

— Sinto admitir, mas eu não vi seus filmes.

— Sim, você me disse. E a mulher que vai me apresentar? Ela viu os meus filmes?

Gwen focou a atenção em seu cliente.

— A Karen soube quem você era assim que eu falei o seu nome.

— É minha fã?

— Fã seria abreviação de fanático. A Karen não se encanta com ninguém. Bem, talvez com uma criança com uma história triste para contar. Mas não com a fama. Nem com o dinheiro, acredite ou não.

Ele se recostou na cadeira e cruzou os braços sobre o peito largo.

— Então por que ela concordaria com esse casamento?

— Ela quer o dinheiro que o acordo vai lhe propiciar, sr. Wolfe, mas não para viver uma vida de opulência e ostentação — disse Gwen, estendendo os braços para indicar a sala em que estavam. — Este não é o tipo de vida que ela quer para sempre.

— Ainda não conheci ninguém que não quisesse isso.

Gwen pegou a pasta e estendeu para ele a ficha de Karen. Michael olhou a foto.

— Ela é linda.

Gwen deu de ombros.

— Se você se sentisse atraído por mulheres, poderia ficar tentado a manter esse casamento. Mas nós dois sabemos que isso não vai acontecer.

A checagem de Samantha havia encontrado o nome do primeiro amante de Michael, mas não muitos depois. Ele havia feito um excelente trabalho para manter sua vida pessoal em segredo.

Michael lhe ofereceu um meio sorriso e virou a página.

— Se importa se eu ler isto?

— Claro que não. É para isso que estou aqui.

— Posso lhe oferecer uma bebida?

— Água seria ótimo.

Ele foi até a cozinha e voltou com uma garrafa de água com gás para cada um. Ela pegou a sua e disse que ele não precisava se apressar.

Enquanto Michael lia as informações, Gwen foi até o jardim, deixando seu cliente à vontade para examiná-las. A ficha continha o perfil de Karen. Quais eram seus interesses, como ela se divertia... Até Samantha e Eliza a levarem para a Alliance, Karen havia administrado uma clínica para jovens com deficiência. Aparentemente, Karen tinha coração mole e gostava de ajudar pessoas menos afortunadas que ela. Sua única família era uma tia que havia se casado recentemente com um senhor rico que contratara a Alliance para lhe arranjar uma noiva. Ele queria uma mulher nova para irritar seus filhos e netos, que estavam brigando por sua riqueza. Karen aproximara sua tia Edie de Stanly e tudo saíra extraordinariamente bem.

— Essa mulher parece uma santa — disse Michael na porta.

— Vou falar isso para ela.

Ele se sentou em uma cadeira a seu lado, no jardim.

— Sério. Ninguém pode ser tão bom na vida real. — Jogou os papéis sobre a mesa. — Como ela é de verdade?

— Tudo o que está aí é verdade.

— Tudo bem, entendi. Mas como ela é?

Gwen pensou em dizer que Karen era uma mulher gentil e espirituosa, que ele a adoraria, mas decidiu dizer algo mais:

— Ontem à noite, quando eu estava assistindo ao noticiário, a Karen me chamou lá em cima para espionar nossos novos vizinhos.

Michael ergueu a sobrancelha.

— Espionar?

— Aparentemente nossos novos vizinhos, um casal de idosos pouco atraentes, decidiram que o quintal deles, visível de todas as casas ao redor, é um retiro nudista.

O sorriso de Michael demorou a chegar, mas então ele começou a rir.

— A Karen não é uma santa. Sim, tudo o que está aí é verdade. Ela é muito inteligente e engraçada. A língua dela nunca falha, mesmo quando as coisas vão mal. Eu sei que você é a estrela nessa equação, mas a Karen é o prêmio. E, quando o acordo com ela for selado, eu aposto que vocês vão ser amigos para sempre.

— Quando podemos nos conhecer?

Gwen ergueu o queixo. *Perfeito.*

Uma hora mais tarde, Michael acompanhava Gwen até o carro. Ela olhou ao redor da porta, à procura das câmeras que sentia que os observavam, mas não viu nada.

— O que você está procurando? — ele perguntou.

— Onde estão as câmeras de segurança?

As da casa de Gwen ficavam escondidas sob o beiral, mas nenhum dispositivo desse tipo podia ser visto sob o de Michael.

— Tem uma câmera no portão e só. E um sistema de alarme.

Gwen girou nos calcanhares.

— Achei que você teria mais segurança.

— Isso vai ser um problema para a Karen?

Ela balançou a cabeça.

— Não, de jeito nenhum.

Gwen olhou para trás. *A paranoia do Neil está me contagiando.*

❧

— Eliza! — Gwen exclamou, abraçando a amiga. — Que bom te ver. Como vai a primeira-dama da Califórnia?

Gwen se afastou para deixá-la entrar.

— Terrivelmente ocupada — disse Eliza. — Nunca imaginei que o trabalho do Carter seria tão exigente para mim.

— A Sam e eu te avisamos sobre a sua posição.

Eliza ajeitou uma mecha do cabelo escuro atrás da orelha e jogou a bolsa na mesinha de centro.

— Achei que vocês estavam exagerando. Tem pelo menos um jantar político por semana, às vezes dois, dependendo de quem estiver na cidade. Almoços de mulheres, das quais eu nem gosto. Eu poderia ficar o dia inteiro num almoço se fosse com vocês. Inaugurações, viagens para Washington...

Mesmo resmungando, Eliza sorria.

— Quer sua antiga vida de volta?

— Não, a menos que eu possa levar o Carter comigo. Ele está amando o novo cargo. Vai ser difícil mudar as coisas no nosso estado, mas, se alguém pode fazer isso, é ele. E você, como está?

— Tudo bem. Acho que a Samantha te falou sobre a Karen.

Os olhos de Eliza se iluminaram.

— Você acha que vai acontecer?

— Eu planejaria ir a dois casamentos este ano, se fosse você — respondeu Gwen.

Blake havia feito Samantha se casar com ele em Las Vegas da primeira vez e vinha compensando esse erro todos os anos desde então.

— Que legal! A Karen já o conheceu?

— O encontro "casual" deles vai acontecer daqui a uma hora. Ela está no Boys and Girls Club nesse instante, onde ele vai fazer uma aparição inesperada.

— Gostaria de poder ver.

— Isso seria óbvio demais. Agora é com eles dois.

Eliza olhou ao redor da sala.

— Ela ainda vai trabalhar aqui? Ou vocês não falaram sobre isso?

— A maior parte do trabalho dela é online ou por telefone, de modo que vamos ajeitar tudo para ela trabalhar da casa do Michael.

— O que significa que você vai ficar aqui sozinha.

Gwen se levantou do sofá.

— Ah, por favor. Você também? — resmungou, indo para a cozinha.

— Eu também? — disse Eliza, seguindo-a.

Gwen tirou uma garrafa de chardonnay da geladeira e a levantou para Eliza ver.

— Ainda é cedo demais para um vinho?

— Nunca é cedo demais para um vinho.

*Ótimo. Porque a conversa "você vai ficar aqui sozinha" precisa de uma bebida.*

— Estou ficando cansada de as pessoas me tratarem como se eu fosse criança, incapaz de morar sozinha. Pouco depois que você mudou daqui, a Karen veio. Eu adorei a companhia, mas não preciso de uma babá.

— Acho que eu não disse nada sobre babás.

Gwen viu a dúvida no olhar de Eliza.

— A Samantha mencionou que eu vou ficar sozinha, e o Neil não para de vir aqui desde que soube do Michael e da Karen.

Gwen abriu o vinho, encheu duas taças e entregou uma para a amiga.

— Tenho certeza de que ter o Neil por aqui não é um problema para você.

Embora Gwen nunca tivesse confirmado seus sentimentos por Neil, Eliza sempre desconfiara de que eram mais profundos do que aqueles que uniam dois amigos. Só que Gwen nunca diria nada em uma casa monitorada por Neil, pois isso denunciaria como ela pensava nele.

— Está gostoso lá fora. Vamos até o quintal — ela sugeriu.

Lá a transmissão de áudio não era tão clara quanto Neil gostaria.

Sentada com seu vinho, Eliza começou:

— Muito bem, Gwen. O que está acontecendo?

— Ter o Neil por perto não é uma dificuldade, é um lembrete constante de que eu não fiquei com ninguém desde que me mudei para cá. Minha vida amorosa pode não ter sido ideal em casa... Na verdade, foi bem tediosa depois de um tempo. Relacionamentos previsíveis que geralmente acabavam uma semana depois de começar.

Eliza bebeu o vinho.

— Onde você conheceu os homens que namorou?

— Eram amigos da família, filhos de homens com quem meu pai trabalhava quando era vivo. Chatos, previsíveis. Nunca tive vontade de continuar com nenhum deles.

— Falando assim, parece que foram muitos.

— Nem tanto. Nos últimos meses, eu percebi como fui protegida. Morar aqui, embora seja muito diferente de morar em Albany, ainda é uma extensão dessa proteção. Tem sempre olhos me vigiando. Ultimamente até adquiri o hábito de olhar por cima do ombro para ver se tem alguém me seguindo.

— Pode ser o seu subconsciente. Você está acostumada com a segurança de ter pessoas por perto... Câmeras, alarmes...

Gwen brincava com a haste da taça, perseguindo a condensação com a unha bem tratada.

— Isso não é vida real, é?

— É a sua vida.

— Uma vida superprotegida, que eu não quero nem necessito.

Eliza se inclinou para a frente e baixou a voz:

— Ninguém sabe mais do que eu o que é ter seguranças indesejados observando cada movimento nosso. Mas você não pode ignorar o fato de que o seu irmão é um duque, e muito rico. Você tem um fundo fiduciário tão gordo que não consigo nem imaginar, e existem pessoas lá fora que não pensariam duas vezes em se aproximar de você só para se aproveitar. Eu entendo que você queira ter a sua liberdade. Aliás, você está muito mais esperta desde que se mudou para cá. Mas, para que possa se livrar de todo esse cuidado que as pessoas têm com você, vai ter que provar que é capaz de se cuidar sozinha. E provar não apenas para o seu irmão e para o Neil, mas para si mesma.

Gwen sabia que sua amiga estava certa. Olhar por cima do ombro era, em parte, insegurança e, em parte, paranoia. E ambas as coisas a faziam buscar o refúgio de sua casa ou a privacidade de seu carro. Para um dia ter sua própria vida e parar de depender de seu irmão, ela teria que começar a fazer algumas mudanças.

— Você está certa.

Eliza sorriu, satisfeita.

— Então temos um casamento na ilha para planejar.

— E você vai ser responsável pelos vestidos — disse Gwen, rindo.

Gwen havia escolhido os vestidos amarelos de madrinha que elas usaram no ano anterior na cerimônia de renovação de votos de Blake e Sam no Texas. Eliza odiara o vestido e se oferecera para escolher o de Aruba. Mas Gwen teria oportunidade de se redimir, já que Blake e Samantha renovavam os votos todo ano.

— É uma ilha... Estou pensando em algo mais simples. Uma cerimônia na praia, comida local, flores...

Gwen pensou no mar banhando a areia suavemente e sendo levado para longe com o pôr do sol.

— Vai ser lindo.

— Ótimo. Vou escolher os vestidos e os acessórios aqui, e vamos para a ilha alguns dias antes para concluir os detalhes necessários. Essa cerimônia vai ser menor. A Samantha quer apenas família e amigos íntimos.

— Nem todos os eventos precisam ser grandiosos — comentou Gwen.

— Ainda mais se você casa todo ano.

Gwen revirou os olhos.

— Eu ficaria satisfeita em casar uma vez só, muito obrigada.

Eliza terminou o vinho e entrou para pegar a garrafa.

— Você tem vontade de casar?

— Não quero morrer solteirona. — Ser a tia Gwen, a mulher que nunca se casou, nunca teve uma família própria. Não. Ela não queria isso como legado.

— Não seria difícil encontrar um marido, Gwen. Você só precisa estar disponível. Esperar que *você-sabe-quem* tome a iniciativa, o que talvez nunca aconteça, é desperdiçar o seu tempo.

Eliza encheu a taça de Gwen e a dela.

— Não estou esperando ninguém.

— Sei! Se você está mesmo querendo assumir as rédeas da sua vida, pode começar arrumando um encontro.

Gwen odiava o fato de sua amiga estar certa. Odiava ainda mais a covarde que espreitava dentro de sua cabeça e a impedia de ir ao bar mais próximo e escolher um homem, mesmo que para passar uma única noite.

# 6

AS MÃOS DE KAREN ESTAVAM úmidas. Ela estaria mentindo se dissesse que não estava nervosa.

— Srta. Jones?

Karen se forçou a prestar atenção no grupo de estudos à sua mesa. Havia quatro meninas e três meninos com livros de matemática abertos e papel diante deles. Dois dos garotos estavam ocupados mandando mensagens pelo celular, enquanto outro flertava com a menina mais velha.

— Desculpe, Amy, o que você perguntou?

— Isso está certo?

Karen olhou para o papel e imediatamente notou o erro de Amy.

— Faça a soma da fração de novo.

Ajudar as crianças depois da escola em matemática, inglês ou na tarefa que fosse era algo que ela podia fazer para que elas não largassem os estudos. Eram boas crianças, vindas de famílias desestruturadas ou de pais que precisavam se desdobrar em dois empregos para pagar as despesas e não podiam estar por perto para ajudar os filhos na lição de casa. Crianças que precisavam de um refúgio seguro das ruas em que viviam.

Karen sempre notava essas crianças, aquelas que não tinham comida suficiente, que não deixavam que o mundo soubesse que moravam em um carro, ou na rua, ou em um barraco ao lado do quintal de alguém. Crianças sem-teto, prontas para desistir de uma vida normal, abandonar a escola e se entregar às drogas.

Amy empurrou o papel na frente de Karen novamente.

— Perfeito.

Jeff, o diretor do clube, caminhou em sua direção. Exibia um sorriso largo, e ela podia jurar que ele estava saltitando.

— Karen, posso falar com você?

— Claro.

O tom estranhamente animado da voz de Jeff fez as crianças se entreolharem.

— Crianças, vamos ver se vocês conseguem resolver pelo menos dois problemas antes de eu voltar.

Um dos meninos a ignorou e continuou digitando no celular. Os outros dois se endireitaram, puxaram a lição de casa diante de si e pegaram o lápis.

— Que foi, Jeff? — perguntou Karen enquanto se afastavam.

— Recebi um telefonema de um homem chamado Tony. Ele disse que trabalha com uma celebridade que quer vir aqui hoje conhecer as nossas instalações.

O coração de Karen deu um pulo.

— Uma celebridade?

Jeff assentiu.

— Tony disse que o ator está procurando instituições de caridade que trabalhem com crianças para gastar parte do dinheiro dele. Precisa de isenção fiscal ou algo assim.

*Ora, que original.* Ela queria revirar os olhos, mas não o fez.

— É mesmo? E o que isso tem a ver comigo?

— Ele quer que alguém que já esteja aqui há algum tempo lhe mostre o lugar.

Karen não sabia dizer se Jeff agitava os pés de empolgação ou de nervosismo.

Ela deu de ombros, tentando parecer desinteressada.

— Você está aqui há algum tempo. Por que não faz isso?

Ele se empertigou um pouco.

— Eu vou ficar junto, mas você conhece as crianças melhor do que ninguém aqui. Se tem alguém que pode defender as necessidades delas, é você.

— Tudo bem. Me avise quando o *ricaço* chegar.

*E o Oscar vai para...*

Ela voltou às crianças e verificou a lição.

— Juan, se quiser passar em álgebra, vai ter que fazer as tarefas — disse ao adolescente que agia como se não quisesse estar lá.

— Eu nunca vou usar essas coisas.

— Como você sabe?

Juan se endireitou na cadeira e olhou para ela.

— Sabendo.

Provavelmente ele estava certo, mas ela preferiria morder a língua a admitir isso a ele.

— Muito bem, onde você esconde a sua bola de cristal... aquela que lê o seu futuro?

Ele deu um sorriso forçado.

— Vamos lá. Eu vou buscar pizza na sexta-feira, depois da prova, se você tirar um C ou uma nota maior.

As outras crianças se animaram.

Se ela achasse, mesmo por um minuto, que Juan não era capaz de tirar um C facilmente, não o teria pressionado. Não faltava inteligência ao garoto, ele era apenas atrevido e desinteressado.

Seu amigo lhe deu um tapa no braço.

— Vamos, Juan. Eu posso ajudar.

O garoto pegou o lápis e começou a resolver a equação. Vinte minutos e vários problemas depois, o nível de ruído na sala começou a se intensificar. Karen e as crianças olharam para a entrada.

Vestindo jeans de grife e óculos de sol que deviam custar o suficiente para comprar uma pizza para cada criança durante uma semana, ali estava seu futuro marido. Michael estava ao lado de Jeff e de um homem mais baixo, que Karen não reconheceu.

Quando Jeff fez um sinal para ela ir até eles, as crianças começaram a sussurrar:

— Meu Deus. É o Michael Wolfe?

— Michael quem? — perguntou Karen.

*Já que vou fazer isso, posso caprichar.*

— O ator — disse Amy, incapaz de conter a animação.

Karen se levantou.

— Ah, aquele que faz filmes de ação?

— Sério, srta. Jones, você não conhece ele?

Karen deu uma piscadinha para as meninas.

— Eu também vou ao cinema. Ele é só uma pessoa, e não é melhor do que eu ou vocês.

Fazer as crianças acreditarem que eram tão valiosas para a sociedade quanto Michael Wolfe podia ser difícil, mas não era impossível.

Ela deu um sorriso educado quando seu olhar cruzou com o de Michael.

— Aqui está ela — disse Jeff. — Karen Jones, este é Michael Wolfe, que tenho certeza de que você reconhece. E o agente dele, Tony.

— Filmes de ação... certo? — ela perguntou, estendendo a mão.

Ele pegou a mão dela na sua e a cobriu com a outra.

*Ah, o aperto de mão duplo. Muito convincente.*

— Isso mesmo — disse ele.

Ela se voltou para Tony.

— Muito prazer.

— O sr. Wolfe gostaria de conhecer o local, Karen.

— Claro. Qualquer coisa para ajudar as crianças. Você não se importa de conhecer algumas delas, não é, sr. Wolfe?

— Michael. Por favor, pode me chamar de Michael. — Ele enganchou os óculos de sol na camisa e olhou pela sala. Era como se tudo e todos silenciassem enquanto ele caminhava entre ela e Jeff. — Eu adoraria conhecer as crianças, srta. Jones.

Ela pensou em sugerir que ele a tratasse pelo primeiro nome, mas pareceria fácil demais.

Duas meninas mais corajosas os seguiram, enquanto outras crianças se amontoavam nos cantos, sussurrando. Os olhos de cachorrinho abandonado das crianças não os deixariam em paz. Karen colocou brevemente a mão sobre a dele, interrompendo o passeio pelo clube.

— Ei, pessoal — disse para as crianças da sala. — Vou mostrar o clube para o sr. Wolfe, mas ele *prometeu* ficar um pouco depois para conhecer vocês. Então voltem ao que estavam fazendo, tudo bem?

A maioria das crianças continuou olhando para eles, mas algumas voltaram ao trabalho ou ao que estavam fazendo antes da chegada de Michael.

— Acho que o sr. Wolfe não prometeu nada, Karen — disse Jeff, baixinho.

— Prometeu, sim. Ele disse que vai conhecer as crianças. Não é, Michael?

— Foi o que eu disse. — Ele sorriu e olhou para ela. Aquele olhar teria lhe causado um frio na barriga se tivesse sido um encontro casual.

*Ele é gay*, Karen recordou a si mesma.

— Já esteve em alguma das unidades do Boys and Girls Club?

— Não, nunca.

Ela o acompanhou à sala de jogos. Havia vários sofás, cadeiras, pufes e travesseiros espalhados.

— Nossa missão realmente define o que fazemos pelas crianças: permitir que todos os jovens, especialmente aqueles que mais precisam de nós, alcancem seu pleno potencial como cidadãos produtivos, solidários e responsáveis. — Karen decorara a missão do clube havia muito tempo. — Fazemos isso disponibilizando um lugar seguro para onde as crianças possam ir depois da escola. Crianças adoram videogames, por isso temos alguns aqui.

Havia uma televisão de tela grande que ela mesma havia comprado para o clube, além de dois consoles de videogame. Alguns jogos mais antigos estavam alinhados ao longo das paredes.

— Temos também tênis de mesa e uma mesa de bilhar, quando o monitor de vídeo não resolve. E um jardim lá fora, que vou lhe mostrar em breve.

— Quantas crianças vocês atendem?

— Varia. Temos umas cem crianças regularmente matriculadas, mas o dobro disso vem de vez em quando.

Michael olhava as crianças, que tentavam fingir desinteresse, sem muito sucesso.

— Elas têm que se matricular?

— Por questões de seguro, sim. Em nosso sistema, cada um paga o que pode. A maioria dessas crianças não pode pagar. Dependemos de doações e arrecadação de fundos.

— As próprias crianças arrecadam fundos — acrescentou Jeff. — Tivemos um evento de lavagem de carros no mês passado, que rendeu cerca de duzentos dólares.

— Parece que duzentos dólares não pagam nem a conta de luz — disse Michael.

— Não mesmo — Karen respondeu, surpresa com o nível de interesse na voz dele. — Depois da escola, ajudamos as crianças com os deveres e projetos escolares. São principalmente adolescentes, mas às vezes temos crianças de onze ou doze anos. — Ela passou por sua mesa de matemática e olhou a folha de Juan. — Você não vai conseguir aquela pizza se não passar do problema seis, rapaz — disse com voz risonha.

Ela realmente queria que as crianças se saíssem bem.

— Sim, srta. Jones.

Karen levou Michael até a cozinha.

— A cozinha está em pleno funcionamento. Nós fornecemos lanches e, ocasionalmente, refeições. A verdade é que existem muitas crianças lá fora que não recebem uma refeição nutritiva em casa. E todas elas sabem que podem encontrar algo aqui. A maioria tem vergonha de dizer que está com fome.

— Como vocês vencem essa vergonha?

— Avisamos quando vamos fazer as refeições, e ninguém perde esse dia.

— Por que vocês não fornecem refeições todos os dias?

Karen encontrou os olhos de Michael.

— Falta de fundos.

— Ah...

Ele segurou a porta aberta e ela passou. Jeff havia ficado para trás com Tony, que perguntava detalhes dos custos de administração do clube.

— Tem uma quadra de basquete e um pátio onde as crianças brincam. Tentamos organizar jogos de futebol americano. Parece a única maneira de afastá-las dos videogames.

Ele a observava, e ela estava bem consciente do sorriso em seu rosto.

— Parece que você adora isso aqui.

— As crianças são ótimas. Nem todas são desfavorecidas, apenas meio perdidas. Gosto de pensar que nós as mantemos fora das ruas e longe das drogas e das gangues.

Ele colocou os óculos de sol.

— Vocês têm muitos problemas assim aqui?

— Tivemos algumas crianças problemáticas, mas lidamos com elas assim que descobrimos. Duas ou três vezes por mês temos um psicólogo disponível. Eu vejo este lugar como um refúgio para essas crianças. Nós não toleramos bullying e não julgamos ninguém.

— Interessante.

Jeff estava longe, fora do alcance auditivo. Os adolescentes no pátio conversavam entre si.

Ela baixou a voz:

— Instituição de caridade para gastar seu dinheiro?

Michael olhou ao redor.

— Deu certo, não é?

Karen riu.

— Então, o que achou?

Ele balançou a cabeça.

— Acho que a Gwen estava errada. Acho que você é mesmo uma santa. Você faz tudo isso sem ganhar nada?

— Essa é a definição de voluntário.

Ele riu.

— Ah, uma espertinha... Você vai servir direitinho.

Ela apontou um dedo para o peito de Michael.

— Santa e espertinha, viu? O Tony sabe por que você está aqui de verdade?

Ele balançou a cabeça.

— Só eu, você e a Gwen.

Jeff e Tony estavam se aproximando, e Karen mudou rapidamente de assunto.

— Então, o que achou?

— Gostei. Existem muitas instituições de caridade que ajudam jovens que se perderam no caminho errado. Essa aqui parece trabalhar com jovens em situação de risco, antes de eles se perderem. — Mesmo que Michael estivesse atuando, era muito convincente.

Voltaram à sala principal, onde todas as crianças permaneciam imóveis.

Michael se inclinou e sussurrou no ouvido de Karen:

— Hora de usar o charme.

E foi o que ele fez.

Karen encontrou um banquinho para ele sentar enquanto incentivava as crianças a fazer perguntas.

— Que escola vocês frequentam? — ele perguntou, ajudando a quebrar o gelo. — Do que mais gostam nela?

Várias crianças disseram que gostavam de ir para casa. Amy disse que gostava de ir para o clube.

— E do que vocês menos gostam na escola?

— Álgebra! — disse Juan, da mesa de matemática.

— Pense no dia da pizza, Juan. Vai ficar mais fácil resolver a equação — disse Karen, no fundo da sala.

Várias crianças riram.

— Dia da pizza? — perguntou Michael.

— A srta. Jones suborna a gente com pizza se irmos bem nas provas.

— Se *formos* bem nas provas, Steve — corrigiu Karen.

— Se eu tivesse uma monitora tão linda quanto a srta. Jones quando eu estava na escola, só tiraria A — disse Michael, mantendo contato visual com ela. — Sem precisar de nenhum tipo de suborno.

As crianças ao redor assobiaram e ovacionaram.

— Faz muito tempo que você saiu da escola, sr. Wolfe. As coisas mudaram. — Ela o estava provocando, fazendo-o se esforçar um pouco mais.

Pela expressão divertida em seu rosto, ele tinha gostado da brincadeira.

As crianças riram, e pelo menos uma pegou o celular para tirar fotos.

— Só vou dizer uma coisa, pessoal: se alguém aqui puder convencer a srta. Jones a sair comigo, vou fazer melhor que um dia da pizza.

As crianças estavam acreditando na encenação.

— Ah, meu Deus, srta. Jones! Michael Wolfe acabou de te convidar para sair!

— Você tem que ir, srta. Jones.

Michael interveio:

— Isso mesmo, srta. Jones.

— Você sempre precisa de uma sala cheia de crianças para que as mulheres saiam com você, sr. Wolfe?

Michael inclinou a cabeça para o lado e disse:

— Não. Mas ajuda.

Não havia menos que quatro celulares a postos. Karen estaria no YouTube antes mesmo de chegar em casa. Ela tinha certeza disso.

— Vamos, srta. Jones.

— Vamos fazer o seguinte: eu te dou meu número de telefone e conversamos sem plateia.

— Tudo bem — ele respondeu.

Ela observou os olhos arregalados ao redor.

— Alguém me empresta uma caneta?

Alguém enfiou uma na frente dela. Karen se aproximou de seu futuro marido, pegou a mão dele e fez o que tinha certeza de que ninguém jamais havia feito. Escreveu seu número de telefone na palma da mão dele. Quando terminou, ele pegou a mão dela e a beijou.

Os olhos dele estavam sorrindo.

Alguma coisa dizia a Karen que seu próximo ano seria muito divertido. E, se as crianças pudessem ganhar mais do que pizza com esse acordo, ela estava dentro.

❧

— Era exatamente disso que eu precisava — disse Karen do outro lado da mesa.

Gwen sorriu e levantou sua bebida.

— Talvez isto seja o mais próximo de uma despedida de solteira, se o Michael agir tão rápido como acho que vai.

Elas estavam sentadas uma de frente para a outra no Hard Rock Café, na Sunset. Gwen havia decidido aceitar a sugestão de Eliza. *Saia, encontre alguém, namore.*

Isso se ela quisesse conhecer alguém que não fosse um homem chato e responsável, sempre pontual, mas que nunca a fizesse se sentir animada com sua presença. Ela tivera homens previsíveis e completamente entediantes em sua vida antes; precisava olhar fora dos salões de baile onde conduzia seus negócios.

O bar estava lotado. Os clientes bebiam e riam, esquecendo os problemas.

— Ele é um cara legal, de verdade. As crianças amaram.

Gwen olhou ao redor, mas não notou ninguém as observando.

— Tenho certeza de que a fama dele vai fazer com que elas te admirem ainda mais.

— Mais um bônus — disse Karen.

— A um relacionamento bem-sucedido — disse Gwen, batendo seu copo no de Karen.

— É isso aí. — Tomaram seus drinques. — Não acredito que isso está realmente acontecendo.

— Espere até ver a casa dele.

Karen sorria enquanto olhava a movimentação do bar.

— Aqui! — disse, acenando.

Eliza se juntou a elas, jogando a bolsa na mesa.

— Achei que não encontraria vocês neste zoológico. Dá para enfiar mais gente aqui?

— Provavelmente.

— Que bom te ver — Eliza cumprimentou Karen. — Soube que devo te dar os parabéns.

— Ainda não, mas está começando a parecer que sim.

Eliza fez um sinal para a garçonete e pediu um martíni.

— Vejo que as coisas não mudaram muito — disse depois que a moça se afastou.

— Como assim? — Gwen perguntou.

— Estamos sentadas em um bar, e a sua sombra gigante está escondida lá nos fundos — Eliza disse, jogando um amendoim na boca.

— Minha sombra?

Eliza olhou para a direita do bar.

— Sim. O homem que age como se você fosse só uma cliente, mas que não consegue te deixar sozinha. Se não fosse o Neil, eu teria medo de que fosse um maníaco.

Gwen virou na cadeira. Empoleirado em um banco, do outro lado do bar, estava Neil.

— O que ele está fazendo aqui?

Seus olhos se encontraram por um breve instante antes de ela desviar o olhar.

— Acho que é óbvio.

Ela começou a ranger os dentes.

— Eu não preciso de babá.

— Não sei, Gwen. Da última vez que estivemos em um bar, lembro que alguém ficou bêbada e outros dois alguéns se meteram em uma briga.

Gwen nunca superaria essa vergonha. Ela e Eliza tinham ido relaxar em um bar texano. Os caubóis ficavam só no "sim, moça" e "como vai, querida". Elas dançaram, e, sim, ela bebera um pouco demais. Quando um dos caubóis erroneamente interpretara seu sorriso como um convite para certas intimidades, Neil irrompera do bar para ensinar ao rapaz o significado da palavra "não".

Fora a primeira vez que ele defendera a honra de Gwen, e, embora odiasse admitir, ela gostara de ver como ele ficara furioso quando outro homem olhara para ela.

— Isso foi no ano passado.

— E o que mudou desde então?

Nada! Não importava quanto ela flertasse com ele ou quão óbvia fosse a atração que sentia, Neil não mordia a isca.

—Tudo — disse Gwen, se levantando, pronta para pôr Neil em seu lugar. — Se me dão licença um instante...

Ela foi em rota de colisão com Neil, forçando passagem através da multidão. Quando se aproximou, ele manteve os lábios apertados e pegou a long neck a sua frente.

Deslizando entre a mulher no banquinho ao lado dele e o corpo maciço de Neil, Gwen bateu a mão no quadril e rosnou:

— O que você está fazendo aqui?

Ele piscou uma vez e ergueu sua cerveja.

— Bebendo.

Ela quis gritar.

— Bebendo — repetiu.

Ele inclinou a garrafa para trás e bebeu um gole.

— Eu sei o que você está fazendo, Neil. E não gosto. Não quero nem preciso de um guarda-costas.

— Há controvérsias.

Se pisar no pé dele pudesse pôr alguma noção em sua cabeça, Gwen o teria pisado melhor que um trabalhador em um vinhedo.

Ela enfiou o dedo no peito dele e se aproximou.

— Você tem ideia de como é difícil ter uma vida amorosa com um fisi-culturista de cem quilos no meu pé?

Um músculo se contraiu na mandíbula de Neil.

— Cento e dez.

— Ahhh! — dessa vez ela gritou.

Ele ergueu a cerveja novamente, mas, antes que pudesse tomar um gole, Gwen a tirou de sua mão e a inclinou em direção à própria boca. Em um movimento que deixaria Eliza e Karen orgulhosas, ela lhe devolveu a garrafa de cerveja vazia e se encaixou entre suas coxas.

A mandíbula dele se contraiu de novo.

O perfume almiscarado de Neil invadiu seus sentidos. Ela deixou a mão cair na coxa dele e a manteve ali.

— É o seguinte, Neil. Você tem duas opções. Ou cai fora, ou toma a iniciativa.

E apertou a coxa dele antes de se afastar e voltar até as amigas.

Um sorriso satisfeito se abriu no rosto de Gwen.

# 7

**QUE MERDA ACABOU DE ACONTECER?**

O belo traseiro de Gwen balançava de um lado para o outro enquanto ela voltava para a mesa. Ele mal teve tempo de processar o ultimato dela quando ouviu alguém chamar:

— Mac? É você?

Neil ficou paralisado. Seu nome do passado ficou preso na garganta, fazendo-o pensar duas vezes antes de virar. Ele acenou com a cerveja vazia para o barman, esperando que quem o havia chamado não estivesse olhando para ele.

— MacBain?

Neil olhou por cima do ombro.

— Rick? — disse, em choque. A última vez que vira Rick...

*O calor denso encerrava o cheiro de terra, sangue e morte. O helicóptero levaria em segurança o que restava de seus homens. Cinco conseguiriam, mas um deles daria o último suspiro antes de o helicóptero aterrissar.*

*E era culpa dele.*

Rick cumprimentou Neil e o puxou para um abraço.

— Que bom te ver.

— Você parece ótimo — Neil conseguiu dizer, agradecido ao barman por ter sido rápido com a cerveja.

— Você parece bravo, como sempre.

Rick "Smiley" Evans — Smiley para os homens da unidade deles, por causa dos lábios sempre sorridentes, mesmo quando o céu estava desabando sobre eles — pediu um uísque e se sentou no banquinho agora vazio ao lado de Neil.

— Quanto tempo faz?

Neil olhou por cima do ombro de Rick e viu Gwen rindo.

— Alguns anos. — Cinco anos, oito meses e poucos dias.

Rick se remexeu no banquinho.

— Aquilo ali é problema. São suas amigas?

Neil desviou o olhar e se concentrou em seu velho colega. A última coisa que queria era explicar Gwen para Rick. Merda, ele não sabia como explicar Gwen nem para si mesmo.

— O que você está fazendo em Los Angeles? Pensei que não gostasse da costa Oeste — Neil perguntou.

Rick pegou sua bebida e seu eterno sorriso desapareceu. Um arrepio percorreu a coluna de Neil.

— Odeio esse ambiente cenográfico.

— Então por que está aqui? — Algo dizia a Neil que ele não ia gostar da resposta.

Rick esvaziou o copo em um gole só.

— Estava te procurando.

*Ah, porra!*

Rick largou uma nota de vinte dólares no bar e levantou.

— Vamos para um lugar mais calmo.

A mandíbula de Neil doía. Ele não estava a fim de deixar Gwen, mas sabia que Rick não teria pedido que conversassem a sós se não fosse importante. Olhou para ela uma última vez antes de segui-lo para fora do bar.

Havia muitos bares discretos em Los Angeles. Encontraram um, pediram duas bebidas e desapareceram ali dentro.

— O Billy está morto.

— O quê? — disse Neil, e os pelos de seus braços se arrepiaram.

Billy Thompson era um caipira das florestas do Tennessee e um dos homens de Neil. Seu avô havia sido notório em sua cidade natal por causa da bebida que fabricava em casa. Uma habilidade que passara a Billy, o qual distribuía a iguaria em potes de vidro. Sim, Billy era um caipira, mas podia rastrear um rato em uma floresta e acertar-lhe um tiro no meio da testa a mais de um quilômetro de distância. Seu papel na unidade era inestimável.

*Havia sido* inestimável.

— Como?

— O relatório oficial diz suicídio. Alguma merda pós-traumática.

— Duvido.

Billy se livrara de toda aquela merda melhor que a maioria deles. A última notícia que Neil tivera fora que ele tinha se casado com a namorada de colégio e estava tentando esquecer seus dias de militar.

Rick bebeu um gole.

— Foi o que eu disse. O fato de ter um relatório para hackear significa que os nossos homens estavam de olho nele.

— Por quê?

— A mulher dele desapareceu. Os boatos que correram na cidade eram de que ela tinha ido embora com outro homem. O relatório oficial diz que ele encheu a cara e pulou de um precipício.

Neil se inclinou para a frente.

— Se a mulher do Billy tivesse fugido com outro homem, ele caçaria os dois onde quer que estivessem e a traria de volta.

Rick sorriu.

— Exatamente.

— Então, o que você acha que aconteceu?

— Acho que alguém o empurrou daquele penhasco. E quem quer que tenha feito isso está com a mulher dele, ou a matou e ninguém encontrou o corpo.

— Por que você acha isso?

— A Lucy, esposa dele, trabalhava como garçonete em um restaurante da cidade. No dia em que ela desapareceu, alguém a viu no estacionamento de lá conversando com um cara. Que não era o Billy.

— Onde você conseguiu essa informação?

Rick deu de ombros.

— Várias pessoas comentaram. É uma cidade pequena, os moradores baixam o volume da TV para ouvir os vizinhos brigando. Entretenimento barato. No dia seguinte, a Lucy não apareceu para trabalhar.

— E?

— O Billy chegou em casa depois de mais um dia de trabalho no moinho. O relatório diz que algumas roupas dela tinham sumido, mas a mãe da Lucy disse que a única coisa que faltava era a bolsa dela.

— O Billy deu queixa do desaparecimento dela?

— Para os capiaus de lá encontrarem a mulher dele? O que você acha?

— Acho que o Billy poderia encontrá-la mais rápido que qualquer um.

Rick anuiu.

— Exato. Só que o Billy ficou em casa... não foi atrás dela. Houve três ligações para a casa dele, todas de orelhões. Quem é que usa orelhão hoje em dia?

— Pessoas que não querem ser encontradas.

— Exatamente. Quando a Lucy não apareceu para trabalhar e o chefe dela ligou, o Billy disse que ela tinha fugido.

Neil retorceu a mandíbula.

— Você acha que alguém estava com a Lucy e ligou para o Billy para... provocá-lo? Ameaçá-lo? Pedir resgate?

Rick apontou sua cerveja na direção de Neil.

— É justamente isso que eu acho que aconteceu. Só que eu não acredito que eles estivessem atrás de dinheiro.

— Acho que o Billy não tinha dinheiro.

— Não mesmo. É por isso que eu acho que eles estavam só querendo foder com ele, fazer ele sangrar por dentro, sabe?

— Caramba. Isso é doentio.

— Uns caçadores encontraram o corpo do Billy no fundo de uma ribanceira.

— Escondido?

— Não. Numa trilha. Quem fez isso queria que ele fosse encontrado.

Neil esfregou o queixo.

— E você quer ir atrás de quem fez isso com o Billy...

— Pode apostar. Mas não é por isso que eu estou aqui conversando com você.

— Não?

O olhar frio e duro de Rick cruzou com o de Neil.

— Encontraram uma gralha morta enfiada no casaco do Billy.

O frio na espinha de Neil se transformou em blocos de gelo.

～∽～

Gwen afofou o travesseiro pela terceira vez e fechou os olhos. Ainda assim, o sono não vinha.

Ele tinha ido embora. Saíra sem nem olhar para trás. Em um instante a vigiava, em outro fora embora.

Tudo o que ela podia dizer a si mesma era: *Eu o forcei a isso*.

Karen e Eliza sugeriram que ela seguisse em frente. Independentemente da atração entre eles, se Neil não tomasse a iniciativa, a coisa nunca ia acontecer.

No entanto, quando saíram do bar, Gwen podia jurar que alguém a observava. Talvez Neil tivesse decidido não dar tanto na cara.

Eliza sugerira que ela fizesse alguns cursos de defesa pessoal e comprasse uma arma. Pelo menos para se sentir melhor quando morasse sozinha. Eliza podia enxergar através da armadura de Gwen. Ela não estava preocupada em morar sozinha, mas a verdade era que nunca tinha feito isso antes. Eliza já lhe mostrara como usar uma arma. Até o casamento da amiga, sempre houvera uma arma de fogo na casa. Os pais de Eliza haviam sido assassinados quando ela era pequena, e o responsável jurara matá-la também. Ela crescera fazendo parte do programa de proteção a testemunhas e carregava uma arma para a própria segurança.

Karen se mudara pouco depois da saída de Eliza. Com Karen por perto e a presença constante de Neil, Gwen não sentia necessidade de ter uma arma. Mas talvez pensasse nisso agora.

Por trás da fachada que levava gravado "Estou bem sozinha, muito obrigada", ela não se sentia totalmente à vontade.

No dia seguinte, Eliza voltou para Sacramento e Karen teve seu primeiro encontro oficial com Michael. Às dez da noite, o celular de Gwen zumbiu, indicando a chegada de uma mensagem.

> Gostei dele. Vou passar a noite aqui.

Ela sorriu e respondeu:

> Ligue a qualquer hora se precisar de mim.

A resposta de Karen foi uma carinha sorridente.

*E assim começam as noites em casa sozinha.* Gwen ligou os alarmes, pensou em Neil e foi para a cama.

De manhã, quando entrou na cozinha para tomar seu chá, notou que a porta dos fundos estava aberta. Ela podia jurar que tinha fechado, mas talvez não. Os ventos terrais, também conhecidos como santa Ana, espalhavam folhas no quintal.

Ela tinha certeza de que os detectores de movimento estariam malucos, e mesmo assim Neil não telefonara.

Ele não ia ligar. Ele havia feito sua escolha.

⁓∾∾⁓

— Uma semana a partir de sexta-feira — Karen anunciou quando entrou pela porta, ao meio-dia.

— Bem-vinda de volta.

Karen sorriu.

— Vamos nos casar em uma semana a partir de sexta.

Gwen se afastou da mesa, onde procurava na internet aulas de defesa pessoal, e abraçou a amiga.

— Que legal!

— Vamos para Nova York, casar lá e então nos esconder na França por uma semana. Eu nunca estive na França.

— Paris é linda nesta época do ano. *Parlez-vous français?*

— Que parte de "Eu nunca estive na França" você não entendeu? — respondeu Karen. — Eu não *parlo vu* nada além de inglês e de um ou outro palavrão do dialeto adolescente. — Karen se jogou no sofá e pôs os pés na mesinha de centro. — Não acredito que isso está mesmo acontecendo.

— Me conta tudo.

Ela soltou um suspiro e começou:

— Ele me levou a um lugarzinho em Brentwood. O garçom já o conhecia. Os clientes torciam o pescoço para olhar para a gente. Eu perguntei como ele conseguia ir ao banheiro sem que alguém o seguisse, e ele disse que faz como as mulheres: vai acompanhado — disse Karen, rindo. — A fama não o incomoda. Ele ignorava os olhares, e eu acabei ignorando também. Falei sobre as crianças do clube. Ele falou sobre o último filme. A conversa foi totalmente superficial enquanto comíamos. Entramos no carro e fomos para a casa dele.

— Não é linda? — Gwen perguntou.

67

— É incrível. Não é convencional como eu pensei que seria.

— Eu achei muito acolhedora.

— Quando estávamos sozinhos, falamos sobre o próximo ano... se tudo der certo. Vimos uma comédia romântica. Eu sugeri um dos filmes dele, mas ele disse que nunca assiste a nenhum, que não suporta se ver na tela. Ele gosta de beber vinho, mas em público finge gostar de cerveja. Você viu a adega? — Karen perguntou, embolando, em sua empolgação, os eventos da noite.

— Não, não vi.

— Enorme. Paredes de tijolos, mesa de ferro, prateleiras e mais prateleiras de vinhos que eu nunca tinha visto na vida. Esse é um dos motivos pelos quais escolhemos a França. Tem uns vinhedos que ele quer visitar, e que melhor desculpa para isso que uma lua de mel?

— Concordo. E por que você passou a noite lá?

Karen sorriu com malícia.

— Um sujeito com câmera nos seguiu saindo do restaurante. Quando eu fui embora hoje de manhã, ele tirou algumas fotos. O Michael sabia que ele estaria ali, esperando.

— Isso é só o começo.

— Eu sei. É só um ano. Bem, dezesseis meses. É loucura planejar o divórcio antes do casamento, mas o Michael traçou detalhadamente o cronograma.

Gwen estreitou os olhos.

— Tudo isso é para ganhar publicidade?

Karen deu de ombros.

— Não tenho certeza. Ele mencionou a família. Ninguém sabe sobre ele. Ele acha que a mãe suspeita, mas o pai não. Duas mulheres com quem ele saiu, só para as câmeras, deixaram claro para a imprensa que não rolou sexo, e acho que isso fez surgirem alguns rumores. A indústria é bastante unida, de acordo com o Michael. Não sei se ele está fazendo isso para salvar sua reputação de macho ou para ganhar tempo. Ele vai estar em três grandes filmes no próximo ano e mais dois no seguinte. Os milhões que ele ganha em cada filme são incentivo suficiente para casar.

— Foi o que eu pensei. Mas, de qualquer maneira, não importa. Contanto que você não tenha ideias românticas.

— Ele é absurdamente gostoso, mas me atrai mais como um bom amigo ou um irmão. Não tem perigo de eu me apaixonar.

— Ótimo — disse Gwen, levantando do sofá. — Você vai ter que me mostrar algumas coisas nos nossos arquivos. Duvido que eu tenha muito o que fazer enquanto vocês estiverem passeando pela França, mas nunca se sabe.

— Só vou trocar de roupa primeiro. — Karen saiu da sala e subiu as escadas.

Gwen salvou a página que estava olhando na internet e clicou nos arquivos dos clientes principais da Alliance.

— Ecaaa! Gwen, corre aqui! — Karen gritou.

Gwen riu enquanto ia até a amiga.

— Nossos vizinhos estão pelados de novo? Ficaram acordados até tarde na noite passada.

Mas Karen estava parada na porta do quarto. Gwen seguiu seu olhar. A janela de Karen estava entreaberta, e em uma floreira havia uma massa de penas pretas.

— É um pássaro morto?

— Um corvo, eu acho.

Gwen se aproximou. Sem dúvida, parecia que o corvo tinha tentado entrar pela tela. O bico ficara preso parcialmente dentro, enquanto o corpo jazia entre as gardênias.

— Eu odeio pássaros, Gwen. Me traz péssimas lembranças daquele filme do Hitchcock.

Gwen deu uma risadinha. Tirou o sapato e bateu na ponta do bico, até que ele se soltou da tela. Em seguida a abriu e, com a ponta dos dedos, conseguiu pegar uma pena e rapidamente atirou o pássaro para baixo.

— Vou jogar no lixo.

— Obrigada — disse Karen, estremecendo. — Que nojo.

Gwen saiu do quarto rindo.

— E todo mundo acha que a fraca aqui sou eu — disse baixinho.

# 8

**GWEN PASSOU PELOS PORTÕES DA** casa de seu irmão em Malibu e estacionou o carro na rotatória. Acenou para um dos jardineiros e entrou na casa.

— Olá! — disse enquanto entrava.

O som suave de passos batendo no piso precedeu a chegada da cozinheira.

— Lady Gwen?

— Oi, Mary. — Gwen tirou os óculos escuros e os colocou ao lado da bolsa, na mesa do saguão. — Tudo bem com você?

Mary trabalhava para Blake desde que ele havia mudado para essa casa. Era a cozinheira principal e às vezes ajudava nas outras tarefas domésticas. Havia uma empregada que também morava ali e jardineiros que iam para casa no fim do dia. E Neil, é claro.

Não procurá-lo estava matando Gwen. Provavelmente ele estava na casa de hóspedes, isso se estivesse ali.

Gwen disse a si mesma que não se importava. Ela tinha uma missão. Uma missão de independência.

— A Samantha avisou que eu vinha?

— Sim. Você vai ficar para o almoço? — Mary perguntou, com esperança no rosto.

— Está entediada, Mary?

— Muito. Não vejo a hora de eles chegarem.

Caminharam juntas pelo enorme hall de entrada em direção à cozinha, que, como o salão do café da manhã, dava para uma grande sala com janelas que iam do chão ao teto. Mais além da piscina e dos pátios, via-se a paisagem deslumbrante do oceano Pacífico.

— Eu fico com prazer para almoçar, desde que você almoce comigo.

Mary ergueu as sobrancelhas.

— Maravilha. Algum pedido especial?

— Qualquer coisa que não seja preparada no micro-ondas está ótimo.

Aprender a cozinhar não tinha feito parte da educação de Gwen. Desde que se mudara para os Estados Unidos, ela tivera que aprender a se virar sozinha, e isso significava muitas refeições prontas para aquecer no micro-ondas.

— É pra já.

— Obrigada. Vou estar no escritório do meu irmão, se precisar de mim.

Mary sorriu enquanto punha o avental em volta da cintura grossa. Gwen a ouviu cantarolar ao sair da cozinha.

O escritório de Blake era pintado de cores escuras, tinha estantes de livros embutidas e uma mesa no centro. Poltronas de couro marrom flanqueavam a mesa, e havia um sofá e um bar em uma extremidade da sala. Considerando como Blake desprezava o pai, Gwen achou divertido que o espaço a fizesse lembrar do escritório maior em Albany, onde seu pai costumava passar todo o tempo. O mesmo que Blake agora usava quando estava na Europa. Ele administrava sua empresa de navegação de ambos os continentes, com bastante sucesso.

Não que precisasse. Blake herdara a propriedade do pai deles uma vez que se casara e tivera um herdeiro. Gwen e sua mãe recebiam uma pequena pensão. Pequena para os seus padrões, mas enorme para qualquer pessoa que não tivesse morado em uma casa da nobreza a vida inteira, com um jatinho à disposição e uma verba para vestuário suficiente para alimentar uma pequena cidade. Blake não achava justa a divisão da renda, de modo que aumentara o fundo fiduciário dela — não que Gwen houvesse pedido. Ela sabia que seu irmão a amava. Quando ele transferira o dinheiro para sua conta, ela percebera como Blake havia se sacrificado para obter os milhões do pai. E também como seu pai e seu irmão eram diferentes.

Morar na casinha de Tarzana era uma escolha, e Gwen realmente gostava. Mas, agora que sabia que Neil não observaria cada movimento seu, ela precisava ter certeza de que estava segura.

Gwen foi até onde seu irmão escondia o cofre. Os painéis da parede pareciam comuns, mas, quando ela colocou o dedo em um leitor digital, a parede se moveu e surgiu uma porta de aço no lugar. Um scanner da palma da mão abriu a porta seguinte e ela entrou.

Apenas quatro pessoas tinham acesso ao cofre: Blake, Sam, Neil e ela. Gwen guardava algumas joias e dinheiro naquele espaço, mas não fora por isso que Blake lhe dera acesso. De seis por sete metros e meio e impenetrável, o cômodo desempenhava também a função de quarto do pânico. Quando Blake e Samantha tiraram férias sozinhos, Gwen ficara com seu sobrinho e com a irmã deficiente de Sam, Jordan. Blake queria ter certeza de que, se houvesse algum problema, sua família estaria protegida.

Gwen atravessou o aposento e abriu uma gaveta. Quatro revólveres de formas e tamanhos diferentes estavam ao lado de caixas de munição abertas.

Tudo o que ela precisava fazer era descobrir qual deles lhe serviria melhor. Pegou uma arma que parecia a que Eliza usava. *Presuma que qualquer arma está carregada*, as palavras de Eliza invadiram sua mente. Ela checou a câmara, encontrou-a vazia e notou o pente ao lado.

— O que está fazendo aqui?

A voz de Neil a fez pular. Ela virou para ele com a arma na mão. Notou que ele também segurava uma, mas a dele estava apontada para o chão.

— Meu Deus, Neil, você quase me matou de susto.

Ele levou a mão às costas, pôs a arma no coldre e entrou no quarto.

— Responda à pergunta.

O tamanho do homem fez o espaço diminuir. Ela se afastou, fazendo o possível para ignorar sua presença.

— O que parece que estou fazendo? — Pegou o pente, sentindo o peso.

— Isso não é um brinquedo.

— Eu sei.

— Para que você precisa disso?

— Para nada, provavelmente. Mas, seguindo os conselhos da Eliza e da Samantha, resolvi que devo ter uma na casa, caso eu precise.

Samantha havia concordado com o conselho de Eliza quando elas se falaram pelo telefone da última vez.

— Provavelmente você vai atirar no seu pé — ele disse e se aproximou.

— Obrigada pelo voto de confiança, mas tenho certeza de que vou ficar bem.

Depois de largar a pistola e o pente, ela pegou outro revólver. Só havia segurado o revólver de Eliza uma vez e não lembrava como fazer para ver se estava carregado. Mas não ia perguntar ao homem que havia acabado de debochar dela.

— Você já segurou uma arma antes?

Ela pôs o revólver de volta na gaveta, pulou o segundo, maior, e pegou outra pistola, semelhante à primeira.

— A Eliza me ensinou, lembra?

Neil grunhiu.

— A arma da Eliza não é parecida com nenhuma dessas.

— Parecem todas iguais.

— Diferentes calibres, diferentes mecanismos — ele explicou.

Neil estava perto de Gwen agora; perto o suficiente para ela sentir o calor do corpo dele.

Ela fechou os olhos. *Preciso parar de me torturar com esse cara.*

— Elas disparam balas, não é?

— Claro.

Ela pegou a primeira pistola e o pente.

— Então tudo bem.

Gwen virou para sair, mas Neil colocou a mão no braço dela, detendo-a. Apertou firme no início, mas logo suavizou, quando ela fitou seus olhos cor de avelã.

— A Eliza tem um trinta e oito. Essa é uma quarenta e cinco, e vai te fazer voar pela sala quando você apertar o gatilho.

Ela não conseguia se lembrar da arma que Eliza usava, mas, aparentemente, Neil conseguia. Gwen olhou para a pistola.

— Não vou sair daqui sem uma arma, Neil.

A mão dele agora mal tocava o braço dela, mas ele não se afastou.

— Tudo bem.

Ele a soltou, se ajoelhou e abriu outra gaveta. Pegou uma caixa preta, abriu e pôs todas as armas, pentes e balas dentro.

— Eu não preciso de todas — disse Gwen.

Ele inclinou a cabeça para o lado.

— Você precisa da certa. E não vai saber qual é enquanto não atirar com todas elas.

— Ah.

Eles ficaram para almoçar, o que deixou Mary feliz, e depois foram para um campo de tiro ao ar livre, escondido em um dos muitos cânions da Califórnia.

O campo estava relativamente calmo, e não demorou muito para ela perceber que era a única mulher ali. Dois homens lhe lançaram um olhar apreciativo, mas, depois de notar Neil ao lado dela, rapidamente desviaram os olhos.

O piso de cimento estava lotado de cápsulas, dificultando caminhar de salto alto. Assim que entraram na área onde se disparavam as armas, Neil entregou a Gwen um protetor auricular. O som dos tiros ficou abafado, e ela teve dificuldade de ouvir o que Neil dizia.

Ele pegou as armas e apoiou a mão no balcão.

— Quero que você tente este primeiro. — Era o maior revólver que havia na gaveta de Blake. O tamanho a intimidava.

— Por que esse?

Será que ele queria assustá-la?

— É o mais fácil de atirar.

Ela soltou uma gargalhada.

— Duvido.

— Eu levo armas a sério, Gwendolyn, e nunca mentiria para você sobre isso.

O fato de ele usar seu nome inteiro a fez questionar sua dúvida. Ela olhou para a arma e decidiu reconhecer sua ignorância.

— Esqueci como abrir e carregar.

Neil esticou o braço e pegou o revólver. Apertou um botão e girou o tambor que havia no meio.

— Tem seis tiros. — Ele pegou as balas, uma de cada vez, e as colocou nas cavidades. — Uma vez carregado, está vivo. Você não precisa puxar o cão para atirar, mas, se fizer isso, ajuda na precisão do tiro.

— Ajuda como?

— É preciso mais pressão sobre o gatilho para disparar o revólver do que no caso das pistolas — continuou, apontando para as armas com pente. — A pressão maior atrapalha a mira, a menos que você seja uma boa atiradora.

Ele entregou o revólver a Gwen e acenou com a cabeça em direção aos alvos. Ao contrário dos alvos de papel que ela havia usado antes, aquele campo estava cheio de metal giratório, que fazia barulho quando alvejado.

A arma pesava na mão de Gwen. Mais do que as outras.

Neil hesitou antes de se posicionar atrás dela. Passou os braços ao redor de Gwen, segurando-lhe as mãos nas suas sobre a arma e posicionando-a como queria.

Ela engoliu em seco. A sensação de Neil a abraçando, mesmo daquele jeito, a deixou sem fôlego. O desejo de se encaixar nele a deixava tonta. Mas ela se controlou. Em todas as outras ocasiões em que ele estivera perto dela, Gwen praticamente pulara em seu colo.

Mas não mais. Era a vez de Neil tomar a iniciativa. Isso se ele quisesse.

Ela não sabia bem por que ele a levara ao campo de tiro para treinar. Ele poderia ter sugerido um instrutor, se quisesse manter distância.

Mas Neil não era assim. Ele não permitiria que outra pessoa fizesse o que ele fazia de melhor.

— Pronta? — A voz dele soou abafada.

— O quê?

— Você está pronta?

Ela assentiu e fechou um dos olhos para mirar o alvo.

Neil levantou a arma e soltou as mãos dela. Afastou-se um pouco, mas ela ainda sentia o corpo dele contra o seu.

Ela mirou no triângulo de lata vermelha, que girava, respirou fundo e apertou o gatilho.

A explosão a jogou em cima de Neil, mas o tiro não foi tão ruim. Na verdade, tinha sido melhor que o tiro dado com a arma de Eliza.

— Acertei? — Ela não havia prestado atenção.

— Não.

Já sabendo o que a arma faria, ela armou o cão, apontou e disparou mais uma vez.

O triângulo rodou.

Ela olhou para Neil, cujos olhos sorriam, apesar dos lábios imóveis. Atirou de novo e acertou o mesmo alvo duas vezes.

Neil apontou mais longe.

— Agora atire naquele.

Foram necessários mais tiros para acertar o segundo conjunto de alvos. Mas logo ela os arrancou, como se fizesse isso há anos. Gwen sentia a animação correr pela coluna.

Neil ergueu o canto dos lábios.

*Você é mesmo sexy quando sorri.*

— Tente de novo. Sem armar o cão.

Ela se concentrou mais, a língua cutucando os dentes enquanto atirava. Sim, ela errou o alvo, mas pelo menos não estava atirando no meio dos arbustos — o que a fez se sentir bem.

Fizeram várias rodadas de tiros com os dois revólveres antes de Neil os trocar pelas pistolas. A menor parecia a de Eliza, mas a precisão de Gwen não era tão boa. Depois de alguns tiros, Neil pegou a arma, estreitou os olhos e apertou o gatilho. Seus braços nem se mexeram com o coice da arma, mas ele errou o alvo.

Ajustou a mira e atirou de novo.

Gwen o viu dar seis tiros, todos acertando o alvo muito distante.

— A mira está desalinhada. Vou ter que ajustar em casa. Está atirando para a esquerda de onde você aponta. — Ele entregou a arma a Gwen novamente. — Tente compensar o desvio e acertar alguma coisa.

Ela acertou um dos cinco alvos.

Terminaram com a arma que ela quase havia escolhido antes. Neil a advertiu sobre o coice e a abraçou por trás. Ela fez o máximo para ignorar a sensação quente que ele lhe causava nas costas e atirou.

A arma a jogou para trás, nos braços dele.

— Uau — ela exclamou, enquanto os braços vibravam por causa do impacto.

— Eu avisei.

Gwen baixou a arma, sem querer atirar novamente.

— Vai desistir?

Ela estreitou os olhos e o encontrou sorrindo.

— Está me provocando?

— Talvez. Mas, se precisar usar isso, eu não quero que você esteja despreparada.

Ele passou os braços ao redor dela mais uma vez e pegou a arma. Então a segurou enquanto ela atirava mais duas vezes, ajudando a absorver o impacto. Os tiros seguintes chegaram perto dos alvos, mas erraram. Quando o pente ficou vazio, Neil permaneceu atrás dela, com as mãos em seus ombros. Por um momento Gwen ficou imóvel, curtindo a sensação e o cheiro do homem com quem fantasiava incansavelmente desde que haviam se conhecido.

O campo de tiro tinha esvaziado; restavam apenas os dois.

— Nada mau, Harrison.

Ela riu. Ele nunca a tinha chamado pelo sobrenome.

— Harrison?

Suas mãos se suavizaram nos ombros dela.

— Na marinha, sempre nos chamávamos pelo sobrenome. Pareceu apropriado, com você aqui.

Ele nunca, nem uma única vez, havia dito alguma coisa sobre seus dias como militar, e isso pareceu íntimo para Gwen, de certa forma.

— Então eles te chamavam de MacBain? — ela perguntou, tirando os óculos de plástico que usava para proteger os olhos.

— Mac. Eles me chamavam de Mac. — A voz dele se suavizara, tornando difícil ouvi-lo. Ela arrancou os protetores auriculares e girou nos braços dele.

Ele ofereceu um sorriso, coisa rara.

— Muito bem, Mac, obrigada pela aula.

Ele não se afastou, com as mãos descansando nos braços dela. Tão perto que ela podia ver os olhos dele através dos óculos escuros. Ele a olhava fixamente.

O coração de Gwen martelava no peito, fazendo todo o seu corpo reagir. Neil levou a mão ao rosto dela, passando o polegar pelo contorno do queixo.

Ela queria tanto beijá-lo que podia sentir o gosto dele. Por um breve momento, ela o sentiu se aproximar. Então alguma coisa mudou e ele se afastou, levando o olhar, o corpo, a mão.

— É hora de ir.

Gwen quis gritar. Ele a desejava; e, meu Deus, como ela o desejava também. Então por que ele hesitara?

O que estava tão destruído dentro dele que o fazia se afastar?

# 9

**A SILENCIOSA VIAGEM DE VOLTA** a Malibu o corroía por dentro.

Seu estômago estava dolorido. O aroma floral do xampu dela encontra-ra um lugar confortável dentro da cabeça de Neil e se enraizara. Nunca mais ele veria a seção de xampus femininos do supermercado sem pensar em Gwen.

Fora uma verdadeira tortura tê-la em seus braços. Seu corpo minúsculo se encaixava perfeitamente no dele. Não que isso importasse.

Só que importava. Ele sabia que sim. A única maneira de ele fugir dela seria ir embora, contratar alguém para tomar seu lugar ao lado de Blake, fazer as malas e desaparecer.

E a gralha deixada junto ao corpo de Billy? Havia sido um aviso? Um si-nal que não significaria nada para ninguém, exceto para os membros da equi-pe de Neil?

*Mais um motivo para fazer as malas e ir embora.*

Mas quem poderia proteger Gwen melhor do que ele? Antes de se dar o trabalho de reservar um voo, Neil já sabia a resposta. Ele não precisava que ninguém pensasse que ele gostava dela, o que a transformaria em um alvo.

Gwen olhava fixamente pela janela, para o trânsito na rodovia. Ela de-veria estar no banco de trás, onde as janelas escuras esconderiam seu rosto. Mas ela se recusara. Dissera que ele era motorista dela tanto quanto ela era sua empregada.

— Você pensa nisso? No tempo que passou na marinha?

A pergunta de Gwen saiu do nada, e ele não sabia como responder.

— Neil?

— Às vezes.

— Foi horrível?

Ele apertou o volante, recordando o cheiro do cabelo dela e ignorando a lembrança de corpos carbonizados.

— A guerra é o inferno.

— Não consigo nem imaginar. A única violência que eu já vi foi o meu irmão quebrando o nariz de um garoto que me perseguia na escola. E você e o Carter brigando com aqueles homens no Texas.

Ele sentiu o ânimo melhorar. Havia gostado de dar uma lição no homem que incomodara Gwen. Apertou os lábios e disse:

— A violência cria mais problemas do que resolve.

— É, pode ser. Mas a ameaça da violência tende a manter as pessoas em alerta. Veja hoje, por exemplo. Passamos o dia inteiro atirando. Duvido que alguém mexa com você, mas tenho noção de que eu poderia ser considerada vulnerável. Se as pessoas que quiserem me fazer mal souberem que eu tenho uma arma, acho que iriam procurar um alvo mais fácil. Você não concorda?

— Mais ou menos. — *Batedores de carteira e covardes.*

— Acho que não vou precisar usar a arma, mas me sinto bem tendo uma.

Com isso ele concordava plenamente. Em comparação com a torre de marfim onde ele pensava em colocá-la quando a via, ter uma arma era melhor que nada.

— Você precisa deixá-la em casa.

Gwen assentiu.

— Não pensei em carregar comigo.

Ele saiu da rodovia e pegou a rua que levava à casa de Malibu.

— Uma arma de choque cabe na bolsa. E não é contra a lei carregar uma.

— É aquela coisa elétrica?

Uma risada, coisa rara, subiu pela garganta de Neil.

— Sim. Isso.

Ela sorriu para ele. E, caramba, Neil queria se derreter naquele sorriso e esquecer tudo de horrível em sua vida.

— Você tem uma?

— Não. — Ele não precisava de uma arma de choque. — Mas vou arranjar para você.

— Seria excelente, Neil.

Só uma lady diria que ganhar uma arma de choque seria *excelente*.

Neil estacionou atrás do carro de Gwen. Colocou o revólver maior, ao qual ela se adaptara melhor, no porta-malas dela, assim como uma caixa extra de munição. Ela abriu a porta do carro, jogou a bolsa no banco do passageiro e entrou.

— Obrigada por hoje. Eu me sinto melhor sabendo que tenho a arma certa.

Ele gostava mais da ideia da torre de marfim.

— Não há de quê.

Neil se afastou do carro para lhe dar espaço para sair.

— Hummm... O alarme da casa... — Gwen começou.

— Sim?

— Todas as portas e janelas do andar de baixo têm que estar fechadas para ele ser acionado, certo?

Ele se deteve e se aproximou da janela do motorista.

— Certo.

— Não fique assustado — ela advertiu.

Neil sabia que, quando uma mulher pedia para ele não se assustar, significava que tinha motivos reais para se preocupar.

Ele levantou as mãos e tentou aliviar a tensão nos ombros.

— É que... eu encontrei a porta dos fundos um pouquinho aberta quando acordei esses dias. Mas o alarme dizia que estava ligado.

— O alarme não liga se uma porta estiver aberta.

— Foi o que eu pensei. Com toda a interferência que tem tido ultimamente, achei melhor mencionar.

— Tem certeza de que o alarme estava ligado?

— Tenho. Eu chequei duas vezes. Apesar de achar câmeras e detectores de movimento um exagero, acho o alarme importante.

— Você ligou o alarme antes de sair hoje?

— Sim.

Ele pegou o celular no bolso e abriu o aplicativo que permitia ver a casa dela.

— A Karen não está em casa?

— Não.

O alarme mostrava estar ligado, e as câmeras não indicavam nenhum problema. Ele não gostou. De nada disso.

— Vou passar lá.

Surpreendentemente, Gwen não discutiu.

— Eu tenho algumas coisas para resolver — disse. — Você se importa de ir até lá sozinho?

Ele até preferia, na verdade. Com ela ali, poderia se distrair e deixar passar alguma coisa.

— Sem problemas.

— Obrigada — ela falou enquanto saía com o carro.

No entanto, quanto mais Gwen se afastava — para longe da segurança que ele sabia que poderia lhe proporcionar —, menos no controle ele se sentia.

E Neil odiava não estar no controle. Isso o enfraquecia.

~∽⌒∽~

— Então a loirinha tem uma arma — o homem disse para si mesmo enquanto os dois saíam do campo de tiro.

Sua câmera os gravara, encontrara as sutilezas do comportamento deles, as quais ele analisaria mais tarde.

MacBain estava desatento. Nem percebera que estava sendo vigiado.

— Você está vacilando, cara.

Ele se curvou em seu posto de observação acima da casa de Malibu e a observou enquanto ela partia sozinha em seu carro.

Ele sabia que ela não tinha mencionado o pássaro morto na conversa com Neil.

Se tivesse feito isso, ele nunca a deixaria sair sozinha.

*Hora de aumentar as apostas.*

~∽⌒∽~

Kenny Sands, proprietário da Parkview Segurança, encontrou Neil na casa de Tarzana.

— Isso não faz sentido — disse Kenny, repetindo o óbvio.

Neil havia feito testes e mais testes. Como esperado, a porta dos fundos já não disparava o alarme, mas, no modo zumbido — que avisava o morador quando uma porta ou janela estava sendo aberta —, fazia barulho.

— Os detectores de movimento captaram uma quantidade incomum de ruído também. Eu achei que tinha consertado isso na semana passada, mas parece acender sempre que os vizinhos usam a banheira de hidromassagem.

— Isso não devia afetar os sensores. — Kenny pegou o celular e telefonou para alguém. — Oi, Jane. Preciso que você mande uma equipe para a

*81*

Cherry Lane, 5420. — Fez uma pausa. — Não, mande um caminhão cheio. Vamos substituir os cabos da porta dos fundos.

Neil foi para o quintal, olhou em volta e não encontrou nada fora de lugar. Foi até a cerca dos fundos e olhou para o outro lado. Havia uma plataforma em volta da banheira de hidromassagem, com um pequeno bar. Sorte dele que os vizinhos nudistas gostavam de tomar banho no escuro, e era meio-dia.

Ele olhou para o segundo andar da casa de Gwen e notou uma janela aberta. Foi até o quarto abafado de Karen. Atravessou-o e fechou a janela. A visão do quintal dos vizinhos não era ideal dali, de modo que foi para o quarto ao lado.

O quarto de Gwen tinha cores suaves e texturas macias. Feminino, como ela. O ambiente tinha o cheiro dela também.

Olhou pela janela.

— Bela visão. — Ele até riria se aquilo não atrapalhasse a vigilância.

De soslaio, Neil captou um flash. Olhou além das casas, para a encosta que separava Tarzana de Woodland Hills. Essa era uma das coisas agradáveis na localização daquela casa. Havia uma fileira de residências atrás da de Gwen e depois um parque.

Para Neil, isso era uma bênção e um tormento. Uma bênção porque havia menos vizinhos, e um tormento porque alguém poderia se esconder na mata.

Ele procurou a fonte de luz, mas não encontrou nada. Enquanto os homens de Kenny trabalhavam, Neil deu uma volta pelo bairro. Prestou bastante atenção na casa logo atrás da de Gwen. As cortinas estavam fechadas, e dois jornais estavam empilhados na varanda da frente. Não havia nenhum carro estacionado na entrada. A grande maioria dos moradores tinha um carro na entrada ou na rua. Poucas casas tinham um espaço vazio em frente às portas da garagem.

Neil forçou um sorriso e foi até a porta; bateu duas vezes, mas ninguém atendeu.

Tentou olhar lá dentro, pela janela da sala. As cortinas eram do tipo blackout, o que tornava impossível ver qualquer coisa. Cortinas desse tipo eram essenciais em Las Vegas, mas no subúrbio? Não muito.

Por que pessoas que desfilam nuas pelo quintal se escondem da rua da frente?

Neil sabia que era tão discreto quanto um caminhão parado em um estacionamento cheio de Unos. Então, em vez de contornar a casa, se afastou da porta da frente e deu a volta no quarteirão. A maior parte do bairro estava tranquila. Por mais que ele odiasse o fato de não poder controlar tudo, poderia ser pior.

Deu uma volta completa, olhando tudo ao redor.

Sentia-se nu andando pelas ruas sem a segurança de um fuzil nas mãos. Quão doentio era isso?

O fato de Rick ter jogado toda aquela merda em cima dele dois dias atrás não ajudava. Ambos estavam tentando contatar o quarto homem que saíra vivo. Mas nada. Mickey não atendia as ligações, ou não estava. Talvez tivesse voltado para alguma missão. Unidades como a deles raramente largavam as forças armadas; tornava-se uma carreira para a vida toda.

Ele torcia para que Mickey estivesse em missão. O pensamento de que algo sinistro pudesse ter acontecido com ele, com qualquer um deles, deixava Neil doente.

E Billy estava morto.

Como alguém conseguira pegá-lo de surpresa?

Quando voltou à casa de Gwen, a fiação da porta dos fundos havia sido substituída e os detectores de movimento do quintal, trocados. Neil e os homens que trabalhavam para ele simularam várias situações, que dispararam o alarme e notificaram o celular de Neil e os monitores que Dillon vigiava na base.

Neil verificou o horário; eram quase cinco da tarde. Pensou em esperar que Gwen ou Karen voltassem, mas se lembrou do ultimato de Gwen no bar.

*Ou cai fora, ou toma a iniciativa.*

Ela não poderia ter sido mais clara e, depois de passarem o dia no campo de tiro, ela provavelmente pensaria que ele estava se aproximando.

E isso não podia acontecer.

Ele checou o GPS do carro de Gwen, que havia instalado sem o conhecimento dela quando ela comprara o veículo. Ela estava no trânsito, indo para casa. Neil fez questão de ir embora antes que ela o visse ali.

No caminho para Malibu, ele lhe mandou uma mensagem dizendo que o monitor e os alarmes já estavam funcionando corretamente de novo. Pediu que o avisasse se tivesse mais algum problema.

Ela não telefonou.

Ele viu quando ela chegou. Observou-a atravessar a casa e checar a porta dos fundos. A decepção tomou o rosto de Gwen, então ela foi para o escritório e ligou o computador.

Neil deixara o áudio ligado e escutava todos os sons da casa. Uma conversa ao telefone o fez entender que Karen não voltaria para casa essa noite. Em uma conversa que tivera com Blake naquela semana, Neil soubera que Karen se mudaria no fim de semana seguinte.

Com Gwen morando sozinha, os ruídos da casa de Tarzana seriam companheiros constantes de Neil. Alguém precisava cuidar dela.

# ~9 *10* 9~

— **VOCÊ PODE VOLTAR ATRÁS** — disse Gwen.

Ela e Karen estavam sentadas em um canto, no fundo de uma churrascaria Ruth's Chris.

Karen sacudiu a cabeça.

— De jeito nenhum. — Baixou a voz. — O dinheiro já está aplicado.

— Não importa.

Karen sorriu.

— Vai ser um ano ótimo, Gwen. Como longas férias pagas, em que eu vou conhecer novos amigos e mimar as crianças do clube.

Gwen sentia que era seu dever dar a Karen a chance de desistir, se ela quisesse. Em tese, casar por um curto período de tempo em troca de um monte de dinheiro parecia factível... até a hora do "sim", quando as dúvidas surgiam.

Gwen levantou sua taça de champanhe e a bateu na de Karen.

— A um ano maravilhoso.

— É isso aí!

Elas beberam, e Gwen prosseguiu:

— Você vai estar de volta antes de Aruba, né?

— Claro. Vai ser numa sexta-feira?

— Sim, por quê?

Gwen havia confirmado as datas com Samantha e Blake, que planejavam ir de Albany direto para Aruba.

— O Michael disse que tem quase todas as sextas livres. Mesmo que ele não possa ficar em Aruba, vai estar lá no dia da festa.

— É uma viagem meio longa para passar um dia.

— Aparentemente ele não concorda. Ele falou que faz esse tipo de coisa o tempo todo.

— Eu e a Eliza vamos antes. Você podia ir com a gente, se der.

— Vou tentar. Imagino que a sua mãe vem, certo?

Gwen não pensava nela havia algum tempo.

— Com certeza. Mas acho que eu não vou suportar mais um olhar piedoso dela.

— Como assim?

— Sempre a madrinha, nunca a noiva.

— Ah — disse Karen, passando manteiga em um pedaço de pão. — Tenho certeza de que ela só quer te ver feliz. Como a maioria das mães.

— Se pelo menos eu arrumasse um noivo até sexta, ela guardaria esses comentários para si.

Karen ergueu as sobrancelhas.

— Você tem um bocado de homens no banco de dados para levar em consideração.

Gwen sorriu.

— Eu não tinha pensado nisso.

E se ela começasse a entrevistar alguns homens para encontrar um acompanhante para a festa, como se sentiria aquele que a vigiava?

— Por outro lado, eu vou ser convidada para todo tipo de festa da indústria do cinema no próximo ano. Nunca se sabe quem eu vou conhecer — disse Karen.

O garçom chegou com os pratos. O rico aroma das carnes dominou a mesa. O fato de poder cortar o filé com um garfo tornava a experiência ainda melhor. Depois de encher os copos, o garçom se afastou.

— Teve notícias do Neil?

Gwen usou a desculpa de mastigar a comida para não responder de cara.

— Nada.

Karen sacudiu a cabeça.

— Qual é a dele, afinal? Era foi fuzileiro naval, certo?

— Sim.

— Acho que isso explica por que ele é chefe de segurança do seu irmão. Mas isso deveria significar que ele estaria ao lado do Blake vinte e quatro horas por dia. Mesmo que para isso precisasse acompanhar o Blake e a Sam até a Europa.

— As únicas vezes que ele foi para Albany, foi para festas e eventos pessoais. Caso contrário, ele sempre ficou aqui — explicou Gwen.

— Para vigiar a casa? Parece um exagero, na minha opinião.

— O Blake disse que eles eram amigos antes de ele contratar o Neil como guarda-costas. A Samantha deu a entender que o Neil tem algum tipo de lealdade com o meu irmão, mas não sei o motivo.

Karen deu uma garfada no filé.

— Meu Deus, que delícia.

— O melhor.

— Você acha que o Neil salvou a pele do seu irmão em uma briga ou algo do tipo?

— O meu irmão não briga. — Não com os punhos, pelo menos.

Karen riu.

— Todo homem briga, se precisar. Está no DNA deles.

— Eu discordo completamente. Conheci homens que choravam com um corte no dedo com papel — disse Gwen.

Karen revirou os olhos.

— Tudo bem, eu quis dizer homens como o Blake e o Neil. O Blake não deixaria de socar alguém se fosse provocado.

— Acho que você tem razão. Eu não sei o que aconteceu entre eles que levou o Neil a trabalhar para o meu irmão. Mas acho que um dia vou descobrir.

Talvez fosse o momento de perguntar ao seu irmão, ou pedir a Samantha que descobrisse isso para ela.

— O Neil parece tão bravo o tempo todo...

Gwen sentiu necessidade de defendê-lo.

— Alerta, não bravo.

Ela recordou a expressão do rosto dele quando brigara com os caubóis no Texas. Seus olhos cor de avelã se transformaram em uma sombra escura, e os músculos do pescoço se retesavam a cada respiração. Ali sim ele estava bravo.

— Alerta, bravo, dá na mesma. Acho que nunca o vi sorrindo.

— É devastador quando ele sorri... — Gwen ficou ofegante só de pensar no sorriso de Neil.

— Caramba, você está mesmo de quatro. Espero que não perca tempo com ele.

— Posso te contar uma coisa?

Karen se inclinou para a frente.

— Um dia desses, quando fomos ao campo de tiro... eu podia jurar que ele ia me beijar.

Karen piscou.

— E?

— Não sei. Ele recuou. Fugiu, na verdade. Como se eu o tivesse mordido ou algo assim. Você acha que o Neil não está aproveitando o que eu disse com todas as letras que ele poderia ter porque trabalha para o meu irmão?

Karen balançou a cabeça.

— Não. Tenho certeza que não. Se trabalhar para o seu irmão fosse um obstáculo para chegar em você e ele te quisesse, ele pediria demissão.

Gwen suspirou.

— Acho que isso significa que ele não me quer.

— O cara te segue e te vigia como se você fosse de vidro.

— A obrigação de cuidar de mim não significa que ele me quer.

— Você disse que ele quase te beijou — apontou Karen, dando um gole no vinho.

— E depois fugiu. A gente não se vê desde aquele dia.

— Algo o está impedindo, Gwen. Descubra o que é — disse Karen — e você vai encontrar o problema.

Ela tinha razão.

— Será que teve alguma outra mulher... alguém que o machucou?

— Nunca se sabe.

Gwen remexeu a comida.

— Mesmo se eu descobrir o que é, não existe nenhuma garantia de que ele vai voltar a se aproximar — disse, e o pensamento a deixou deprimida.

— É verdade. Mas você prefere nunca saber se as coisas poderiam ter dado certo com ele? Enquanto ele trabalhar para o seu irmão, você vai vê-lo o tempo todo.

— Não sei o que fazer — admitiu Gwen.

— A vida é uma só, Gwen. E você é a pessoa mais romântica que eu conheço. Siga o seu coração.

— Então eu devo esperar por ele?

— A espera pode ser longa. Eu nunca diria para você ter esperança se ele não demonstrasse interesse. Acho que você deve estabelecer um prazo para você mesma e depois partir para outra. Eu sei que você deu um ultimato para ele aquela noite, mas você não está pronta para seguir em frente.

— Não depois do campo de tiro.

Karen sorriu.

— Só me promete que não vamos ter essa mesma conversa na minha festa de divórcio no ano que vem... Se o Neil não tomar a iniciativa, vou fazer você superá-lo na marra.

— Vamos brindar a isso.

E foi o que fizeram.

Em seguida acabaram de comer e foram para o estacionamento. Desde que Karen tinha começado a namorar Michael, a mídia e muitos fotógrafos estavam sempre por perto.

— Parece que os paparazzi tiraram a noite de folga — disse ela.

Gwen pegou as chaves na bolsa enquanto caminhavam até o carro.

— Ainda assim, sinto que alguém está me observando — comentou.

— Eu diria que você é paranoica, mas tenho que concordar. Desde que eu e o Michael começamos a namorar, sempre sinto olhos colados em mim. — Karen girou sobre os calcanhares. — Se alguém está nos observando, acho que o negócio é com você. Os caras que me perseguem não se importam de ser vistos.

— O Neil? — Gwen riu. — Você acha?

Talvez ele gostasse dela, afinal.

Karen estava indo para o lado do passageiro quando gritou:

— Eca!

— Que foi?

Ela se afastou do carro e olhou para o chão.

— O que está acontecendo com esses pássaros suicidas?

A seus pés havia outro corvo morto, maior que o último.

— Será que alguém descobriu que você detesta pássaros?

Karen arregalou os olhos.

— Ah, você não acha que... Ai, caramba! Você acha que isso aqui é proposital?

Gwen se abaixou e jogou o pássaro num canto.

— Duas aves mortas em duas semanas. Acho que é possível.

— Isso é doentio.

— Anda, vamos para casa.

Nessa noite, elas trancaram todas as portas de casa e checaram todas as janelas... duas vezes.

～∞～

A notícia do casamento de Michael e Karen estava por toda parte na sexta-feira à noite. A imprensa os seguira até Nova York e relatara que eles haviam partido em um jato particular, cortesia de lorde e lady Harrison, rumo à França.

Samantha insistira em emprestar o avião. Um voo de lua de mel até a França era uma lembrança para os recém-casados.

No domingo à noite os repórteres, que tentaram tirar informações de Gwen, já tinham abandonado o bairro. Ela recebera três telefonemas nas últimas trinta e seis horas: um de Eliza, querendo saber como ela estava; um de Samantha, que ligara para ver se Gwen "precisava de alguma coisa".

E um de sua mãe.

— Você devia voltar para Albany.

— Isso não vai acontecer, mãe.

Linda sempre fora muito correta e direta.

— Você não está preparada para viver sozinha, Gwendolyn. O Blake e a Samantha nem estão aí.

— Mãe, por favor, eu não sou mais criança.

*Ah, Deus, o Neil deve estar adorando essa conversa.* Isso, claro, se ele estivesse ouvindo. Gwen olhou para o monitor de vídeo e revirou os olhos.

— E se eu disser que me sinto sozinha? — Linda perguntou.

— Eu sugeriria que você arranjasse um amante.

*Isso deve calar a mamãe.*

— Gwen!

— Que foi?

— As pessoas não saem simplesmente e arranjam um amante.

Gwen riu.

— Tem razão. As pessoas *escolhem* um amante.

Linda fez uma pausa.

— Foi isso que você fez? Tem um homem na sua vida?

— Se eu te dissesse que sim, você me deixaria em paz?

— Eu insistiria em conhecê-lo — argumentou Linda.

90

— Nesse caso, não vou dizer.

— Você não era tão difícil quando morava aqui.

Não. Ela sempre fora perfeita: a filha perfeita, a irmã perfeita. Talvez fosse isso que a atraía em Neil. Ele não era perfeito. Tinha um jeito duro, ríspido e difícil.

— Gwendolyn? Você ainda está aí?

— Sim. E é exatamente onde pretendo ficar.

— Ah, muito bem. Mas esteja preparada para se sentir culpada quando nos encontrarmos em Aruba.

Gwen riu.

— Eu não esperaria nada menos. Te amo.

— Eu também te amo, querida.

Gwen sorria ao desligar o telefone.

Neil virou a arma de choque nas mãos. Aquela maldita coisa era rosa.

Ele sentiu um sorriso genuíno nos lábios quando olhou para aquilo. Somente Gwen usaria uma arma de choque cor-de-rosa. No começo ele pensara: *Pelo amor de Deus... Eu não vou comprar uma arma cor-de-rosa.*

Mas era para Gwen, sua bolinha de fogo loira que portava uma arma com orgulho e determinação. *Sua?* Ele precisava mesmo parar de pensar nela como *sua*.

O celular tocou, afastando Gwen e a arma de choque cor-de-rosa de sua cabeça.

— Alô?

— Oi, Mac.

— Rick.

— Parece que o Mickey voltou ao trabalho diário.

— Confirmado?

— Porra, Mac. Você sabe que isso é impossível. Quando se está na surdina, ninguém sabe merda nenhuma.

Neil lembrava. Sua última missão havia sido tão camuflada que ele e seus homens não sabiam o que fariam até estarem no ar. Não havia ordens oficiais nem arquivos. O que acontecera no Afeganistão não acontecera. Não oficialmente, pelo menos.

As mortes em sua equipe foram malditos "acidentes de treinamento".

— Eu me sentiria melhor se soubesse onde ele está.

— Nós dois, parceiro.

— Para onde você vai agora?

— Para a casa do Billy.

— Pode ser uma armadilha.

Neil devia ir com ele.

— Eu não sou casado, Mac. Minha família acha que eu sou louco e mantém distância. Não tem nenhuma bobagem emocional que esse bosta possa usar contra mim.

Neil passou a mão pelo queixo barbado.

— Seria bom algum apoio, cara — Rick falou.

Neil olhou para a arma de choque. Talvez fosse hora de seguir em frente.

— Só preciso cuidar de umas coisas antes.

Rick deu um assobio, animado.

— Caralho! Eu sabia que podia contar com você.

— Onde você está?

— No estado de Washington. Vamos nos encontrar no Colorado daqui a quatro dias. É tempo suficiente para você?

Neil olhou as paredes vazias do que ele chamava de lar.

— É.

— Rock and roll! Vai ser como nos velhos tempos.

Neil pensou naqueles que não voltaram para casa. *Espero que não.*

～⁂～

Por mais que Neil quisesse deixar a atuação para o homem com quem Karen havia acabado de se casar, ele precisava pôr fim a todas as ideias românticas que Gwen tinha em relação a ele. Ele iria jogar com a mente dela e acabar com qualquer coisa que pudesse ter existido entre eles.

Precisava fazer isso.

Sua conversa com Smiley o fizera lembrar por que homens como ele não tinham uma vida normal. Vide o que o amor custara a Billy. Duzentos soldados talibãs armados até os dentes, dispostos a se explodir por uma causa, não haviam pegado Billy... Mas mexeram com a mulher dele, e agora seu amigo estava morto. E as chances de encontrá-la viva eram menores que zero.

Neil poderia ser responsável pela própria vida, mas não pela de Gwen.

Ele foi até os fundos da casa de Malibu e entrou na cozinha. Mary estava à mesa, rodeada por tubos de cola e jornais.

— O que está fazendo?

— Posso garantir que não estou cozinhando.

Os recortes de jornal eram fotos de Karen e Michael estampadas em todos os tabloides de Los Angeles. Neil notou uma de Karen e Gwen na varanda de um café.

— É um álbum de recortes para a Karen. O que você acha: estou entediada ou não?

Mary era uma boa mulher.

— Mulheres gostam dessas coisas — Neil observou.

Ela levantou um jornal e olhou o que estava embaixo.

— Sim, gostam.

Gwen era como uma obra de arte diante da lente de uma câmera, pensou Neil. Olhou a foto mais de perto.

As duas estavam ao lado do carro de Gwen, que segurava algo preto na mão.

Neil pegou o jornal.

— Ei, você vai estragar a minha organização! — Mary o repreendeu.

Ele leu a legenda abaixo da foto: "Lady Gwen não é tão frágil quanto parece. Foi ela quem tirou um corvo morto do caminho de Karen Jones".

Cada músculo do corpo de Neil se contraiu. Virou o jornal nas mãos; o artigo havia sido publicado uma semana atrás.

— Jesus...

Um corvo morto. As palavras de Rick voltaram a sua mente. *Encontraram uma gralha morta enfiada no casaco do Billy.*

— Neil? Qual é o problema?

— Tenho que ir.

Ele correu da casa principal para a dele. Checou os monitores e as transmissões de Tarzana. Viu Gwen de roupão lavando a louça. Pegou o telefone e viu quando ela atendeu.

— Oi, Neil.

Os detectores de movimento do quintal estavam confusos novamente.

— Neil?

— O que está acontecendo no quintal?

— De novo isso? Lembra o que falamos? Um simples "oi"...

— Caramba, Gwendolyn. Corta esse papo.

— Não seja grosso comigo, Neil MacBain, ou eu desligo o telefone. Não está acontecendo nada no meu quintal.

Ela estava irritada. Não era algo que ele via com frequência, mas pelo menos Gwen havia respondido à sua pergunta.

— Os vizinhos estão na banheira de novo?

Havia um leve brilho além do alcance dos monitores.

— Não sei. Acho que sim.

— Vá verificar.

— Neil, que bobagem. Nós dois sabemos que não tem ninguém andando no meu quintal.

Ele apertou o telefone com tanta força que o ouviu estalar.

— Por favor, Gwen. Vá olhar.

Ela virou as costas para a câmera da cozinha, jogou o pano de prato no balcão e subiu as escadas.

— Esta é a última vez, Neil. Da próxima vez que esse detector ficar maluco, você vai ter que vir aqui checar.

Gwen entrou em seu quarto, fora do alcance dos monitores de vídeo.

E então gritou.

# ~ 11 ~

GWEN LARGOU O TELEFONE E se afastou da janela.

Seus vizinhos, ambos nus, flutuavam de bruços na água. Mortos. Ela começou a tremer.

Precisava ajudá-los. Puxá-los para fora da água. Ligar para a polícia. Fazer alguma coisa.

— Gwen? Gwen? Caralho! Gwen?

Ela ouviu seu nome, mas não sabia de onde vinha.

*O telefone.*

Ela caiu de joelhos, e subitamente o alarme da casa disparou.

Deu um pulo e virou para a porta do quarto, imaginando que teria alguém ali. Mas estava vazio.

— Gwen?

Com a ponta dos dedos, ela encontrou o telefone.

— Neil?

— Meu Deus, Gwen.

— Eles estão mortos, Neil — disse ela, com a respiração entrecortada.

— Quem?

— O alarme. Meu alarme disparou. — Seu corpo inteiro tremia. *O que está acontecendo?*

— Eu disparei o alarme daqui. A polícia está a caminho. Quem está morto, Gwen?

Ela olhou mais uma vez pela janela.

— Os vizinhos. Na banheira. Eu preciso ir ver se posso ajudar.

— Não! Caralho. Não, Gwen, escuta! Fique dentro de casa. No seu quarto. Tranque a porta.

— Mas eu posso ajudar.

— Caramba, Gwen, não! Você precisa confiar em mim. Onde está a sua arma?

*Arma? Por que preciso da arma?*

Era difícil pensar com o barulho do alarme, que ecoava em cada canto da casa. Neil estava frenético, o que não ajudava a acalmá-la. Ela não devia ficar calma?

Enquanto se fazia essa pergunta, ela abriu a gaveta da mesa de cabeceira e pegou a arma.

— Está comigo.

— A porta do seu quarto está trancada?

Ela correu para a porta e a fechou com um estrondo.

— Sim. Você acha que tem alguém aqui? Tem alguém aqui, Neil?

Tinha alguém no quintal? Durante semanas ela sentira que alguém a estava vigiando. Será que Neil sabia de alguma coisa?

— Espere um pouco.

Ela deu uma olhada para fora de novo, mas manteve o corpo protegido pela janela.

Só se viam os vizinhos boiando. Luzes se acenderam em várias casas ao redor. Provavelmente por causa do barulho do alarme.

Ela se afastou da janela e apontou a arma para a frente enquanto checava o banheiro, debaixo da cama e o closet. Nada. Suspirou, trêmula.

Pelo telefone, ouviu Neil falar com outra pessoa:

— Bem atrás da casa. Minha cliente viu dois corpos em uma banheira de hidromassagem no quintal.

Gwen se jogou no meio da cama e ouviu Neil rosnar ordens e informações. Seu tom era assustador, como ela nunca tinha ouvido antes.

— Gwen?

— Estou aqui.

— Espere um pouco.

Como se ela pudesse fazer outra coisa. Perguntou-se por que queria morar sozinha. Isso não era liberdade... era medo. Puro e genuíno medo. Os segundos se transformaram em minutos. O corpo de Gwen sacudiu quando o alarme silenciou.

— Foi você que desligou o alarme? — ela perguntou a Neil, quase gritando.

— Sim. Estou no carro, a caminho. Não abra a porta para ninguém.

Ela já ouvia sirenes se aproximando lá fora.

— Mas a polícia... — começou a dizer.

— Para ninguém. Eu aviso quando chegar.

Era um trajeto de vinte minutos da casa de Blake até a dela. Gwen achava que não aguentaria esperar tanto tempo.

— O que está acontecendo, Neil?

Havia algo errado. Muito errado.

— Dez minutos.

Flashes de luz apareceram atrás de sua casa. Ela engatinhou até a janela e viu as lanternas da polícia vagando no quintal dos vizinhos.

— Gwen?

— A polícia chegou.

Um oficial foi tirar um dos vizinhos mortos da banheira, mas outro homem o deteve e o puxou de volta. Então ele jogou alguma coisa na água, que começou a soltar fagulhas.

— Meu Deus!

— Que foi? — Neil perguntou.

— A polícia está tentando tirar meus vizinhos da banheira, mas a água... está carregada. Formou um arco.

— Corrente elétrica?

— Acho que sim. Como é possível?

— Tem algum fio elétrico caído na água?

Ela olhou, mas não notou nada fora do comum.

— Não. — Ouviu a buzina do carro de Neil. — Tenha cuidado.

— Você ainda está no quarto?

— Sim.

Os minutos custavam a passar. Por fim, Neil disse:

— Estou chegando na sua rua.

Ela fechou os olhos e agradeceu a Deus por Neil estar perto.

— Estou entrando na casa.

Ela o ouviu correndo pela escada. Ele deu um pontapé na porta para abrir, fazendo a madeira rachar ao bater na parede. Gwen jogou a arma na cama e pulou nos braços de Neil, que a envolveram em um casulo de segurança.

— Está tudo bem.

Ela o apertou, enterrando o rosto no peito dele.

— Shhh, está tudo bem — ele repetiu.

— Nunca senti tanto medo.

— Sinto muito.

— Srta. Harrison? — alguém chamou no andar de baixo. — Polícia de Tarzana.

Neil afrouxou o abraço e segurou o rosto de Gwen com uma das mãos.

Ele tentou sorrir, mas não conseguiu. Seu semblante estava angustiado.

— Srta. Harrison?

— Aqui em cima — Neil respondeu por ela.

O oficial subiu a escada ruidosamente. Olhou para a porta e em seguida para os dois. O rapaz, que não devia ter mais que vinte e cinco anos, observou ao redor.

— Srta. Harrison?

Gwen assentiu, insegura para falar qualquer coisa. Neil ainda a abraçava, e ela se deixou ficar ali.

— Foi você que viu os corpos e avisou a polícia, certo?

— Eu estava ao telefone com ela e acionei o alarme por acesso remoto — disse Neil.

O policial levantou a sobrancelha, interrogativo.

— Acesso remoto?

— Exato.

Gwen deslizou o olhar para as persianas. O oficial entrou no quarto e olhou pela janela.

— Bem fácil de ver. Você espia os vizinhos com frequência, srta. Harrison? Neil a abraçou com mais força.

— Você está se excedendo, oficial — retrucou, com raiva controlada na voz.

— Anotado, sr...?

— MacBain — respondeu Neil. — Venha, Gwen, vamos sair daqui.

Ela ainda tremia enquanto descia as escadas abraçada a Neil. Quando fechava os olhos, via seus vizinhos boiando na água borbulhante. Por quanto tempo ficaria com essa imagem na cabeça?

Neil se acomodou na beirada do sofá e a fez sentar a seu lado.

Outro oficial entrou na sala.

— Vocês são os proprietários desta casa?

— Sou eu — respondeu Gwen.

— Foi você que relatou os corpos?

Ela piscou duas vezes.

— Então eles estão mesmo mortos?

O policial olhou para Neil e assentiu uma vez. *Puta merda.*

O oficial lá em cima chamou seu colega.

— Eu preciso falar com a polícia. Você vai ficar bem aqui? — perguntou Neil.

Gwen apertou mais o roupão ao redor do corpo.

— Sim, vou ficar bem.

— Onde está o seu celular?

— Na minha bolsa, por quê?

— Quero que ligue para a Eliza e peça para falar com o Carter, se for possível. Preciso que ele abra o caminho para eu poder ver com meus próprios olhos o que aconteceu lá.

Gwen se encolheu.

— Abrir o caminho? Eu não entendo... Deve ter sido uma fatalidade.

Neil olhou ao redor da sala, viu a bolsa de Gwen e pegou para ela.

— Ligue para a Eliza.

Gwen não fazia ideia de por que Neil insistia em meter o bedelho na investigação, mas falar com Eliza poderia ajudá-la a se acalmar. Enquanto ela pegava o telefone na bolsa, Neil subiu as escadas para falar com os policiais.

O telefone tocou duas vezes antes de Eliza atender.

— Oi, lady. Por que está ligando para esta...

— Eliza? — Gwen ouviu a angústia na própria voz.

— Ah, não. O que aconteceu?

Gwen fechou os olhos e viu os corpos.

— Os meus vizinhos... Eles estão, eles estão...

— Estão o quê, querida?

Gwen engoliu em seco.

— Mortos.

Eliza ofegou.

— Eu estava lavando a louça e o Neil ligou, puto da vida por causa dos monitores do quintal.

Pensando agora, ela lembrou como a voz dele estava angustiada. Mais que de costume.

— E?

— Os monitores têm andado malucos. Por algum motivo, não funcionam quando os vizinhos estão na banheira de hidromassagem.

— Os vizinhos pelados?

*Pelados e mortos.* Gwen mordeu o lábio inferior e se recusou a deixar que as lágrimas caíssem.

— O Neil me pediu para ir ver se eles estavam na banheira. Eu fiquei brava com ele, Eliza, me dando ordens... Falei que era a última vez que corria pela escada para olhar os vizinhos. E então... então... eu vi. O alarme da casa disparou, e o Neil me mandou trancar a porta e esperar por ele.

— Meu Deus, Gwen. Que coisa horrível!

— O Neil precisa falar com o Carter. Ele está aí?

— Não. Mas eu vou ligar para ele e pedir que retorne para o Neil imediatamente.

— Tudo bem. Obrigada, Eliza.

— Já ligo de volta.

Eliza desligou e Gwen manteve o telefone no colo. Luzes brilhavam pelas janelas da frente e de trás.

Duas pessoas estavam mortas. E Gwen não sabia se poderia morar sozinha ali, depois de tudo aquilo.

⁓৩০⌒

— Você notou alguma coisa diferente no sistema de vigilância? — perguntou o policial novato e irônico.

Neil mentiu:

— Sim.

— O quê?

— Vou mandar o meu assistente fazer um arquivo digital para você examinar.

O que Neil necessitava agora era sair do quarto e pular a cerca do quintal dos vizinhos para verificar a cena sozinho.

— Você conhecia as vítimas?

— Não.

— E a srta. Harrison?

— Vai ter que perguntar a ela.

— Qual é a sua relação com a srta. Harrison?

Neil estreitou os olhos.

— Eu cuido da segurança dela.

— Este não é um bairro sofisticado, sr. MacBain. Parece que o sistema de segurança e vigilância que você tem aqui é um tanto exagerado.

Ele apertou o maxilar.

— Se me der licença, preciso investigar a cena.

— Seguranças privados não têm autorização para isso, sr. MacBain. Tenho certeza de que conhece as regras.

Neil apertou os punhos. O celular tocando em seu bolso desviou sua atenção e o impediu de cometer um crime.

— MacBain — atendeu.

— Neil? É o Carter. O que está acontecendo?

Neil virou as costas para os policiais.

— Os vizinhos da Gwen estão mortos.

— Foi o que a Eliza acabou de me dizer.

— Sr. MacBain, ainda estamos analisando a cena, e nós não... — começou a dizer o oficial.

— Preciso de autorização do chefe da polícia de Tarzana para investigar a cena do crime. E preciso antes que eles remexam e estraguem tudo.

Os policiais se entreolharam com um leve sorriso nos lábios.

*Garotos arrogantes.*

Neil ouviu Carter falar com outra pessoa antes de voltar ao telefone. Se havia alguém que podia providenciar uma autorização, era o governador.

— Tenho alguém cuidando disso. A Eliza acabou de ligar para o Dean.

Ótimo. Dean era detetive da polícia de Los Angeles e amigo íntimo de Eliza.

— Você acha que foi assassinato? — perguntou Carter.

— Não vou saber enquanto não investigar. Espero que não.

— Sr. MacBain?

— Tenho que desligar — Neil disse a seu amigo. — Ligue para o Blake, diga que a Gwen está segura.

— Pode deixar. Eu ligo de volta se houver algum problema.

Quando Neil desligou, os policiais começaram a interrogá-lo novamente.

— Onde você mora?

Onde ele morava não era relevante, e responder às perguntas daquelas crianças enquanto os outros policiais andavam por ali era um desperdício de tempo valioso. Neil lhes deu um chega para lá:

— Eu falo com vocês depois que vir a área.

Voltou até Gwen. Ela não havia saído do sofá.

— Você está bem?

Ela começou a assentir, mas logo balançou a cabeça.

— Você não acha que foi um acidente, não é?

Neil não confirmou nem negou.

— Foi por isso que disse para eu ficar no quarto e pegar a arma.

Aqueles poucos momentos em que ela gritara e não respondia ao telefone haviam sido os mais longos da vida de Neil. Ele saíra correndo de casa e violara todas as leis de trânsito para chegar até ela. As palavras de Rick ficavam se repetindo em sua cabeça: *Acho que eles estavam só querendo foder com ele, fazer ele sangrar por dentro, sabe?*

Neil viu os oficiais descerem as escadas e saírem pela porta dos fundos. Enfiou a mão no bolso e tirou o jornal amassado com a foto de Gwen, Karen e o pássaro morto.

— O que aconteceu aqui?

Gwen alisou o papel no colo.

— Eu e a Karen fomos jantar fora. Quando estávamos indo embora, ela encontrou o pássaro morto no chão, ao lado do carro.

— Você parece contrariada na foto.

— Nós ficamos um pouco preocupadas. A Karen tinha encontrado um corvo morto do lado de fora da janela do quarto dela, na floreira, uns dias antes. Ela odeia pássaros, então pediu para... — Gwen continuou falando, mas Neil não ouvia.

*Dois... dois corvos mortos?*

— Não pensei muito no corvo da janela. Mas esse parecia maior, como uma gralha. Eu pesquisei. Gralhas não são naturais desta região.

— *Estou com o Gralha na mira, Mac.*

*Billy estava segurando sua arma de atirador de elite, e Neil estava prestes a dar a ordem para atirar, livrando-os do problema de precisarem se aproximar, para poderem sair logo dali.*

— *Maldição!* — *disse Billy, recuando.*

— *O que foi?*

— *Crianças. Os filhos pularam no colo dele.*

— *Espera. Vamos nos aproximar. Fazer um serviço limpo.*

*Menos danos colaterais.*

— Neil? — A mão de Gwen no braço dele o fez voltar à realidade.

— Por que você não me contou sobre isso?

Ele precisava tirá-la dali.

— Pensamos que era com a Karen. Algum fã maluco do Michael.

Podia ter sido Gwen boiando na piscina, não os vizinhos.

— Com a Karen?

— Ela detesta pássaros. Nós os encontramos na janela do quarto *dela* e no lado do passageiro, o lugar *dela* no carro.

— Sr. MacBain? — chamou o oficial na porta dos fundos. — Seu acesso está liberado.

*Valeu, Carter!*

— Vá lá para cima, Gwen. Faça uma mala. Você não vai mais ficar aqui.

Ele não esperou para ouvi-la protestar. Saiu pela porta dos fundos e pulou a cerca.

Os corpos haviam sido tirados da água e estavam cobertos com lençóis. Uma dúzia de policiais apontava as lanternas ao redor.

— Quem está no comando? — Neil perguntou enquanto caminhava até a parte de trás da banheira de hidromassagem.

— Eu.

Neil olhou e notou um oficial uniformizado.

— Foi o primeiro a chegar?

— Exato.

O que significava que ele estava esperando um superior aparecer para assumir.

— O que você sabe?

— Ambas as vítimas têm queimaduras, uma na mão e outra na lateral do rosto.

Eletrocutados.

— Onde você desligou a energia?

— No quadro de luz.

Neil foi até a lateral do quintal. Dois policiais olhavam para o quadro, e um deles tirava fotos.

— Neil?

Ele virou e viu Dean e seu parceiro, Jim, se aproximarem.

— Obrigado por terem vindo.

— Com licença — disse o oficial-chefe, abrindo caminho.

Dean e seu companheiro mostraram os distintivos.

— Você está fora da sua jurisdição, detetive.

Dean apontou para a casa de Gwen.

— Sabe quem morava naquela casa?

O policial balançou a cabeça.

— A esposa do governador. Qualquer coisa que aconteça em um perímetro de até dois quilômetros desta casa é da minha jurisdição. Agora, diga a seus rapazes para recuarem, eles estão pisando na cena do crime.

O oficial fez o que Dean pediu e se afastou.

— Eu adoro dizer isso — Dean brincou, e seu sorriso fácil se espalhou pelo rosto. — O que aconteceu?

Neil informou, mas omitiu o detalhe dos pássaros. Pelo menos por enquanto.

Dean olhou ao redor.

— Você acha que foi homicídio?

— Quando foi a última vez que você ouviu falar de um casal fritando em uma banheira de hidromassagem? — perguntou Neil.

Voltaram para a banheira. Os policiais observavam.

Jim levantou uma lona. Neil não viu o que tinha embaixo, nem precisou.

— A eletricidade viaja pelo corpo e sai por qualquer lugar, fritando tudo no caminho.

— A água ainda estava eletrificada quando os policiais chegaram — disse Neil.

Ele se ajoelhou diante da porta do motor da banheira. Um dos oficiais já a havia aberto.

— Tem uma lanterna? — pediu.

Jim lhe entregou uma.

Neil olhou lá dentro. Qualquer possibilidade de que fosse um acidente se dissipou quando ele viu os pássaros mortos.

— Que merda é essa?

— Gralhas — respondeu.

# 12

— CORRE, HERÓI... CORRE.

Brincar com sua presa era mais viciante que crack. Não era de admirar que os baderneiros não conseguissem se manter fora da cadeia. Estavam sempre doidões e fazendo merdas desse tipo... Bem, não exatamente desse tipo.

Aquilo fora coisa de gênio.

Ele observava enquanto Neil escalava a cerca de trás e corria para a casa. Um homem de terno o seguiu, enquanto outro dava instruções a seus subordinados. Colocou uma bala azeda na boca e ficou assistindo ao entretenimento.

Seus binóculos seguiram Neil enquanto ele puxava a garota da casa e a fazia entrar no carro dele. Neil jogou uma mochila no banco de trás e bateu a porta.

— Achei que não se importasse, MacBain. Achei que ia abandonar sua princesa.

Ele riu e pôs mais uma bala na boca. Agora que Mac tinha provado que a mulher significava algo para ele, era hora de pegá-la.

Mac não merecia ser feliz. Nenhum deles merecia.

～◦∞◦～

Exausta, Gwen desabou na cama de um dos quartos de hóspedes da casa de Blake.

No andar de baixo, Neil parecia se preparar para uma guerra. Ele e Dillon transferiram todo o equipamento de vigilância para o escritório de Blake, assim como grandes caixas pretas, que Gwen imaginou que guardavam armas.

Ela desistira de pedir mais detalhes a Neil. Quando ele entrara na casa e a encontrara enchendo uma mala, em vez de uma bolsa, enfiara um mínimo de roupas em uma mochila e a levara para Malibu.

Dean o seguira até a casa, e os dois conversaram por meia hora antes de o detetive ir embora.

Tudo o que Gwen queria era dormir. Recuperar a energia e entender o que tinha acontecido naquela noite interminável.

Tomou um longo banho quente antes de deitar na cama macia e acolhedora. Enquanto fechava os olhos, expulsou da mente as imagens de banheiras e morte e se concentrou na lembrança do abraço de Neil.

~∽~

Levou algum tempo para Neil remover os rastreadores do seu celular e dos carros com que partiriam à noite. Configurou o sistema da casa para produzir estática por dez minutos quando estava pronto para ir. Ele estava fazendo o possível para deixar a casa e impedir que qualquer pessoa soubesse disso.

Depois de voltar da casa de Tarzana, seu primeiro pensamento foi manter Gwen na torre de marfim, conhecida como propriedade de Malibu, e encontrar o homem responsável pela morte dos vizinhos... e de Billy. Mas, quando levou seu equipamento para dentro da casa e reiniciou o sistema, notou dois cookies infiltrados.

Seu sistema ultramoderno havia sido hackeado. E hackeado tão bem que Neil não encontrou um grampo físico. Tinha que estar ali, mas ele não conseguia ver.

Soube, então, que a razão pela qual ele nunca encontrara um problema nas linhas de Tarzana era porque o problema vinha de fora. O equipamento utilizado estava além do seu conhecimento. Todo ano, as forças armadas criavam apetrechos ainda mais espetaculares para facilitar o trabalho deles. Desde a invenção do grampo, os engenheiros trabalhavam para torná-los menores e mais difíceis de detectar. Bem, esse ele detectara, mas não conseguia localizá-lo.

Com a notícia da morte de Billy e a trilha de gralhas mortas atrás de Gwen, Neil sabia que não estava lidando com qualquer um. Quem quer que estivesse por trás dos assassinatos na banheira tinha experiência em espionagem. E, como Billy estava morto, Neil concluiu que a pessoa também era capaz de dominar fisicamente seu amigo.

Ficar na casa de Malibu seria uma armadilha. Neil tinha ciência disso. Quem sabia a extensão do alcance desse homem?

*106*

A breve conversa entre Neil e Blake foi tensa.

— Vou trazer a Gwen para cá. Ela vai estar segura em Albany.

Neil não concordava. O único lugar seguro para Gwen era a seu lado, até que ele pegasse aquele filho da puta e acabasse com ele.

— Ela está mais segura aqui. Comigo. E, antes que você sugira, não. Não volte para cá antes do previsto.

— Porra, Neil! Você espera que eu fique de braços cruzados enquanto pessoas estão morrendo aí?

Não. Ele esperava que Blake voltasse assim que o avião pudesse decolar. Mas isso significaria mais pessoas para vigiar... e mais pessoas para o assassino perseguir.

— Lembra quando nos conhecemos, Blake?

Neil lembrava. Fora o pior momento de sua vida. Seis meses haviam se passado desde que ele arrastara o que sobrara de sua equipe para um lugar seguro. Três homens haviam explodido em tantas partes que Neil não conseguira identificá-los. Billy e Smiley haviam carregado Linden, cuja perna esquerda fora arrancada na altura da coxa. Ele morrera a caminho de casa; não aguentara a perda de sangue.

Neil nunca pensou que sentiria culpa por ter sobrevivido.

Mas sentia. Ele estava vivo, e seus homens, mortos. Tudo porque ele dera a ordem de não atirar até estarem próximos.

— Lembro.

Neil apelou para suas memórias, tentando manter o que ia dizer do jeito mais camuflado possível. Era alta a probabilidade de que o homem responsável pelos últimos acontecimentos estivesse escutando-os.

— Lembra o que eu fiz no dia seguinte? Depois que fiquei sóbrio?

Eles haviam se conhecido em um bar. Mas não do tipo que Blake normalmente frequentava. Ele tinha voltado para os Estados Unidos após o funeral de seu pai e queria permanecer anônimo enquanto enchia a cara.

Brindaram durante horas. Dois estranhos odiando a vida e se compadecendo com uma garrafa. Fazia seis meses que Neil bebia para esquecer. Ele se lembrava de ter dito isso a Blake.

Neil não sabia bem quanto havia contado ao outro sobre seu tempo na marinha, mas, em algum momento no fim da garrafa, Blake apertara o botão errado.

— Então é isso — dissera Blake. — Você cansou de viver. Vai passar o resto da vida assim, até se transformar em um desses veteranos de rua que moram em uma maldita caixa de papelão?

Neil colara o punho na mandíbula de Blake, que estava em cima dele em segundos. Blake conseguira dar uns bons socos também, mas, mesmo bêbado, Neil o imobilizara e o derrubara. Ele poderia ter continuado a briga, mas o problema era que Blake estava certo.

Neil o largara e se afastara.

À luz do dia seguinte, quando o nevoeiro se dissipara e sua dor de cabeça parara de gritar como uma vadia, Neil se lembrara de Blake Harrison e sua empresa de navegação. Também se lembrava de Blake dizer que achava que sua linha telefônica pessoal estava grampeada, mas que nenhum dos homens que contratara havia encontrado alguma coisa.

Em duas horas, Neil tinha o endereço da residência de Blake Harrison e estava a caminho de Malibu.

Ele se escondera sob um chapéu, se fingira de jardineiro e entrara na propriedade sem que nenhum cão o farejasse. Para um homem tão rico quanto Blake Harrison, sua segurança era uma porcaria. Até a avó de Neil poderia entrar na propriedade e mexer na linha telefônica. E Nana já estava na casa dos setenta.

Neil encontrara o grampo no telefone, o removera e esperara que Blake voltasse para casa. Encurralara Blake antes que chegasse à porta da frente.

— Que porra é essa? — disse Blake.

Neil jogou um pequeno grampo disfarçado de gancho na direção dele. Blake se atrapalhou todo para pegar.

— Aqui está o seu grampo telefônico.

Era a maneira de Neil se desculpar por tê-lo atacado na noite anterior. E talvez um agradecimento por Blake tê-lo feito acordar. Porque, enquanto estava localizando Blake, se esgueirando por sua propriedade e tirando o grampo, Neil lembrara como amava a vida. E esquecera, mesmo que por pouco tempo, os amigos mortos e os corpos despedaçados.

Blake manuseou o grampo algumas vezes.

— Que merda.

Neil virou de costas, pronto para sair da vida de Blake para sempre.

— Ei! Como você entrou aqui, afinal?

Neil bufou.

— Sua segurança é uma bosta, Harrison.

— Quer um emprego?

Neil aceitara o emprego, mas não pelo dinheiro. Ele tinha dinheiro. Dinheiro de sangue, era o que lhe parecia. Blake investia o salário de Neil em sua própria companhia, no nome do amigo.

— Um fundo para a aposentadoria — dissera.

Mas Blake era uma máquina de fazer dinheiro. Ele transformava folhas de árvore em notas de cem dólares.

E Neil assumira o serviço de segurança de Blake.

Trabalhar o ajudara a curar uma parte da dor.

— Lembro — disse Blake, agora, ao telefone. Em seguida ficou em silêncio.

— Então você vai ter que confiar em mim. E vai ter que ficar aí. Mantenha sua família em segurança.

— A Gwen é da minha família — retrucou Blake.

— Eu sei.

Mas, para Neil, ela era muito mais.

❧ ∽∞∽ ❧

Uma mão cobria sua boca quando ela acordou. O quarto estava totalmente escuro.

Gwen começou a se debater, chutar e gritar.

— Gwen! Shhh, sou eu, o Neil — ele disse em um sussurro abafado.

Ela parou de se debater, mas ficou em alerta.

— Preciso que você me escute quando eu te soltar, tudo bem?

Ela assentiu.

Ele liberou lentamente a boca de Gwen e falou depressa:

— Precisamos sair daqui. Agora.

Neil vestia cores escuras, como um ladrão noturno.

— Por quê? — ela perguntou em voz baixa, no mesmo tom que ele.

— Não tenho tempo para explicar. Você precisa confiar em mim. Confia em mim, Gwendolyn?

Os olhos de Neil eram duros, atentos...

— Eu confio em você.

— Boa garota.

Ele se levantou e pegou uma pequena mochila de academia no chão.

— Aqui — disse, enfiando algumas roupas nos braços de Gwen enquanto ela saía da cama.

— Por que estamos sussurrando?

— A casa está grampeada.

Ela hesitou.

— Grampeada? — Se seu coração batesse mais rápido, seria um problema.

— Agora não, Gwen. Não acenda a luz. Coloque uma roupa, depressa.

Ela se sentou na beirada da cama e vestiu a calça preta que ele lhe entregara.

— Roupa de ginástica?

— É mais fácil de vestir.

Neil foi ao banheiro e procurou algo rapidamente. Gwen ficou de costas para ele enquanto vestia o top e a blusa de ginástica. Lembrava que havia pegado essas roupas antes, quando deixara a casa de Tarzana, pensando que poderia fazer um pouco de ioga para ajudar a aliviar a tensão.

Neil voltou, jogou algumas coisas na mochila e em seguida guardou também a camisola que ela havia acabado de tirar.

Mil perguntas inundavam a mente de Gwen. Por que eles estavam fugindo? Quem estava atrás deles? Para onde iriam? Se alguém havia penetrado a fortaleza que Neil criara para seu irmão e a família dele, o inimigo devia ser impiedoso.

Ela olhou para o relógio. Eram duas e meia da manhã, e algo lhe dizia que sua vida estava prestes a mudar para sempre.

Em menos de um minuto, Neil jogou a mochila dela no ombro e a puxou para levantá-la.

— Nem uma palavra até eu mandar.

Ela nunca tinha visto Neil assim. Seus olhos pareciam ver tudo, mesmo no escuro. A intensidade de seu olhar e os músculos tensos se contorcendo sob a camiseta justa demonstravam que ele estava mais alerta que uma onça pronta para dar o bote.

Neil a guiava pelas sombras, dentro e fora da casa. Contornaram o pátio e entraram silenciosamente na garagem. Havia um segundo carro ao lado do de Blake, com Dillon ao volante. Mesmo ao lado do carro, para Gwen foi quase impossível ver o motorista. Ela estreitava os olhos enquanto se dirigiam ao segundo carro e ele a fazia entrar no banco de trás. Com a mão na cabeça de Gwen, ele a empurrou levemente para baixo. Ela entendeu e se deitou no banco. A partir daí, a única coisa que viu foi a nuca de Neil.

Ele colocou um gorro preto. Saíram da garagem, com Dillon no outro carro. Os dois veículos seguiam no escuro.

Neil pegou uma rua sinuosa, fazendo as curvas mais rápido que o normal. Gwen se segurava para não deslizar do banco.

A adrenalina bombeava na mesma velocidade do carro. Mas Gwen tinha de admitir, pelo menos para si mesma, que não era medo que corria em suas veias. Era a emoção.

Mesmo sem uma explicação, ela sabia que Neil a estava protegendo, e com tanta ferocidade que lhe provocou uma inesperada chama de desejo.

Estendeu a mão para se segurar quando viraram outra esquina.

*Não é uma boa hora para ficar excitada, Gwen!*

O fato de estar sonhando com ele antes de acordar não ajudava. Ele a abraçava com aqueles braços de aço e se inclinava sobre ela com os lábios entreabertos. E então ele a acordara.

O carro passou por uma lombada na estrada e Gwen caiu no assoalho.

— Você está bem? — perguntou Neil, diminuindo a velocidade.

Ela voltou para o banco.

— Sim.

— Só falta um pouco — disse ele. — Daí vamos trocar de carro.

— Posso sentar?

— Não, ainda não.

Ela ficou deitada e o acompanhou no silêncio. Uma vida inteira passou no banco de trás antes de Neil diminuir a velocidade e parar fora da estrada.

Ele puxou o freio e saiu do carro. Abriu a porta traseira e lhe estendeu a mão. Os músculos rígidos protestaram quando ela se levantou para ir até o outro carro.

Aquilo que parecera uma eternidade durara menos de uma hora. Enquanto Neil abria o porta-malas dos dois carros e transferia objetos entre eles, Gwen ficou sentada no banco da frente, olhando a noite. Estavam parados em uma área de descanso, com uma dúzia de carros ao redor deles.

Gwen esperou até estarem em uma estrada estreita, sem nenhum carro à vista, para pronunciar uma palavra.

— Neil? — Ele olhou para ela e logo voltou para a estrada. — O que você está fazendo?

Os dedos de Neil apertavam o volante. Por um minuto, ele não disse nada.

— Cair fora não era uma opção.

A princípio, Gwen não entendeu o que ele queria dizer. Então se lembrou do ultimato no bar.

Ela cruzou as mãos no colo e apoiou a cabeça no banco.

Todas as suas perguntas — e, mais importante, todas as respostas de Neil — podiam esperar.

# 13

**OS ÓCULOS DE VISÃO NOTURNA,** sensíveis ao calor, captaram os carros enquanto saíam discretamente da garagem da casa em Malibu. Os dois carros indicavam o calor do motorista e da pessoa no banco de trás.

Ele abandonou seu posto de vigia, jogou uma bala na boca e deslizou no banco da frente de seu carro.

Ao que parecia, MacBain estava tomando as rédeas da situação.

— Não seria bom se você desse meia-volta e desistisse, não é?

Os dois carros eram idênticos, sem placas. Não havia como rastreá-los.

Qualquer idiota sabia que não devia ligar o celular se quisesse se esconder. Porém, mais cedo ou mais tarde, Neil precisaria ligá-lo novamente. Mas o homem não tinha pressa. Na verdade, poderia fazer isso o ano todo.

Os carros se separaram, seguindo em direções diferentes. Ele arriscou e seguiu o que ia para leste.

O outro foi para oeste.

O sol brilhava no horizonte enquanto se erguia, a leste. Os óculos escuros impediam que Neil olhasse diretamente para ele. A seu lado, Gwen dormia com a cabeça apoiada na janela do passageiro.

Ele mantinha a velocidade dentro do limite permitido; não precisava que algo simples como uma multa por excesso de velocidade acabasse com seu disfarce.

A estrada deserta se estendia por quilômetros à frente. A única coisa que interrompia a paisagem de terra era a alta cordilheira do deserto, ao longe.

E Gwen dormia.

Ele estava orgulhoso pelo que ela havia feito, ou melhor, pelo que ela não havia feito. Gwen poderia ter discutido, insistido em saber o que ele estava fazendo, mas simplesmente não o questionou. Seguira suas instruções ao pé da letra, e deixaram o sul da Califórnia sem um único adeus.

Neil passou os olhos pelo corpo dela. Vestida como um gatuno, ela nunca estivera tão bonita. E, embora ele nunca houvesse dito a ela uma palavra sequer sobre as fantasias que tinha envolvendo os dois, alguém havia descoberto.

Havia descoberto e estava usando isso contra ele.

*Fique longe de Vegas, Mac*, pensou. Ele precisava dar um jeito de melhorar sua cara de paisagem.

Gwen gemeu a seu lado. Um som profundo, que fez suas bolas se apertarem, fazendo-o se contorcer.

Ela piscou e se espreguiçou.

— Bom dia — murmurou.

A simples saudação fez Neil querer sorrir.

— Bom dia.

— Onde estamos? — ela perguntou, olhando para trás.

— Vamos estar em Nevada em mais ou menos meia hora.

— Nevada? É para lá que estamos indo?

— Vamos passar por lá.

— Ah.

Ele esperou um pouco antes de olhar para ela.

— Sem perguntas?

Ela sorriu, fazendo algo explodir dentro dele.

— Na noite passada, quando você me arrancou da cama, me jogou no banco de trás do carro e eu dormi na hora em que você parou de dirigir feito um louco, eu decidi aceitar cada momento do jeito que vier.

— Você não vai perguntar para onde vamos?

— E por acaso você me diria?

Não. Quanto menos ela soubesse, mais fácil seria guardarem segredo. Uma parada em um posto de gasolina poderia resultar em uma conversa que denunciaria sua localização.

— Foi o que eu pensei. Mas tudo bem, por enquanto.

Ele só precisava de um pouco de tempo. Assim esperava.

— Você contou para alguém aonde estamos indo? — ela perguntou.

— Não.

Seu irmão ficaria preocupado, e sua mãe, enlouquecida.

— Vamos ligar para...

— Não — ele interrompeu. — Não podemos ligar... Não até eu dizer. Os telefones de Malibu foram grampeados.

— Se você sabia, por que simplesmente não retirou os grampos?

— Se o homem que está nos seguindo achar que alguns brinquedos dele ainda estão no lugar, vai ouvir apenas as informações que eu quiser que ele ouça.

— Então, como vamos dizer para o Blake e para os outros que estamos bem?

— Deixe isso comigo.

Gwen esfregou a testa.

— Você acha que alguém está atrás de nós?

No espelho retrovisor, um carro se aproximou. Neil manteve a velocidade constante, controlando a vontade de tomar distância.

— Eu *sei* que alguém está atrás de nós.

— Por que comigo? Não fiz nenhum inimigo aqui, nem em qualquer lugar, que eu saiba.

O carro os alcançou rapidamente e ultrapassou. Neil suspirou.

— Quem quer que seja, não está atrás de você. Está atrás de mim.

— Então por que mataram os meus vizinhos? O que isso tem a ver com você?

Neil engoliu em seco, grato pelos óculos escuros esconderem seus olhos.

— Ele queria deixar claro que poderia chegar até você com a mesma facilidade.

Poderia ter sido ela boiando em uma banheira. Morta.

— Isso é loucura, Neil. A casa tem câmeras por todo lado.

— Mas a porta dos fundos estava aberta, com o alarme ligado. Qualquer um poderia ter entrado.

— Isso ainda não explica por que alguém me usaria para chegar até você. Você trabalha para o meu irmão e mal liga para mim.

Ele ligava... mais que ligava. E alguém tinha percebido isso.

— Neil?

Ele achou que uma tática defensiva seria a melhor atitude a tomar no momento.

— Vamos parar no próximo posto de combustível. Você pode ir ao banheiro, mas não fale com ninguém.

Quando observou Gwen olhar pela janela, onde não se via nenhuma alma viva — nem mesmo casas abandonadas havia na estrada que ele escolhera —, Neil soube o que ela iria dizer.

— Não vejo ninguém nos seguindo.

— O seu sotaque vai nos entregar se o homem que está nos seguindo encontrar o nosso rastro.

— Eu não tinha pensado nisso.

— Deixe que eu penso nas coisas.

O meio sorriso no rosto de Gwen se apagou.

*Ah, merda. Eu não devia ter dito isso.*

— Eu sou loira, não burra!

— Eu não disse que você é burra.

— Mas disse para eu não pensar.

— Não, eu disse para deixar que eu penso nas coisas. Só escolhi mal as palavras. Até eu descobrir quem está atrás da gente e saber que você está segura, você precisa confiar em mim.

— Acho que eu já provei minha confiança em você fugindo da casa do meu irmão no meio da madrugada. Eu não fiz isso porque *não* pensei. Eu fiz isso porque escolhi confiar e agir com sabedoria. E as duas coisas exigem pensar. — Ela o fitou com o cenho franzido.

Ele segurou o volante com força, procurando as palavras certas para se redimir do que havia acabado de dizer. Ela não era um soldado sob suas ordens, seria bom se lembrar disso. Mas era impossível para Neil mostrar seu lado mais dócil, já que ele não existia. Por isso mesmo ele evitava conversar mais profundamente com as mulheres.

— Desculpe.

*Pronto. Isso deve fazê-la feliz.* Ele ousou olhar de relance para ela. *Nada feliz.*

Em vez de pisar ainda mais na merda que havia vomitado pela boca, ele se reduziu ao silêncio.

Um silêncio doloroso.

⁓∾⊙∾⁓

O banheiro imundo trouxe algum alívio, melhor que uma moita na beira da estrada. Embora fosse tortura, Gwen não pronunciou uma palavra enquanto esteve no posto de gasolina. Sabia que Neil estava certo quanto ao risco de ela falar com alguém. Seu sotaque britânico a delataria, mais que o cabelo loiro e as maçãs do rosto salientes.

Quanto ao silêncio de Neil... ele não fazia ideia de como ela era competente nesse jogo. Os ingleses eram conhecidos pelo humor frio e seco e pelo silêncio paciente. Pelo menos na família dela isso era comum. Os americanos falavam demais. Ela tinha de admitir que conversar com seus amigos era muito mais divertido na América do que em seu país natal. Eliza ligava para Gwen por qualquer motivo. Aliás, fora ela quem fizera o primeiro comentário sobre a atração que Gwen sentia por Neil.

O grande idiota. *Deixe que eu penso nas coisas.*

Ela revirou os olhos enquanto puxava uma toalha de papel para abrir a porta suja. Pegar uma doença naquele momento seria péssimo.

A manhã ensolarada de Nevada era ainda mais quente naquela roupa preta de elastano. Mas a ideia de tirar qualquer peça de roupa naquele banheiro deixava Gwen enjoada, então ela decidiu esperar até pararem para dormir.

Além disso, ela nem sabia que roupas havia na mochila. Neil tinha colocado a maior parte ali. Antes de fugirem correndo, ela pegara uma piranha para domar o cabelo; pelo menos ele não estava solto, e isso lhe proporcionava algum frescor.

Neil abasteceu o carro enquanto ela voltava a se sentar no banco do passageiro. No console central havia dois copos fumegantes de café. Ele se sentou e pôs o cinto de segurança.

— Eu sei que você gosta de chá, mas só tem café aqui.

— A maioria dos americanos não toma café de manhã?

Neil saiu com o carro.

— Sim.

— Então eu *penso* que é melhor tomar café. Pedir um café e um chá poderia nos denunciar.

— *Humpf!* — ele soltou, com um sorriso no rosto.

# 14

— COMO ASSIM, VAMOS DORMIR aqui?

Neil levou o carro para longe da estrada, parando atrás de um afloramento de rochas que cobria o deserto de Nevada. Haviam rodado até o anoitecer e, pelo que Gwen sabia, tinham atravessado o deserto de Nevada muito devagar. Atravessado não, serpenteado. Tinham seguido para leste, depois para norte, em seguida para oeste por uma grande rodovia, mas por pouco tempo, e depois para nordeste. E, como estava empenhada em ganhar o jogo do silêncio, Gwen manteve a boca fechada. Nem o lanche que Neil lhe jogara para comer fizera sua língua destravar.

Até agora.

— Sim, aqui.

Ela olhou pela janela e viu o paredão de pedra que se erguia à esquerda do carro.

— Não estou vendo nenhum hotel.

Neil deu ré até o penhasco, puxou o freio de mão e saltou. Do porta-malas, tirou um travesseiro e um cobertor e os jogou no banco de trás.

— Você vai dormir atrás — disse, pelo vão do porta-malas.

— Está falando sério?

— Algum problema, Gwendolyn?

Ela desceu e olhou para ele por cima do capô.

— Sabe, eu achava um doce quando você usava o meu nome inteiro, mas agora percebo que é uma ironia mal disfarçada. Algo que poderia ser divertido depois de um banho e uma boa noite de sono, mas acho que tudo isso vai ter que esperar.

— Vamos para um hotel assim que for seguro.

— E se eu tiver que usar o banheiro?

Ele abriu os braços e olhou em volta.

*Claro*. Então ela soube que os banheiros sujos nos postos eram um luxo.

— Pelo menos você se lembrou de pegar uma escova de dentes para mim?

Ele voltou para o porta-malas e procurou dentro da mochila dela com uma lanterna.

Gwen ficou ao lado de Neil para ver exatamente o que ele havia pegado para ela.

Ele tinha posto as calcinhas de um lado, uma camisola, meias, um sutiã, uma calça jeans e duas blusas. Esbarrou em uma escova de cabelo e um desodorante antes de encontrar a escova de dentes e um tubo de pasta.

— Isso é tudo o que você pegou para mim?

— Vamos encontrar um lugar para lavar suas roupas.

Ela o empurrou para o lado, pegou a lanterna e olhou de novo. Mas, não importava quanto revirasse, o resultado era sempre o mesmo.

— Você espera que eu use só duas roupas?

— Uma para lavar, outra para vestir.

O rosto de Neil era totalmente inexpressivo. Ela apontou a luz para ele, que se virou.

— Onde está a minha maquiagem?

— Desculpe, *Gwendolyn* — ele disse ironicamente. — Achei que encontrar um lugar seguro era mais importante que pegar sua pintura de guerra. Além disso, você fica mais bonita sem ela.

— Pintura de guerra?

— É uma máscara que os homens põem no rosto antes da batalha.

— Sim, sim, eu sei o que é pintura de guerra. Por que você chama a minha maquiagem de pintura de guerra?

Neil afastou a lanterna do rosto.

— É um jeito americano de falar.

— Ah.

Ela espantou um inseto do feixe de luz e se voltou para a escuridão. Depois de deixar a escova de dentes e a pasta no banco de trás, encontrou um guardanapo que sobrara de seu patético jantar — hambúrguer e batatas fritas — e começou a se afastar do carro.

— Aonde você vai?

Ela parou, virou para ele e levantou o braço, indicando:

— Ao banheiro. O que você acha?

A lanterna a impedia de tropeçar em pedras e arbustos.

— Cuidado com as cobras.

Ela hesitou, mas continuou andando. *Claro*. Ele tinha que escolher uma parte do mundo infestada de cobras venenosas para se esconder. Uma grande rocha a separava de Neil. Ela estava prestes a acender a lanterna quando ele gritou:

— E com os coiotes. Eles correm em matilhas. Se você vir um, vai ter mais três atrás.

— Que ótimo — ela sussurrou para si mesma.

Passou a lanterna em um círculo ao redor, certificando-se de que estava sozinha. Quando terminou, voltou rapidamente para o carro. Neil se inclinou sobre o capô, com os braços cruzados.

— Não foi tão ruim, foi?

Ela pegou sua escova de dentes, a pasta e uma garrafa de água.

— Nada mau... para quem gosta de se aliviar com cobras e coiotes.

Gwen bateu no braço para afastar um inseto antes de jogar água nas mãos, em uma frágil tentativa de lavá-las. Depois de encher a ponta da escova com pasta de menta, levou-a à boca e tentou se livrar da comida gordurosa do dia.

Neil a observava com um sorriso no rosto.

— Qual é a graça? — Ela nunca o via sorrir, mas agora ele o fazia à custa dela.

— Só você consegue fazer com que mijar nos arbustos pareça elegante.

— Eu não fiz isso.

O sorriso dele só crescia com a agitação dela. Gwen foi atrás do carro, enxaguou a boca e voltou até ele. O feixe de luz encontrou o rosto de Neil novamente.

— Você está rindo de mim.

— Relaxa, Gwen. Não estou rindo de você.

Ela matou outro inseto e encontrou mais três, prontos para atacá-la. Neil desencostou do carro e pegou a lanterna da mão dela. Então a desligou, mergulhando-os na escuridão.

— Pronto. Sem luz, sem insetos.

A luz da lua mal era visível quando ela lançou os olhos para o céu. Ofegou.

— Uau.

— É lindo, não?

— Magnífico. — Longe das luzes da cidade, o céu noturno exibia milhões de estrelas. — Eu nunca vi o céu assim.

Olhando para o alto, Gwen não se importava mais em ficar naquele fim de mundo.

— O deserto tem a melhor vista do universo — Neil murmurou.

Ela se encostou no carro e inclinou a cabeça para trás. Depois de alguns minutos, indagou:

— Você já se perguntou se existe alguma coisa além daqui?

— Vida inteligente?

— Sim.

Neil suspirou.

— Espero que sim.

Ela sorriu.

— Eu também. Eu odiaria pensar que só existe a gente.

— Quando criança, eu queria ser astronauta — Neil confessou.

Gwen virou para ele.

— É mesmo?

— É.

— E por que não foi?

— Não sei. Perdi o interesse. Mudei de ideia.

Ela entendia bem isso.

— E eu queria ser bailarina.

— O que te impediu?

Os pelos dos braços se arrepiaram e a noite fria a fez estremecer.

— Você vai rir se eu contar.

— Eu nem sorrio, então rir está fora de questão.

Ela riu, completamente despreparada para uma piada da parte dele. Neil tentou esconder o sorriso.

— Eu era muito gorda.

Ele ficou perplexo.

— Você não tem um grama sobrando.

— Eu sei. Nunca tive, mas primeiras bailarinas só comem salada, e sem molho. E eu gosto muito de comer. — Ela voltou o olhar para as estrelas, esfregando os braços. — Eu ainda gosto de balé. A graça e a beleza da dança...

Neil tirou a jaqueta e a colocou nos ombros de Gwen. Ela se aconchegou a seu lado, e, surpreendentemente, ele manteve o braço nos ombros dela.

— Obrigada.

Ele deu um sorriso rápido e olhou para cima de novo.

— Eu nunca fui a um espetáculo ao vivo. Só show de rock.

— É mesmo? Por quê?

— Nunca pensei em ir.

A cabeça de Gwen descansava no ombro dele enquanto conversavam.

— Acho que a riqueza que sempre me cercou me proporcionou muitas coisas boas na vida. Mas sabe de uma coisa?

— O quê?

— Eu nunca tinha visto isso, um céu noturno tão nítido e claro, com estrelas que parecem o mais puro diamante.

— As melhores coisas da vida são de graça.

*Verdade*.

Uma estrela cadente atravessou o céu.

— Você viu? — ela perguntou.

— Sim.

Ela fechou os olhos e desejou que conseguissem chegar em casa em segurança.

— O que você está fazendo? — ele perguntou.

Gwen abriu os olhos e viu que ele a encarava.

— Um pedido. Você sabe, fazer um pedido para a estrela cadente... Tenho certeza que você já ouviu falar disso.

— Ah...

Ele estava sorrindo novamente, e a visão deixou Gwen sem fôlego.

— Você vai fazer um pedido? — ela quis saber.

Ele negou com a cabeça.

— Por que não? — Ela virou para ele, que descansava a mão no braço dela.

— Não acredito em pedidos para a estrela cadente.

Ela se encolheu debaixo da jaqueta.

— É só uma fantasia, um desejo. É para ser divertido.

O sorriso de Neil se apagou e seu olhar deslizou até os lábios dela.

— Tudo bem se divertir de vez em quando, Neil.

Ela encontrou novamente os olhos dele e se afogou em seu olhar. Ele se inclinou, e ela fez um segundo pedido — que ele não recuasse dessa vez.

Neil correu a mão pelo braço de Gwen e a puxou mais para perto antes que o desejo dela se tornasse realidade. Ali, no meio do deserto cheio de animais selvagens e um zilhão de estrelas, ele a beijou. Foram beijos ardentes e desesperados, que preencheram cada poro do corpo de Gwen.

Ela passou as mãos por seu peito firme, se agarrou ao seu corpo e se abriu para ele, aceitando a sensação da língua dele em sua boca. Ela mal podia respirar, de tão apertado que era seu abraço. Mas nada mais importava. O momento era de sentir. Sentir a mão dele encontrando sua nuca, guiando-a para onde queria. E então ela soube que lhe daria qualquer coisa que ele pedisse.

Seus sonhos não a prepararam para o toque de Neil. Ela se apertou contra ele, sentiu sua excitação e quis mais.

E, se o beijo de Neil era um indicativo, ele também a queria. Então por que começou a afastá-la?

Gwen sentiu a respiração dele esquentar seu rosto.

— Gwendolyn — ele disse em um suspiro.

— Não quero que você pare — ela confessou.

Os braços ao redor dela se enrijeceram.

— Você é uma distração. Distrações são letais.

Ele estava dizendo isso para si mesmo ou para ela?

— Não tem ninguém aqui além de nós dois.

E sexo selvagem, ardente, mesmo no capô do carro, era melhor que retroceder agora.

— Não podemos fazer isso — ele continuou, tomando o rosto de Gwen com as duas mãos e olhando-a nos olhos. — Agora não.

Ela podia sentir o argumento na ponta da língua. Mas o engoliu.

*Eu esperei tanto tempo... Posso esperar mais um pouco.* Agora que ela o provara, sentiria o gosto de seus lábios toda vez que pensasse nele.

∽◦≫⌁◦⌁

Blake pretendia seguir o conselho de Neil, até saber que ele e Gwen tinham saído no meio da noite e não eram vistos desde então. Naquele momento, pediu a seu piloto que abastecesse o jatinho e deu um beijo de despedida em sua esposa e em seu filho.

Samantha não estava feliz por ficar em Albany, mas uma virose a impediu de acompanhá-lo. Se as preocupações de Neil fossem sequer parcialmente fundamentadas, Blake não precisava de sua família no caminho ou correndo perigo enquanto procurava sua irmã e seu guarda-costas.

Quando o jatinho pousou na extremidade oeste da pista e a alfândega o liberou, Blake foi até o carro que o esperava para levá-lo para casa.

— Sr. Harrison?

Não acostumado a ver ninguém além de Neil como seu motorista, Blake observou o homem com atenção.

— A First Class Services me enviou, senhor.

First Class Services era uma empresa de transporte executivo que Blake havia usado algumas vezes. Precisava lembrar de agradecer a Sam quando falasse com ela à noite.

Ele assentiu com a cabeça e entrou no banco de trás. Dean estava sentado no banco oposto, com um sorriso no rosto.

— Bem-vindo, Sua Graça.

Blake apertou a mão do detetive.

— Não me venha com essa merda de Graça, Dean. Que raio está acontecendo?

O homem acenou com a cabeça para o motorista, que arrancou.

— Todos os motoristas da empresa são checados antes de assumir o volante — Blake explicou.

Dean respirou fundo.

— Não sei o que está acontecendo, Blake. A Eliza me ligou, falou sobre os vizinhos mortos. Nós sintonizamos na rádio dos homens de Tarzana, ouvimos telefonemas indo e voltando. Eles não ficaram satisfeitos por terem que deixar o Neil fuçar lá, e ainda menos ao nos verem chegar. À primeira vista, parece que alguns pássaros fizeram ninho dentro do sistema elétrico da banheira.

— E à segunda vista?

— Ainda não sabemos. O departamento de homicídios está examinando o local agora. Ninguém acha que foi um acidente. Eletrocussões espontâneas em banheiras de hidromassagem não acontecem assim, do nada. A não ser que a fiação tenha sido adulterada. O que nos leva às próprias vítimas.

— O que tem elas?

— Eram invasores.

— Invasores?

— O país inteiro está cheio deles. Pessoas que vão morar em casas abandonadas ou que pertencem a bancos. Bancos odeiam ser proprietários de imóveis, e muitas das casas que eles tomaram nos últimos cinco anos ainda estão vagas. As pessoas se mudam, colocam uma ou duas contas em seu nome e então o banco tem que despejá-las. Existem grupos de pessoas que organizam invasões.

Blake sacudiu a cabeça.

— E essas pessoas moram de graça por quanto tempo? Seis meses?

— Um ano, às vezes mais. Só quando um corretor de imóveis aparece para inspecionar é que encontram o problema. É um inferno. Bancos de San Francisco podem ter casas em Los Angeles e usar corretores de San Diego para cuidar da venda. Desnecessário dizer que muitas vezes o corretor nem vê a casa. É uma bagunça.

— Como é que eles conseguem eletricidade?

— Nesse caso específico, eles estavam roubando energia dos vizinhos, inclusive da Gwen e da Karen.

— O Neil me disse que os monitores da casa davam problema toda vez que os vizinhos usavam a banheira de hidromassagem.

— E ele nunca encontrou o problema porque não tinha acesso à casa dos vizinhos. O fato de os invasores terem feito uma gambiarra para roubar energia me leva a crer que pode haver uma explicação plausível para a morte deles.

Agora Blake estava muito confuso.

— Se isso for verdade, então a reação do Neil foi exagerada?

— Não estou dizendo isso, ainda. O Neil não me parece um cara impulsivo. Ele é tão calado que na maioria das vezes não faço ideia do que está passando pela cabeça dele.

Sim, mas Blake se lembrava de uma época em que Neil era impulsivo como um adolescente que tivesse transado pela primeira vez.

— Onde é que ele está?

— Não sei. Ele estava revirando tudo quando eu saí da sua casa. Você vai ver a bagunça que ele deixou para trás. Todo o equipamento dele está no seu escritório. É como se ele estivesse instalando uma fortaleza ali. Deixou a Mary assustada.

— E a Gwen?

— Ela estava abalada por causa dos vizinhos. Voltei ontem de manhã e descobri que eles tinham desaparecido. O Dillon me entregou isto.

Dean passou a Blake um bilhete manuscrito.

Dean,

Só converse fora das casas de Malibu e Tarzana. Tudo o que eu montei está comprometido.

Vou entrar em contato em setenta e duas horas com mais informações.

Se não tiver notícias minhas, peça para o Carter entrar em contato com o comandante em chefe. Diga o meu nome. E o codinome Gralha.

Mac

— Setenta e duas horas?

— Trinta e seis desde hoje de manhã.

Blake passou a mão pelos cabelos.

— Comandante em chefe? De quem ele está falando?

Dean o encarou.

— Acho que está falando do presidente.

Blake sentiu a pele gelar. Em que merda Neil havia envolvido sua irmã?

# ~❦15❦~

**DUAS NOITES CONSECUTIVAS DORMINDO NO** banco de trás de um carro pequeno já era o bastante. Claro, ajudava o fato de Neil ter conseguido encontrar dois dos lugares mais bonitos para acampar, mas agora já dera!

A manhã de Nevada a pegara de surpresa. O paredão ao lado do qual haviam estacionado se erguia dezenas de metros, e não havia nada além de um céu azul brilhante atrás dele. À luz do dia, o acampamento improvisado parecia menos ameaçador.

Mas nada preparara Gwen para Utah. Ela tinha visto fotos, mas nunca estivera lá. A paisagem era um colírio para os olhos. Ela parecia um disco arranhado, com todos os "maravilhoso" e "deslumbrante" que saíam constantemente de seus lábios.

Os ventos ferozes que haviam moldado os penhascos e a paisagem também balançavam o minúsculo carro.

— É lindo — ela disse enquanto faziam outra curva e encontravam uma paisagem ainda mais bonita.

— É mesmo.

Ele não tinha feito mais que roçar as mãos nas dela desde que haviam se beijado. Neil parecia ter encontrado a distância confortável que havia dito que necessitava para ficar alerta. Isso não significava que ela não o flagrava olhando para ela de vez em quando.

Neil tinha uma barba de três dias no rosto, o que ela adorava. Bonito de seu jeito rude, de alguma forma ele se tornava mais suave de barba. O cabelo curto fazia a barba parecer deliberada, e não um relaxo. Ela nem se importaria se os pelos dele arranhassem sua pele. No corpo todo.

Neil pagava tudo em dinheiro. Até Gwen, que não tinha visto muitos filmes sobre fuga, sabia que cartões de crédito podiam ser rastreados. Eles estavam completamente fora do radar, como se dizia. Ninguém os conhecia e ninguém seria capaz de encontrá-los. Isso, com alguém que não fosse Neil, poderia assustá-la. Mas ela se sentia livre.

— Por favor, me diz que vamos encontrar um lugar para dormir esta noite.

— Vamos ver.

— Neil, por favor. A minha roupa precisa de uma boa lavada, e acho que você não dormiu mais de uma hora ou duas por noite.

— Não preciso de muito sono.

— Ah, sei. Todo mundo precisa dormir. Minhas tentativas de higiene foram menos que adequadas. Uma cama e água corrente, por favor — ela pediu, toda melosa. — Você sabe que não tem ninguém nos seguindo aqui.

Ele fez questão de verificar o espelho retrovisor.

— Não tem ninguém atrás — ela insistiu.

Ele suspirou.

— Precisamos comprar algumas coisas antes de encontrar um hotel.

Ela bateu palmas como uma adolescente, pulou no banco e plantou os lábios em sua bochecha áspera.

— Obrigada. Mal posso esperar para tomar um banho.

Ela se acomodou em seu banco e contou os quilômetros até a próxima cidade.

Encontraram uma loja de esquina que parecia ter um pouco de tudo. Como um minimercado, tinha roupa para toda a família em alguns corredores e mantimentos no outro.

— Não vamos ficar aqui muito tempo. Não fale com ninguém.

Gwen fingiu que trancava os lábios com uma chave e sorriu. Ele lhe entregou duas notas de vinte.

— Vou pegar um pouco de comida; pegue o que precisar.

Ela saiu do carro e praticamente pulou para dentro da loja. Pegou uma cesta, encontrou o corredor de artigos de higiene, pegou um xampu e um condicionador pequenos, sabonete e uma lâmina de barbear. Passou pelas tinturas de cabelo e parou. Encontrou um tonalizante lavável marrom e um ruivo e os jogou na cesta. Brilho labial, repelente de insetos. *As coisas importantes*.

Uma mulher passou por Gwen, que fingiu ler o rótulo de uma das caixas.

Ela não sabia quanto tempo havia levado, então se dirigiu ao caixa e percebeu que havia mais um item que tinha que comprar.

Preservativos.

Neil sempre ficava surpreso com o modo como as pessoas respondiam às coisas simples da vida quando eram privadas delas durante um tempo.

O sorriso de Gwen iluminava seu rosto quando voltaram para o carro.

— Pegou tudo que precisa? — ele perguntou.

— Tenho certeza que esqueci alguma coisa, mas peguei o essencial — ela respondeu.

Abriu a tampa do xampu e o levou até o nariz.

— Delícia — disse, empurrando-o no rosto dele. — Cheire.

— Tem o seu cheiro.

— Ainda não, mas logo vai ter.

Ele saiu do estacionamento observando pelo retrovisor até voltarem à estrada. Encontrariam um hotel discreto e ele daria um telefonema de manhã, quando já estivessem longe de onde haviam dormido.

Estava na hora de começar a guiar sua presa. Ser a presa não era uma opção. Não mais.

Ele ainda precisava descobrir como manter Gwen longe do embate quando acontecesse. Tinha algumas ideias na cabeça, mas eram quase impossíveis, cada uma por uma razão. Ele ainda tinha alguns dias para descobrir como resolver isso.

— Você está preocupado. Qual é o problema? — perguntou Gwen.

— Nada.

— Eu adoraria acreditar em você, mas acho que está tentando descobrir o que fazer agora. Saímos da Califórnia, mas não podemos fugir para sempre. Se bem que por um tempo pode ser divertido.

Ele sentiu a preocupação aumentar.

— Você gosta de fugir?

— Ora, Neil, você já viu um lugar mais bonito que este na vida? Eu nunca teria visto isso se você não tivesse me arrastado para fora de casa no meio da noite.

— Não tem nada que te impeça de fazer uma viagem de carro.

— Sendo que existem excelentes aviões para me levar para onde eu quiser? Eu nunca teria escolhido viajar de carro.

— Às vezes a viagem é a jornada.

— Hummm — ela cantarolou. — Gostei. Mas você está preocupado com o que vai acontecer em seguida, não é?

— Preocupado não... — ele mentiu.

— Confuso, então?

Ele não respondeu.

— Às vezes falar ajuda a resolver as coisas — ela sugeriu.

Ele não podia lhe dizer que pretendia encontrar uma torre de marfim para ela, trancá-la ali e ir lutar contra o vilão. Mesmo porque não acreditava que ela ficaria quieta e permitiria isso. Gwen era muito melhor no estilo capa e espada do que ele imaginara, e ela provavelmente insistiria em acompanhá-lo para ajudar.

— Mulheres falam, homens pensam em silêncio.

— Esse é o seu jeito de me mandar parar de falar?

— E desde quando eu sou tão educado?

Ela se recostou no banco e sorriu.

— Tem razão. Você me mandaria calar a boca se não quisesse mais me ouvir.

— Até que enfim! — disse ele, rindo. — A mulher me entendeu.

— Entendeu o cacete.

Neil ficou pasmo.

— Que foi? — ela perguntou.

— Você disse "cacete".

— Disse. Não sou uma puritana. Eu morei com a Eliza, você sabe... A mulher é capaz de fazer um marinheiro corar quando quer.

Neil até que gostava disso em Eliza. E também admirava seu espírito testado pelas batalhas da vida. Carter era um homem de sorte.

— Você não sabe como fico feliz de te ouvir dizer que não é puritana.

Ela passou a mão pelo cabelo, que deixara solto desde que saíram da loja.

— Ah... Por quê?

Com a cabeça, ele indicou o banco de trás.

— Comprei algo novo para você vestir.

O rosto de Gwen se iluminou, e seu sorriso quase o cegou. Em segundos ela soltou o cinto de segurança e foi para o banco de trás.

De repente, ficou imóvel.

— O que...?

— Você disse que não é puritana.

Ela voltou para o banco da frente com as compras nas mãos.

— Você está brincando.

O olhar de horror no rosto de Gwen iluminou o de Neil. Ele mal podia esperar para vê-la nas roupas que havia escolhido.

— Isso é um shorts? — ela perguntou, erguendo o shortinho de adolescente que tinha pano suficiente para cobrir só metade da bunda.

— É um shorts.

— Isso não vai cobrir a minha calcinha, Neil.

Ele tinha visto as calcinhas dela. O shorts as cobriria sim.

A camisa xadrez vermelha e branca parecia da rainha do desfile de Quatro de Julho.

— Pelo menos as sandálias são bonitinhas — disse ela, balançando-as com um dedo. — Vagabundas, mas bonitinhas.

— Gostou?

— Um horror.

*Você pode tirar a lady do castelo, mas não o castelo da lady.*

— Era o que eu esperava.

— Por quê?

— Você vai ver — disse Neil.

— É melhor que seja coisa boa — Gwen retrucou, jogando as peças para trás, onde as encontrara —, ou eu vou escolher uma roupa para você. — Ela se recostou no banco, fechou os olhos e acrescentou: — E eu tenho uma queda por couro preto.

❧

Distante da cidade mais de trinta quilômetros, Neil parou em um posto de combustível e pediu que Gwen se trocasse. Ela resmungou, mas obedeceu.

— E faça algo igualmente terrível com o seu cabelo.

Ele riu enquanto entrava na loja de conveniência. Comprou um pacote de chicletes e um maço de cigarros.

Impaciente, ficou esperando do lado de fora do banheiro, encostado no capô do carro.

Foi até a porta e deu uma batida rápida.

— Está tudo bem?

— Estou ridícula.

— Está com medo, princesa? — ele a provocou, algo que havia notado na viagem que funcionava com ela. E ele achava que conhecia lady Gwendolyn melhor que a maioria das pessoas. Mas não sabia de nada.

*131*

— Não estou com medo.

— Ãhã!

Ele voltou para o carro e esperou um pouco mais.

Por fim, a porta do banheiro se abriu. Ela colocou um pé para fora, numa sandália de salto. Jogou no chão a sacola de roupas e deu uma voltinha.

— Deus do céu — ele sussurrou, tirando os óculos escuros.

Neil sabia que as pernas dela eram longas e elegantes, mas mesmo assim se surpreendeu quando as viu. O shorts vestia como uma segunda pele. Quando ela se virou para ele, o traseiro realmente escapava por baixo da barra. Ela havia abotoado a camisa até em cima e ficava puxando-a para baixo. O cabelo estava penteado para o lado, preso em um rabo de cavalo baixo.

Sim, ela parecia uma prostituta disfarçada de estudante, se fingindo de adulta com os saltos altos.

O sangue de Neil disparou da cabeça para o pau.

— Você está me encarando, Neil.

Ele engoliu em seco e deu um passo na direção dela. As sandálias a aproximaram da altura dele, mas mesmo assim ele ainda era vários centímetros mais alto. Gwen ficou imóvel enquanto ele estendeu as mãos e desabotoou a camisa dela, até a vastidão macia de seus seios ficar visível.

Ele lambeu os lábios, ignorando a sensação da pele suave de Gwen em seus dedos. Então abriu dois botões de baixo da camisa, juntou as pontas e deu um nó, enfiando-o debaixo de seus seios volumosos. Com a barriga dela exposta, ele recuou e avaliou sua criação.

— Perfeito.

— Para quê? Um showzinho de vinte dólares na rua?

Um sorriso lento foi tomando conta dos músculos do rosto de Neil.

— Ah, não, Neil! Você não espera que eu finja ser...

— Onde está o seu senso de aventura, princesa?

— Eu deixei no banheiro, com a minha dignidade.

— Não estou pedindo que você desfile assim pela cidade. Mas a nossa entrada num hotel de beira de estrada tem que ser o mais convincente possível.

— Eu me sinto nua.

*Quase.*

— Podemos dormir no carro outra vez.

Ela levou a mão ao quadril.

— Que maldade.

— Você escolhe.

— Tudo bem! — ela cedeu. Caminhou na direção de Neil, parou a seu lado e pressionou os seios no braço dele. — Calça de couro preta — sussurrou no ouvido dele. — Talvez uma gargantilha de tachas.

A temperatura de Neil subiu dez graus. *Você está encrencado, Mac. Seriamente encrencado.*

# ∾16∾

**ELIZA ENCONTROU KAREN E MICHAEL** no aeroporto. A "lua de mel" deles havia sido encurtada em dois dias. Michael sugerira que voltassem à França depois, entre as filmagens, para compensar a interrupção.

Karen correu para abraçar Eliza.

— Voltamos o mais rápido possível.

— Obrigada. Desculpem por interromper as férias de vocês — Eliza disse aos dois.

— Vizinhos mortos e pessoas desaparecidas estão mais para histórias de cinema do que para a vida real — apontou Michael.

Eliza assentiu com a cabeça.

— Desculpe, ainda não fomos apresentados... — disse, estendendo a mão para ele.

— Ops, foi mau. Michael, esta é Eliza Billings — disse Karen, apresentando-os enquanto trocavam um aperto de mãos. — Eliza, este é Michael Wolfe... meu marido temporário — sussurrou, para só os três ouvirem.

Ele deu uma piscadinha para Eliza.

— Desnecessário apresentar a primeira-dama do estado.

— O mesmo digo eu, sr. astro do cinema.

Michael sorriu, já à vontade na presença de Eliza.

Eles se dirigiram a uma limusine, que os esperava, acompanhados de um pequeno destacamento de seguranças. No banco de trás, Karen esperou até que a janela entre os passageiros e o motorista estivesse fechada.

— O que aconteceu? — perguntou.

— Acho que nenhum de nós sabe realmente. É por isso que precisamos que você nos dê qualquer informação que tiver, para nos ajudar a descobrir.

— Mas eu estava na França. Como posso saber de alguma coisa?

— Você morava com a Gwen. Sabia tudo sobre os hábitos dos seus vizinhos. Você sabe muita coisa.

— Tudo o que eu sei é que a Gwen e o Neil desapareceram e os vizinhos estão mortos. O Michael e eu rimos tanto dos vizinhos peludos e pelados. Deus, agora eu me sinto péssima.

— Como você poderia saber?

Karen deu de ombros.

— Não poderia. Da primeira vez que vi os dois lá, eu fiquei: "Vem depressa, Gwen. Olha isso!" — Ela afastou a lembrança, antes alegre, da cabeça. — Eles estão mesmo mortos?

O olhar de Eliza passou de Michael para Karen.

— Eletrocutados.

— E não foi um acidente?

— Não... Pelo menos nós achamos que não — Eliza respondeu, hesitante.

— Você *acham* que não?

— O Neil telefonou para o Blake pouco depois de acontecer. E a Gwen me ligou. O Neil parecia sombrio.

— Sombrio? — interrompeu Karen. — O Neil é sempre dolorosamente quieto.

— Nas palavras do Carter: "Nunca ouvi uma voz mais sinistra na vida". Ele pediu para o Carter conseguir uma autorização para que ele pudesse investigar o quintal dos vizinhos depois que a polícia chegou. Segundo o Dean, eles encontraram um bando de pássaros mortos na banheira de hidromassagem, e o Neil pirou.

Karen ficou arrepiada.

— Pássaros?

— Sim, gralhas. Nem existem gralhas nesta parte da Califórnia.

Karen esfregou os braços, repentinamente gelados.

— Karen? — Michael perguntou, fitando-a. — Você está bem?

Não! Ela estava tudo, menos bem. Lembrou do pássaro morto, que pensara ser um corvo, mas que poderia ser uma gralha, no parapeito da janela e novamente na porta do carro, no restaurante. E agora duas pessoas haviam morrido.

— Karen?

— Tem certeza de que era uma gralha?

— Algumas, na verdade. Por quê?

— Eu acho que eles foram assassinados. O Neil precisava tirar a Gwen de lá.

E não havia nenhuma garantia de que a própria Karen estivesse segura também.

⚬≪≫⚬

— Mastigue isso — disse Neil, enfiando um chiclete na boca de Gwen.

Eles estavam dento do carro, parados em uma estrada escura nos arredores da cidade. A julgar pelas luzes ao longe, era uma cidade pequena, com no máximo meia dúzia de hotéis.

— Por quê? — ela perguntou, aceitando o chiclete.

— Consegue mastigar de boca aberta?

Ela abriu a boca e tentou. Então começou a rir.

— Dormir no banco de trás parece bom para você, Gwendolyn?

Ela se esforçou mais, mas mastigar de boca aberta ia contra todos os seus princípios.

— Melhor assim?

Ele assentiu.

— Agora relaxe a postura.

Ela deixou cair os ombros para a frente, pensando em um banho quente.

— Ótimo — Neil elogiou.

Gwen ficou no banco do passageiro, corcunda, mastigando o chiclete feito uma vaca no pasto.

— Tudo bem, ótimo. — Ele esfregou as mãos na calça jeans antes de pegar o volante. — Vou entrar e pedir um quarto. Vou usar o nome Rex Smith.

— Parece comum.

— E é. Tudo o que você precisa fazer é sair do carro e se inclinar sobre o capô. Se eu olhar para você, sorria e pense em cada filme pornô que você já viu.

Ela engasgou.

— Eu nunca...

Ele interrompeu sua negativa com um olhar.

— Preciso te lembrar de quem esteve ouvindo suas conversas no último ano?

136

— Isso não é justo! Eu só disse, uma única vez, que nunca tinha visto um homem atraente nesses filmes. — E fora em uma conversa na véspera do casamento de Eliza, quando ela estava bêbada.

Neil esperou que ela terminasse.

— Como eu estava dizendo... pense nas mulheres desses filmes e atue para as câmeras.

— Tem alguma coisa que você não saiba sobre mim?

O olhar dele recaiu sobre seus seios e voltou ao rosto. Gwen sentiu um calor percorrer seu corpo.

— Muita coisa.

Ela desviou o olhar e olhou pela janela.

— Muito bem, vamos lá. Lençóis limpos e um chuveiro quente nos esperam.

Conforme os últimos quilômetros foram ficando para trás, Gwen se sentiu mais à vontade mastigando o chiclete, que quase caía da boca.

Neil atravessou a cidade duas vezes antes de se decidir por um hotelzinho com uma placa indicando vagas.

— O show começa quando estacionarmos. Você é o meu entretenimento desta noite, e quem estiver observando precisa perceber isso.

Gwen tirou o cinto de segurança e se aproximou dele. Descansou a mão em sua coxa e se curvou para perto.

— Está bom assim?

Neil alongou o pescoço grosso.

— Bom.

Já que ela teria de atuar, podia muito bem se divertir.

<figure>ornamento</figure>

Um ventilador soprava ar quente na recepção do hotel. Recepção era um termo vago para o pequeno espaço designado para registrar os hóspedes durante a noite. Neil tocou a campainha, mantendo o rosto o mais inclinado possível, longe da câmera que apontava para ele. Mesmo buracos como aquele gostavam de segurança. Provavelmente gravavam por cima dos CDs em questão de dias, para evitar ter que armazenar dados. Lugares como aquele não tinham necessidade de atualizar seu sistema para que os arquivos de vídeo pudessem ser armazenados no computador e nada precisasse ser apagado. O pensamento padrão era: "Se deu certo até agora, para que mudar?"

Neil tocou a campainha uma segunda vez e olhou para Gwen por cima do ombro.

Ela estava apoiada no carro com uma perna dobrada. Acenou, enquanto se abanava, e ergueu o queixo, forçando os seios contra o tecido da camisa.

Ele tinha de admitir que ela estava incrivelmente sexy.

O som da TV na outra sala baixou, e Neil tocou a campainha pela terceira vez.

— Estou indo — disse alguém.

Um homem de meia-idade saiu da sala dos fundos. A barriga de cerveja o precedia quase trinta centímetros.

— Desculpa, não ouvi por causa da TV.

Provavelmente uma velha, com botão seletor de canais e tudo.

— Sem problemas.

— Precisa de um quarto?

Não. Ele estava ali para cuidar da saúde.

— Uma noite — disse Neil.

— Tem cartão de crédito? — o sujeito perguntou, puxando o livro de registro.

— Então... sobre isso... — Neil se pôs de lado e olhou para Gwen.

O barrigudo seguiu seu olhar.

*Vamos lá, Gwendolyn, capricha.*

Ela olhou para ele e virou de frente para o carro. Empinou a bunda e se inclinou sobre o capô, para que os seios escapassem pelo tecido do sutiã, claramente visível. Depois de lhe soprar um beijo, lambeu os lábios devagar, de um jeito que deixaria orgulhosa qualquer prostituta de Las Vegas.

— Preciso pagar em dinheiro — disse Neil, acenando para ela. Então virou e viu os olhos cheios de luxúria do barrigudo fixos em Gwen.

Neil se mexeu a fim de bloquear a visão.

— Não quero lançamentos no cartão... que outra pessoa possa ver, entende?

O barrigudo ergueu uma sobrancelha.

— Eu largaria essa pessoa e ficaria com ela — disse.

— E desistir do trailer? Acho que não. — Neil pegou um maço de cigarros e o bateu na mão.

O dono do hotel olhou por cima do ombro de Neil novamente, escreveu algo no livro e perguntou:

— Quer TV?

— Melhor ar-condicionado e TV.

— Cinquenta dólares.

Neil olhou em volta. *Por este buraco?* Tirou o dinheiro da carteira.

— Prefiro que a patroa, ou o irmão dela, não saibam que estive aqui.

O barrigudo girou o livro para Neil, que escreveu o nome falso.

— O quarto fica nos fundos.

Neil acrescentou mais vinte dólares, que desapareceram no bolso do sujeito.

Ao terminar de anotar a reserva, o barrigudo lhe desejou uma noite divertida e o observou sair pela porta.

Neil foi direto até Gwen, enlaçou sua cintura fina e se aninhou bem perto da sua orelha.

— Ele ainda está olhando?

Sentiu Gwen erguer uma perna e deslizá-la ao longo da sua.

— Sim — disse ela, mordiscando sua orelha.

Neil sentiu o calor percorrer seu pau. Beijou o pescoço de Gwen e a afastou antes de abrir a porta. E, como não conseguia se conter, beliscou seu traseiro antes de empurrá-la para dentro do carro.

Gwen deu um gritinho e um sorriso perverso.

Quando chegaram aos fundos do hotel, ele estacionou o carro em uma vaga e saltou. Gwen o seguiu. Havia uma fileira de doze quartos, três dos quais estavam iluminados. *Noite tranquila.*

— Mal posso esperar pelo banho — disse ela.

— Não espere muita coisa.

— Não pode ser tão ruim.

Os aparelhos de ar-condicionado encaixados nas paredes do hotel barato ofegavam no esforço de funcionar. Ainda fazia trinta e dois graus, mesmo depois do pôr do sol.

Ele passou o cartão pela fechadura e esperou a luz verde acender. Algo lhe dizia que a fechadura moderna era o único luxo que aquela espelunca se permitia.

Abriu a porta.

— Muito pior.

A cama king size ocupava o centro do quarto e ostentava um edredom verde-escuro e vermelho. Havia uma cômoda à direita, com uma televisão antiga em cima, e uma cadeira para lá de suja ao lado. Tudo isso regado a cheiro de sexo e cerveja rançosa, borbulhando a uma temperatura dez graus superior àquela do lado de fora.

O choque no rosto de Gwen se transformou em um ataque de riso.

— Tem certeza? — ele perguntou.

Ela passou por ele.

— Nada vai me impedir de tomar um banho.

Quando entrou no quarto, sua risada cresceu. Ela passou o olhar pelo papel de parede descascado e subiu até a mancha escura no teto.

— Ainda bem que não está chovendo.

Sua risadinha estava começando a contagiá-lo. Apesar da disparidade entre o quarto e a natureza angelical de Gwen, Neil se viu sorrindo. Ele se inclinou para o ar-condicionado e girou o botão.

— Vou pegar as nossas coisas.

Gwen olhou para ele por cima do ombro, enquanto observava o banheiro.

Ele jogou as mochilas sobre o ombro e pegou a caixa de armas. Deu uma última olhada no lado de fora; não notou nada estranho. Uma espelunca em uma cidade com dois semáforos. Não achava que alguém os estivesse seguindo, mas não facilitaria as coisas.

Jogou os pertences na cama e deu um chute na porta para fechá-la.

— Neil, você pode vir até aqui?

Ele foi até o espaço apertado que era o banheiro e encontrou Gwen com um grande inseto na palma da mão.

— Isso aqui é um louva-deus? — ela perguntou, rindo.

— Acho que sim. Onde você encontrou?

— Na toalha nada limpa.

A toalha manchada podia ter sido branca um dia, mas agora tendia para um tom de cinza.

— Você disse cama e água corrente — ele a lembrou, estendendo a mão e abrindo a torneira da pia. — Água corrente.

Ela riu e lhe entregou o inseto.

— Eu dormi no meio dos insetos por duas noites. Por favor, leve isso para fora.

O inseto aceitou o passeio e ficou sentado na grade antes de ir embora. Mais uma vez, Gwen havia impressionado Neil. Não só não fizera escânda-

lo por encontrar um bicho na toalha imunda como rira, em vez de dar meia-
-volta e sair daquele buraco.

Quando Neil voltou para o quarto, ela havia tirado o edredom da cama
e o colocado na cadeira suja. Mas mudou de ideia e o estendeu no chão.

— O que está fazendo? — ele perguntou.

— O chão está imundo, e todo mundo sabe que colchas de hotel nunca
são limpas. Não quero tomar banho e acabar com os pés sujos.

Essa mulher não parava de surpreendê-lo. Justo quando ele achava que
ela tinha perdido um pouco da afetação de uma lady, seu lado princesa apa-
recia.

— Tome banho primeiro — disse ele.

Ela vasculhou na mochila e ergueu duas caixas de tinta de cabelo.

— Morena ou ruiva?

Ele adorava o cabelo dela do jeito que era.

— Você não precisa...

— Neil, por favor, olhe para mim. Estou vestida como uma garota comum. Tenho certeza de que uma cor diferente de cabelo ajudaria o meu disfarce, mais do que essas roupas. Não é nada permanente. Na verdade, na caixa
diz que a tinta sai em uma semana.

Ela balançou as caixas no ar. Sem poder discutir, ele disse simplesmente:

— Me surpreenda.

Ela pegou a mochila e desapareceu no banheiro.

— Chuveiro quente, aqui vou eu.

BLAKE ESPEROU PACIENTEMENTE O FIM das apresentações antes de pedir a todos que se sentassem para começar a reunir as informações.

Eles haviam se reunido na casa de Carter e Eliza, no sul da Califórnia. Dean e Jim se sentaram em lados opostos da sala. Karen e Michael, de frente um para o outro. Carter não havia chegado de Sacramento e planejava se juntar a eles no dia seguinte.

Blake olhou para Eliza, que ele conhecia melhor que Karen. Não gostava de ter que conversar na frente de Michael, mas não tinha como evitar.

Dean dirigiu a conversa:

— A Eliza disse que você acha que o Neil está certo em esconder a Gwen. Pode me dizer por que pensa assim, Karen?

— Começou há algumas semanas, logo depois que eu e o Michael nos conhecemos. Quanto mais eu penso nisso, mais percebo como as coisas estavam estranhas em casa.

Jim fez um aceno com a mão.

— Você precisa começar do começo.

— Primeiro foram as câmeras. O Neil ligou várias vezes pedindo para a gente checar o quintal. Os vídeos ficavam embaçados ou algo assim. Depois eu encontrei um corvo morto, com o bico preso na tela da janela. A janela estava aberta... e eu não lembro de ter aberto. Posso ter esquecido, eu acho. Tem feito tanto calor que ficávamos com o ar-condicionado ligado a maior parte do tempo. — Karen estremeceu. — Eu odeio pássaros — disse, fazendo careta. — A Gwen foi ótima. Soltou o pássaro da tela e o jogou no chão, antes de colocá-lo no lixo. Depois, não pensamos mais nisso.

— Até?

Karen suspirou.

— Até o jantar... duas noites antes do nosso casamento. — Karen brincou com o diamante no dedo e sorriu para o marido.

Michael lhe deu uma piscadinha.

— O que aconteceu nesse dia? — perguntou Dean.

— Nós duas fomos jantar. Na saída, quando estávamos voltando para o carro, encontramos outro corvo morto no chão, do meu lado do carro. Pensei que os pássaros estavam em uma missão suicida ou algo do tipo. A Gwen achou que o pássaro estava ali de propósito.

— Por quê? — perguntou Blake.

Karen olhou de novo para Michael.

— Eu e o Michael nos víamos todos os dias. Ela achou que alguém podia ter descoberto que eu tinha medo de pássaros e estava plantando alguns para me assustar.

Michael se endireitou na cadeira.

— Algumas fãs já fizeram merdas desse tipo para chamar minha atenção.

Dean virou para ele.

— Você tem ordem de restrição contra alguém?

Michael sacudiu a cabeça.

— Não. Recebo minha cota de ódio via correio. Ossos do ofício.

— Vou precisar de cópias de tudo o que você tiver — disse Dean.

— Vou pedir para o meu assistente. Nós guardamos tudo, em caso de um problema como esse.

Pássaros fazendo ninhos em uma banheira e causando algum tipo de problema elétrico era algo em que Blake podia acreditar, mas três incidências diferentes... Seu cérebro não ia tão longe.

— Então você acha que os pássaros mortos eram para te atingir?

Karen deu de ombros.

— Eu odeio pássaros. Tenho verdadeira fobia. Acho que, se alguém estiver determinado a me atormentar, eles podem ser para mim.

Michael se sentou na beirada da cadeira.

— Já recebi ligações estranhas e encomendas com "presentes" bizarros, mas ninguém nunca deixou animais mortos para mim.

— Eu já vi muitos filmes policiais e sei que animais mortos podem acabar progredindo para pessoas mortas. Você acha que é esse o caso aqui, Dean? — perguntou Eliza.

Dean e Jim se entreolharam, sua comunicação não verbal estampada no rosto dos dois.

— É uma teoria.

— Então não é absurdo pensar que tenha um fã raivoso do Michael insatisfeito com o relacionamento dele com a Karen? — ela perguntou novamente.

— É possível.

Blake sacudiu a cabeça.

— Mas por que o Neil levaria a Gwen?

Por que deixar o bilhete mandando entrar em contato com o maldito presidente se ele não ligasse? E se Neil não ligasse, significaria que ele e Gwen estariam mortos? Blake odiava não saber, odiava sua incapacidade de controlar aquela situação caótica.

— O Neil deve achar que isso tem algo a ver com ele — acrescentou Jim.

— Por quê? Por que alguém usaria a Karen e a Gwen para chegar até o Neil? Ele trabalha para mim — disse Blake, levantando-se e começando a andar de um lado para o outro. — Por que não ir atrás da família do Neil, de alguém com quem ele esteja envolvido afetivamente?

— O Neil tem família? — Dean perguntou.

— Ouvi falar de uma avó. Acho que os pais dele morreram. Não tenho certeza — disse Blake, arrependido por não saber nada sobre isso. Quando ergueu os olhos, notou um olhar entre Eliza e Karen. — Que foi?

Karen olhou para Eliza com um meio sorriso.

— Você conta, ou conto eu?

Eliza olhou para o chão.

— E-eu, hum... não sei como te dizer isso, Blake.

Ele ficou tenso.

— O quê?

— A sua irmã... O Neil...

Blake sentiu o corpo gelar.

— O quê?

— Eles têm um lance...

— Um lance? Que tipo de lance? — O sangue de Blake bombeava forte no peito. Neil e sua irmã? Como ele não tinha percebido?

— Não é como você está pensando — acrescentou Karen. — Eles nunca fizeram nada.

Fizeram o quê? Blake estava realmente confuso.

Eliza jogou as mãos no ar.

— Ela sempre foi louca por ele. Eu percebi no Texas, no ano passado. A Gwen nunca se abriu comigo sobre isso, mas acho que ela disse alguma coisa para você, Karen.

Karen deu de ombros.

— Sim, eu sei. Ela não é lá muito sutil. Mas o Neil, por algum motivo, nunca fez nada em relação ao que era óbvio para todo mundo.

Blake explodiu:

— Não era nem um pouco óbvio para mim, cacete!

— Você anda meio ocupado — disse Eliza. — De qualquer maneira, acho que podemos dizer que o Neil se importa com a Gwen de um jeito que vai muito além do profissional. Do contrário, por que ele teria reagido desse jeito?

Blake respirou fundo.

— Onde é que o Carter guarda o uísque?

⚬∾⚬

Gwen andava pelo banheiro com uma toalha enrolada no cabelo tingido. Ela lavou suas roupas e as estendeu no toalheiro e na beirada da pia. Estava de camisola, a única peça de roupa limpa na mochila, e nada mais. Queria um banho quente, mas acabara com um morno, na melhor das hipóteses. Era uma bênção que o calor escaldante de Utah desse alguns graus extras à água dentro do cano.

Quando acabou de lavar a última calcinha, ela se voltou para o espelho.

— Muito bem, Gwen, vamos ver como você fica de cabelo castanho.

Apesar das melhores intenções e de todas as palavras corajosas, ela não conseguira ficar ruiva. Ainda não. *Um passo de cada vez,* dissera a si mesma. Seus cabelos platinados ficariam diferentes com qualquer cor mais escura, então ela acabou optando pelo castanho. E não deixou a tintura agir durante muito tempo.

Tirou a toalha da cabeça e sacudiu os cabelos molhados. Nada mau. Não tinha ficado uma maravilha, mas também não estava horrível. Sem um secador para ajudar, Gwen usou a toalha e a escova para tirar um pouco a umidade do cabelo. Sem ter mais o que fazer, abriu a porta, pisando no edredom no chão.

Neil estava sentado na cama assistindo à televisão, sintonizada em um canal de notícias locais.

— E então? O que acha? — Gwen perguntou, dando uma voltinha.

Neil pegou o controle remoto e desligou a TV. Olhou primeiro para os seus cabelos, depois deslizou o olhar pelo seu corpo.

— Gostei.

Neil não havia gostado, ela sabia. Mas ele não diria nada contra. Ela passou os dedos nos cabelos.

— Não ficou horrível. Provavelmente vai ficar melhor quando estiver seco.

— Em quanto tempo a tintura sai?

— Em alguns dias. — Só por isso ela os tingira. — O banheiro é seu. Eu estendi minhas roupas por todos os cantos.

— O ar-condicionado não é dos melhores. Mas acho que está um pouco mais fresco aqui.

Quase nada. Mas estar limpa compensava o calor. Um ventilador girava sobre a cama, movimentando o ar.

Neil se levantou e desapareceu no banheiro.

Observando melhor, o quarto era ainda pior do que Gwen tinha pensado. Mal havia espaço para caminhar entre a cama e os móveis, de modo que a única opção era se sentar nela. Gwen olhou para fora e só encontrou um brilho em um quarto distante e uma luz em um poste.

— Pelo menos está tranquilo.

O noticiário local falou sobre uma frente fria nos próximos dias — algo que Gwen esperava ansiosamente. O calor pesava sobre ela depois de um tempo. Talvez ter crescido na Europa a tenha tornado intolerante ao calor excessivo.

A cama era surpreendentemente confortável. King size.

*Só tem uma cama.*

Ela entendeu as implicações desse fato e sorriu. E, quando o barulho do chuveiro cessou, sentiu a pele esquentar com a expectativa.

Pouco depois, Neil saiu do banheiro, com apenas uma toalha em torno dos quadris. O que ela viu a fez suspirar.

— Ah, meu Deus, Neil... Eu não fazia ideia... — Ela foi até ele.

Ele olhou para o próprio peito, maciço, capaz de ocupar o vão inteiro de uma porta.

— Impossível escapar da marinha sem nenhuma.

A tatuagem se espalhava pelo ombro esquerdo e se enrolava nas costas. Não era a imagem de um rosto ou um animal, nem um símbolo que ela reconhecesse. Ela rodopiava, cravava-se e fluía na pele. Era selvagem e urgente, como ele.

— O que é? — ela perguntou, seguindo-a com a ponta dos dedos.

— Um tribal. Alguns de nós estávamos de licença. Enchemos a cara.

Ela não conseguia imaginá-lo tão fora de controle a ponto de permitir isso.

— Você se arrepende? — indagou, esperando que não, pois a tatuagem combinava perfeitamente com ele. Os músculos das costas de Neil ondulavam sob o toque de Gwen.

— Existem muitas coisas na vida para me arrepender. Isso não é uma delas.

Ela não conseguia parar de tocá-lo. Não queria. Passou a unha pelos remoinhos, como se a tinta fosse uma coisa viva.

— Eu não fazia ideia de que isso estava escondido debaixo da sua roupa. — Hipnotizada, ela chegou à ponta final, abaixo das costelas de Neil, e voltou a subir. — Como é mesmo que os americanos dizem...? Vá com tudo ou vá pra casa.

O peito dele rimbombou com uma breve risada.

Ela seguia o dedo com o olhar.

— Você não faz nada pela metade, não é?

— Faça direito ou não faça — disse ele, baixinho.

Ela sorriu e o fitou. Perdeu a respiração com a intensidade de seu olhar. Então passou a palma da mão no peito dele e lambeu os lábios. Um sutil movimento de sua mão e ele a pegou. Por um momento terrível, ela pensou que ele a afastaria.

— Eu não sou um homem fácil, Gwendolyn.

— Eu nunca quis nada fácil.

Seus olhos se encontraram e a respiração de Gwen se acelerou. Ele soltou a mão dela e enroscou os dedos em seu cabelos. Estudou seu rosto, como só Neil poderia fazer... como se procurasse ali as respostas de toda uma vida. Se pudesse, ela lhe daria todas, tamanha a vulnerabilidade que seu olhar transmitia.

E, quando Neil agarrou a nuca de Gwen e a puxou para os seus braços, ele assumiu o controle. Seu beijo foi duro, quase um aviso... que ela aceitou.

A firme vastidão do peito de Neil se movia sob a mão de Gwen enquanto ela correspondia a cada beijo. Ela mordiscou o lábio dele quando ele se afastou para beijar seu pescoço e depois seu ombro. Neil a saboreava com a língua e os dentes ao longo da clavícula. A barba dele em contato com sua pele macia era deliciosa. Gwen sabia que ele lhe deixaria uma marca. E adorava a ideia.

Ele soltou os cabelos dela e desceu a mão por suas costas. Quando chegou embaixo, apertou com força e a puxou para si. Sob a toalha, sua ereção já estava firme. Por mais que ela quisesse ver e sentir essa parte dele se movendo dentro dela, queria mais preliminares: a tortura da descoberta e do desejo que a fazia se derreter por ele — e só por ele — em cada poro de seu corpo.

Os dedos dele encontraram a pele nua do traseiro dela.

— Onde está sua calcinha, Gwen?

Havia riso na voz dele?

— É uma peça inútil quando se vai para a cama... não acha?

Ela passou os dentes pela tatuagem do ombro dele antes de fazer a língua girar ao redor do mamilo ereto. Ele gemeu e levou os lábios dela de volta aos seus, dando-lhe um beijo tão profundo que a sensação chegou até os dedos dos pés de Gwen. Passou a mão por baixo de sua camisola e roçou seus seios com o polegar. Gwen se arqueou com o toque dele.

— Você me deixa louco. E isso — ele disse, puxando a camisola pela cabeça dela — não é mais necessário.

Neil voltou as mãos maciças até os ombros de Gwen, agora completamente nua diante dele. Seus lábios se ergueram em um sorriso.

— Incrível.

Seu olhar provocou uma onda de eletricidade no corpo de Gwen. Lentamente, ele segurou um seio e se inclinou para prová-lo. Quando sua boca macia a encontrou, o mundo começou a girar. Ele a segurou antes que as pernas dela cedessem completamente e em seguida a levou para a cama.

Seus olhos ficaram turvos quando ela se esticou sobre os lençóis.

— Gostosa...

Ele apoiou um joelho na cama.

— Tire a toalha, Neil.

Em um instante estava no chão. Ela o olhou fixamente e estremeceu. Gwen imaginava que ele devia ser grande, pelo tamanho do homem, mas... caramba!

— Assustada, Gwendolyn?

Ela afastou os olhos do seu membro ereto.

— Isso no meu rosto não é medo — disse ela, mordendo o lábio.

— Que bom.

Ele baixou sobre ela, colocando um joelho entre suas coxas e a provocando, enquanto continuava explorando seus seios com a língua e a boca. O corpo de Gwen era um misto de sensações. O peso dele sobre ela parecia uma armadura. Protegendo-a.

Ela sempre quisera esse homem e agora sabia por quê. Com o coração e o corpo trabalhando juntos para agradá-lo, ela soube o que era sentir tudo. Cada toque pegando firme seu quadril e descendo pela coxa, atiçando sua pele e seus sentidos.

O calor denso do pau dele pressionava sua barriga, implorando para ser tocado. Enquanto Neil explorava seu corpo, ela brincava com ele como sempre desejara. A bunda firme de Neil encheu suas mãos. Enquanto ela o apertava, ele pressionava os quadris em direção a ela.

Gwen o distraiu com um beijo, deslizou a mão entre o corpo deles e pegou seu membro. Neil afastou os lábios.

— Cacete, Gwen... — disse, entregando-se ao toque e apoiando a testa na dela. — Não quero te machucar.

Ela afrouxou o aperto, acariciando-o suavemente.

— Isso nunca vai acontecer.

— Você não está pronta... não para o que eu vou fazer com você.

Gwen ficou molhada e se abriu para ele.

— Por que não checa?

A mão que segurava seu quadril se moveu para o seu centro e ele deslizou um dedo facilmente dentro dela. Ela revirou os olhos.

— Ah, Neil...

Ele a acariciou novamente, acrescentando mais um dedo.

— Você está pronta.

— Talvez da próxima vez você acredite em mim.

Ele brincou um pouco mais com Gwen, quase a preenchendo com a mão, buscando o orgasmo dela. Ela se contorcia debaixo dele, tentando forçá-lo inteiro entre suas pernas. Ele se afastou e voltou com um preservativo.

— Finalmente — ela sussurrou, tirando o pacote da mão dele e o abrindo.

— Posso?

Ele se ajoelhou entre as coxas de Gwen, e ela se inclinou para a frente, desenrolando a proteção no membro ereto. Passou as mãos por baixo dele, por suas pernas, antes de se jogar novamente para trás.

Sem esforço algum, Neil puxou os quadris dela para cima e para si, antes de provocá-la um pouco mais, passando as mãos pelas coxas e abrindo suas dobras, observando-a com prazer. Só quando ela esticou os braços em sua direção ele saiu do transe. Pegando ambas as mãos de Gwen com uma das suas, ele as levou para cima da cabeça dela e a imobilizou.

— É sua última chance de desistir — disse, as palavras parecendo cheias de dor ao sair.

— Não se atreva — ela respondeu.

Ele sorriu e baixou o corpo sobre o dela. A grossura do seu pau a fez esticar, a preencheu, sem deixar nada mais que uma felicidade irracional no caminho.

— Tudo bem? — ele perguntou.

Ela abriu os olhos e sorriu.

— Não vou quebrar, Neil.

E, quando ela pensou que tinha absorvido tudo dele, havia mais. O pau dele estava todo dentro dela, e então ele começou a se mexer. Lentamente no início, como um corredor se aquecendo para uma longa maratona. As ondas quentes de desejo que se acumulavam profundamente dentro dela começaram a apertá-lo ainda mais.

Ele entrelaçou os dedos nos dela e abriu seus braços, enquanto a beijava e a possuía ao mesmo tempo.

Gwen acompanhava o ritmo de Neil, apertando-o com as coxas e com os músculos profundos do seu sexo. Ele gemia e se mexia mais depressa, estocando-a com tanta força que a cama batia na parede. E Gwen queria mais.

Ela passou as pernas ao redor da cintura dele e aproximou mais o corpo. Seu centro inchado de tesão floresceu e fez a sensação se espalhar, até ela desgrudar os lábios dos dele para sussurrar seu nome. Seu corpo explodiu em um milhão de estrelas, como o céu noturno do deserto.

Neil apertou forte os dedos de Gwen enquanto a seguia, em sua própria liberação.

Exausto, ele deitou ao lado dela. Gwen pousou a coxa sobre o quadril dele, recusando-se a se afastar. Ele beijou seus dedos e apertou sua mão.

— Eu devia me sentir culpado por isso — disse Neil. — Mas não me sinto.

— Que bom. Caso contrário, eu teria que te amarrar durante a noite para te livrar desses pensamentos.

Ele riu, depois sorriu. Ela adorava seu sorriso. Desejava que ele a agraciasse com um com mais frequência.

— Você me surpreende, princesa.

— É mesmo? Por quê?

— Você enfrenta insetos, flerta como uma pervertida, se veste como uma lady e se entrega completamente quando faz amor.

Se ele soubesse que ela nunca fizera amor como eles tinham acabado de fazer... nem perto disso... será que fugiria?

— Vá com tudo ou vá pra casa — disse ela.

Ele riu alto e soltou sua mão para puxá-la mais para perto.

Pela primeira vez desde que o conhecia, Gwen ouviu a respiração compassada de Neil, e ele adormeceu.

# 18

— ESTOU COM O GRALHA *na mira, Mac.* — Billy *mantinha a cabeça baixa sobre o rifle, e o dedo se aproximou do gatilho.*

*Mac se contorcia por dentro. Aperte o gatilho. Merda, aperte de uma vez e faça toda a dor ir embora.*

— Droga.

— Que foi?

— A Gwen. Os filhos dele pularam no colo da Gwen.

*Não! Isso não pode estar certo. Ela não está aqui. Ela está na torre. Em segurança. Eu mesmo a tranquei lá.*

*Mac empurrou Billy para ver por si mesmo. Como ele tinha pensado. As crianças estavam no colo do Gralha, não no de Gwen. Ela estava a salvo.*

*Billy se levantou, apontando-lhe um dedo acusador.*

— Você devia ter feito o seu trabalho. Você não deu a ordem, e agora eu sou um zumbi.

*Tudo se movia lentamente. Boomer, Robb e Linden seguiam Billy pelo calor escuro. Entraram no complexo, eliminaram três no caminho.*

— Dessa vez vamos voltar todos vivos — *sussurrou Mac para si mesmo.*

*Boomer e Robb foram primeiro, Linden logo atrás. O garoto estava lá, como antes. Dessa vez, Mac estava pronto para ele. Só que, dessa vez, o garoto correu para ela... para Gwen. E então explodiu os dois em pedacinhos.*

— Neil! Neil!

Ele acordou assustado, com os braços em volta de alguma coisa.

— Neil, acorde.

Gwen estava em seus braços. Viva.

— Não consigo respirar — disse ela, ofegante.

Ele a soltou.

— Merda. Desculpe. Eu te machuquei?

Ela se sentou, passando as mãos pelos braços nus.

— Estou bem. Mas você... — Gwen alisou o cabelo dele. — Deve ter sido um pesadelo terrível.

Ele a puxou de volta para seus braços, mas gentilmente dessa vez.

— Volte a dormir.

Neil olhou o relógio. Fazia anos que não dormia tanto, mas ainda eram quatro da manhã.

Gwen o abraçou e entrelaçou uma perna na dele.

— Você sempre tem pesadelos assim?

*Não como este.*

— Às vezes — disse ele, torcendo para ela não perguntar mais nada.

Precisava diminuir os batimentos cardíacos. A imagem de Gwen explodindo em um zilhão de pedaços estava fresca em sua mente.

— Você não quer falar sobre isso, não é?

— Não.

Ficaram ali por alguns minutos, sem falar, acordados. Gwen passou a mão pelo peito dele, como se tentasse acalmá-lo.

Neil deu um beijo no topo da cabeça de Gwen, assegurando-se de que ela não tinha ido embora, de que o Gralha não a tirara de sua vida. Fechou os olhos e tentou pensar em algo agradável.

O rosto de Gwen quando ela gozou. Essa era uma imagem muito melhor para levar para a cama.

Ela deslizou a perna sobre a dele, e, entre o toque dela e sua memória, o corpo de Neil respondeu.

— Humm — ela murmurou, levando os dedos mais para baixo. — Me deixe apagar o pesadelo, Neil.

Ele sempre havia achado as mãos de Gwen minúsculas. Comparadas com as dele, eram. Mas ela o encontrou, o pegou, e ele ficou todo alerta.

Então lembrou que não tinha mais preservativos na carteira e praguejou. Segurou seus dedos brincalhões.

— Não tenho mais camisinha.

Ela se livrou da mão dele e correu os dedos pelo seu membro.

— Ainda bem que eu comprei uma caixa inteira.

Ele franziu o cenho.

— Quando?

— No mercado, com a tintura de cabelo e o xampu.

Ele sorriu.

— Você estava planejando isso?

— Planejando não, desejando.

Ela rastejou sobre ele e, com o traseiro firme empinado, revirou sua bolsa no chão. Uma caixa de preservativos premium apareceu em sua mão.

— Aqui.

— Quando você disse que tinha pegado o essencial, eu já devia saber.

Ela sorriu e jogou o cabelo castanho sobre o ombro.

— E então, Neil? Quer que eu mande embora os seus sonhos?

Gwen se sentou sobre os calcanhares, nua, para que ele a tocasse, a degustasse.

Ele estendeu a mão para ela.

— Sonhos são superestimados.

⸎

Eles foram de carro até a próxima cidadezinha e comeram em uma espelunca. Gwen não parava de sorrir para ele desde que saíram do hotel. Pela primeira vez em muito tempo, ele sentia vontade de sorrir também. Ela tinha um jeito todo especial de acabar com a escuridão. Se Neil voltasse os pensamentos para seu sonho, seu pesadelo, cairia no abismo negro novamente. E ele não queria isso.

Ele não precisava de um psiquiatra para lhe dizer que seu cérebro estava revivendo um trauma do passado. Coisas que ele havia afastado muito tempo atrás e nas quais se forçava para não pensar. Ele se culpava por não ter ordenado o tiro quando tivera a chance. Boomer, Robb e Linden estavam mortos por causa disso. E agora Billy. E os vizinhos de Gwen.

— Você vai ligar para o detetive hoje, não é? — ela perguntou, levando uma garfada de ovos à boca.

Ele olhou o relógio. Ainda era muito cedo na Califórnia.

— Sim.

— Isso vai revelar a nossa localização?

— Não vejo necessidade de o Dean nos localizar, mas é bom ter cuidado. A conversa vai ser curta.

154

Gwen engoliu a comida.

— Contanto que o Blake saiba que estamos bem... Senão ele vai ficar preocupado.

Todo mundo ficaria. Neil sabia que havia exigido muito de todos quando pedira para ninguém fazer nada durante três dias. Ele teria morrido se tivesse que esperar. Em três dias uma pessoa podia desaparecer no México, no Canadá, ou ir para fora do continente. Ele precisava de uma semana para chegarem ao destino final, para manter Gwen segura. Então ele poderia montar sua armadilha e dar tempo suficiente a Rick para se juntar a ele.

Pouco antes de partir, Neil mandara uma mensagem a Rick dizendo que não poderia se comunicar nos próximos dias e que houvera uma mudança de planos. Se Rick fosse para as montanhas sem ele, Neil teria que recuar.

Depois de fazerem amor pela segunda vez, ele caíra em um sono repousante. Ele havia pensado em dois locais seguros para Gwen, um mais indestrutível que o outro. Mas convencê-la a ficar lá sem ele... isso sim seria complicado.

— Preciso que você ligue para a Karen agora de manhã — ele pediu.

Gwen o interrogou com o olhar.

Neil olhou para trás. A clientela matutina do restaurante estava perto da porta da frente, dando-lhes certa privacidade.

— Ligue para ela, só para dizer que está tudo bem e informar onde estamos.

— O quê?

— Diga a ela que estamos perto da fronteira com o Canadá.

Gwen baixou o garfo.

— Não estamos nem um pouco perto da fronteira.

— Se o nosso homem estiver ouvindo, e acho que vai estar, isso vai nos dar tempo.

Ela tomou um gole de chá.

— Tempo para quê, Neil? O que você está planejando?

*Atrair o filho da puta e pegá-lo antes que ele nos pegue.* Mas Neil não podia dizer isso a Gwen.

— Montar uma armadilha.

— Isso não seria difícil aqui? A gente não devia encontrar um lugar para ficar?

Neil pôs um pedaço de panqueca na boca. Gwen inclinou a cabeça para o lado.

— Você já tem um lugar em mente.

Ele assentiu.

— E esse lugar tem uma cama e um chuveiro quente, longe da vida selvagem?

Que espírito esportivo Gwen estava revelando.

— Acho que posso arranjar isso... mais para a frente.

— Ótimo — disse ela, mexendo na comida de novo. — Ontem à noite, a cama estava surpreendentemente confortável.

— A comida sempre tem um gosto melhor quando se está com fome — respondeu ele. Como as panquecas que ele estava devorando.

Gwen o observava comer. Mordeu o lábio inferior e murmurou:

— Muito melhor.

O olhar sedutor dela tomou conta do corpo de Neil.

— Você é insaciável.

— Já me chamaram de coisa pior.

*Está ficando quente aqui?*

— Pare de pensar nisso, Gwendolyn. Precisamos nos afastar uns bons quilômetros desta espelunca ainda hoje.

Ela levantou o copo de água gelada e o encostou na testa.

— Vamos ter que parar uma hora...

Neil deveria impor algum filtro a suas ações em relação a Gwen, mas não conseguia. Vinte minutos depois, ele ligou o celular pré-pago e fez a única chamada que faria com ele. Dean atendeu no segundo toque.

— Neil?

— Estamos bem. Em segurança.

— Você devia ter ficado aqui. Nós poderíamos...

— Você não pode nos proteger desse sujeito, Dean. Sua equipe não é grande o suficiente. Esse cara é esperto. Militar, aposto. Avise o Blake que a Gwen está a salvo. — Neil sorriu para ela por sobre o capô.

— Posso falar com ela? — perguntou Dean.

— Não dá tempo. Dou notícias em vinte e quatro horas. Depois, não vamos manter contato durante três dias.

— Jesus, Neil. A delegacia de Tarzana está fazendo perguntas. E só posso segurá-los por pouco tempo.

Perguntas? Que tipo de perguntas? Neil não tinha tempo para questionar.

— Vinte e quatro horas, Dean. Confie em mim. Eu sei o que estou fazendo.

Neil desligou e escondeu o telefone debaixo do volante. Torres de celular poderiam identificar a origem da chamada com precisão de alguns quilômetros. Ele esperava que Dean não os procurasse por um dia ou dois.

— Pronta? — ele virou para Gwen e perguntou.

— Pronta!

❧

Entre a atenção da mídia depois de seu casamento com Michael e os vizinhos mortos na casa de Tarzana, Karen não tinha um momento sozinha fazia semanas. Não gostava do fato de Gwen ter fugido com Neil, independentemente do que todos pensassem. Neil era meio calado demais para o seu gosto. Difícil de interpretar. Não seria preciso muito para Gwen pular no porta-malas dele, por causa do seu desejo não correspondido. Mas o que aconteceria quando o sexo ficasse sem graça e Gwen percebesse que Neil estava fugindo das sombras do seu passado e a arrastando com ele?

Karen lembrou a si mesma que, se Neil estivesse realmente exagerando em relação ao mergulho final dos vizinhos na banheira de hidromassagem, então havia uma possibilidade real de que alguém a estivesse observando, tentando assustá-la.

E havia funcionado. Karen estava realmente assustada.

Mas, agora que ela e Michael estavam casados, talvez os episódios envolvendo pássaros parassem.

Karen virou na rua do Boys and Girls Club pela primeira vez desde que se casara. Escolhera um dia tranquilo para não causar muita agitação nas crianças. Enquanto eles não se acostumassem com o fato de que ela estava casada com um astro de cinema, faria visitas rápidas. Com o tempo perceberiam que ela era a mesma pessoa, só que agora andava no meio dos ricos e famosos.

Ela estacionou o carro no lugar habitual e tirou a chave da ignição. Seu olhar recaiu sobre o anel em seu dedo. Não era excessivamente grande, mas também não era uma lasca de diamante.

Até aquele momento, o casamento temporário estava uma maravilha. Ela nem se sentia culpada por ter dito "aceito" quando claramente não cumpriria com sua palavra. Michael descrevera o casamento como um papel a ser interpretado durante um ano, e ambos receberiam um pagamento no final.

O assessor de imprensa dele aparecera pouco depois que eles voltaram da França para felicitá-los pelo casamento. E em seguida seu agente também fizera uma visita. Seu produtor mandara flores e champanhe, e alguns dos seus amigos atores insistiram em fazer uma festa para eles. Karen concordara em fazer o que Michael quisesse. Como ela dizia: "Este filme é dele, eu só estou atuando nele".

Ela só queria que Gwen voltasse e toda aquela merda de pássaros mortos terminasse antes da festa.

E quanto a Aruba?

Qual era o problema dela, afinal? Pessoas haviam morrido, um casal estava em fuga, sabe-se lá de quem ou do quê, e ali estava ela, pensando em festas de casamento e viagens para Aruba.

Karen saiu do carro. *O estilo de vida hollywoodiano já está entrando nas minhas veias.*

No clube, as crianças a viram, uma de cada vez. As meninas foram as primeiras a correr até ela.

— Srta. Jones! Não acredito que você casou.

— É sra. Wolfe agora — disse uma das crianças.

Karen não os corrigiria. Ela e Michael haviam decidido não mudar o nome dela. Atores quase nunca usavam o nome de casados. Se os repórteres dos tabloides descobrissem que Karen não mudara seu nome, não estranhariam.

— Olá, meninas.

Amy a abraçou e Nita se juntou a elas.

— É verdade que você foi para a França num jatinho particular?

— Sim. Foi incrível.

— Está em todos os jornais. Eu disse para os meus professores que era você. O sr. Jenkins não acreditou em mim, até que a van da televisão apareceu aqui um dia depois que vocês viajaram.

Os olhos de Amy brilhavam enquanto ela contava sua história. A essa altura, os meninos começaram a se aproximar discretamente. Como era típico dos adolescentes, ouviam com uma orelha nela e outra no zumbido do celular.

— Você veio só fazer uma visita ou vai ficar? — perguntou Steve.

— Está tentando se livrar de mim, Steve?

Ele afastou os olhos do celular.

— Só estou perguntando.

— Preciso resolver algumas coisas, mas vou voltar. Acham que podem dar conta da lição de casa sem mim por umas duas semanas?

Steve deu de ombros, e várias crianças disseram que se esforçariam.

Jeff chegou de um dos escritórios e se aproximou, sorrindo.

— Não acredito que você realmente se casou com ele! — exclamou, dando-lhe um abraço.

— Você acha que eu devia ter esperado para conhecer outra pessoa?

As crianças começaram a se dispersar. Ainda assim, Karen sentia que a observavam enquanto ela e Jeff se dirigiam para um canto da sala.

— Não sei se existe alguém que se compare a Michael Wolfe — disse Jeff, e baixando a voz, já longe das crianças: — Você acabou de conhecê-lo, Karen. Tem certeza disso?

*Ahhh, que fofo.* Quem diria que Jeff se importava com ela? Karen levantou a mão esquerda e balançou os dedos, fazendo a aliança fulgurar.

— É meio tarde agora para ter dúvidas, Jeff. Mas tenho certeza.

— Acho que isso significa que você não vai mais vir aqui.

— Está de brincadeira? Eu vou vir mais ainda. Claro, vou tirar mais férias, viajar. O Michael tem filmagem em uns lugares ótimos este ano. Mas não vou mais trabalhar. Eu disse para a empresa que ajudaria por um tempo. Mas vamos combinar que o Michael pode me sustentar, não é?

O sorriso de Jeff desapareceu.

— Viver à sombra de outra pessoa fica chato depois de um tempo.

Se ela tivesse se casado com Michael por amor e para sempre, faria as coisas de maneira diferente. Como não era esse o caso, não precisava se preocupar com isso.

— Não vou esquecer quem eu sou. E vou ficar bem.

— Desde que você esteja feliz...

— Obrigada, Jeff. Eu estou.

Ele indicou uma sala nos fundos.

— Quero te perguntar mais uma coisa. Você tem um minuto?

— Claro — disse ela, seguindo-o até uma sala privada. — O que é? — perguntou, quando ele fechou a porta.

— Eu ouvi falar dos seus vizinhos. Acho que as crianças não reconheceram a casa nos noticiários. Aliás, acho que nenhuma delas assiste às notícias.

Karen esfregou os braços frios.

— Sim, é assustador. Ainda não sabem se foi assassinato ou acidente.

— Ainda bem que você não estava em casa quando aconteceu.

— Minha amiga não teve tanta sorte. Na verdade, essa é uma das razões pelas quais eu vou sumir daqui por um tempo.

Jeff se inclinou para a frente.

— Por quê?

— Algumas coisas estranhas aconteceram antes de os vizinhos... Bem, você sabe. A polícia está investigando todas as hipóteses. Uma delas é de que um fã do Michael esteja querendo me assustar.

— Está brincando.

— Quem me dera. A mídia ainda não sabe disso. E, por favor, não conte para eles, Jeff.

Ele pareceu ofendido.

— Ora, Karen, não sou dedo-duro. Você acha mesmo que alguém quer te assustar?

— Foram encontrados pássaros mortos ao lado do corpo dos vizinhos. E eu vi outros dois desde que conheci o Michael.

— E nós sabemos como você *ama* pássaros... — pontuou Jeff.

Eles haviam combinado a visita de um guarda do zoológico no clube seis meses atrás. O homem achara que seria divertido levar uma arara entre os animais. E, naquele dia, todas as crianças e voluntários viram como Karen detestava pássaros. Houve gritos, correria, penas... e necessidade de terapia quando o guarda do zoológico foi embora. Se Gwen tivesse testemunhado aquela cena, não teria concluído que Karen era dura na queda. Ela havia caído a níveis bem baixos aquele dia.

— Espero que tudo isso não passe de um engano — disse Jeff.

— Nem me fale.

— Você não deveria estar sob proteção policial?

Eles haviam conversado sobre isso. Karen concordara em ficar perto da casa de Michael e, na ausência dele, não se aproximaria da casa de Tarzana sozinha. Se mais pássaros mortos aparecessem, Dean e Jim destacariam alguém para protegê-la.

— Eu estou bem. Mas, até apurarem todos os detalhes, vou manter distância das crianças.

— Apesar de sentirmos sua falta, tenho que concordar que é melhor assim.

Karen se levantou e pendurou a bolsa no ombro.

— Isso significa que você precisa ficar em cima do meu grupo de matemática.

Ele a acompanhou para fora da sala.

— Pode deixar.

Karen conversou com as crianças mais um pouco e foi para o carro. Olhou em volta antes de entrar. Sem nenhum sinal de corvos mortos no chão, destrancou as portas e abriu a do motorista.

— Srta. Jones?

Karen se voltou para a voz familiar.

— Oi, Juan. — Ela não o vira ali dentro e pensou que talvez ele tivesse faltado. — Tudo bem?

Quando o garoto se aproximou, o sorriso em seu rosto foi desaparecendo.

— Então você realmente casou com *aquele cara*?

O jeito como ele disse "aquele cara" a fez parar.

— A imprensa acertou. Eu e o Michael nos casamos na semana passada.

O olhar dele se deslocou para a mão dela.

— Todo mundo sabe que atores são uns falsos.

*Ora, ora, parece que o Juan não aprova o meu casamento.*

— Você o conheceu, Juan. Ele é um cara legal.

— Isso não quer dizer que você tinha que casar com ele — disse o garoto, enfiando as mãos nos bolsos da calça jeans e fitando o chão.

*Nossa, Karen, você é uma tonta.* A última vez em que Karen tinha visto uma criança apaixonada, fora quando ela mesma era uma. Como não havia notado os sentimentos dele? Bem, era hora de lembrar a Juan que ele era um adolescente, e ela, uma mulher.

— Eu e o Michael somos adultos, Juan. Eu me casei com ele por outras razões além de ele ser um cara legal.

— Você pode transar sem estar casada — ele retrucou, controlando a raiva.

— Você está passando dos limites.

— Que se dane — ele reclamou, afastando-se dela e do clube.

*Isso não foi nada bom.*

# 19

ELES PARARAM EM UMA CIDADEZINHA logo após a fronteira com o Colorado e foram comprar apetrechos de acampamento.

— Eu não acampo — Gwen sussurrou no ouvido de Neil. O mais parecido com acampar que ela fizera fora dormir no banco de trás do carro com o qual estavam atravessando o país.

Em resposta, Neil pestanejou, colocou a barraca no carrinho e continuou andando pelo corredor.

O que ela esperava? Que ficassem em um hotel todas as noites, agora que tinham curtido um? E por quantos dias e noites eles fariam isso, afinal? Até aquele momento, Gwen não havia pressionado Neil a lhe dar nenhum detalhe sobre nada. Ela queria que ele se abrisse a respeito de seus planos, mas ele não se abrira. Pelo menos não muito.

Gwen caminhou mais rápido para acompanhá-lo enquanto ele pegava sacos de dormir. Ficou olhando para eles.

— Não estou brincando. Deitar no chão frio não me atrai.

Neil pegou um saco de dormir para dois, a encarou e o jogou no carrinho. Talvez acampar com ele não fosse tão ruim. Não havia lugar no banco de trás para os dois. Com um meio sorriso, ela encontrou um tapete duplo para colocar embaixo da barraca e o acrescentou ao carrinho.

— Eu quero uma fogueira — disse ela. Neil e o calor acolhedor de uma fogueira? O que poderia ser melhor que isso?

Por um momento, ela pensou que ele não concordaria com a sugestão. Mas ele colocou um saco de marshmallows no carrinho.

Em silêncio, andaram pela loja. Ela pegou blusas de moletom para ambos. A dele era extragrande, e a dela, tamanho médio, as duas com a estampa das montanhas Rochosas. Ele pegou uma panela pequena e várias latas de comida, refrigerante, café instantâneo e água.

O rapaz do caixa conversava enquanto os atendia.

— Parece que vocês vão acampar.

Gwen sorriu, mas se lembrou de ficar calada.

— Parece mesmo — disse Neil.

— Vocês têm repelente?

— Temos.

— Nós vamos algumas vezes no verão — disse o rapaz, olhando para ela, atrás de Neil. — Para onde vocês vão?

Gwen notou os músculos da nuca de Neil se retesarem.

— Vamos descobrir quando chegarmos lá.

— Essas são as melhores viagens. — O rapaz disse o total e empacotou as compras. — Divirtam-se.

Neil pegou as sacolas.

— Com certeza.

Gwen deu um sorriso e o seguiu porta afora. No carro, ela por fim sentiu que podia falar.

— Da próxima vez, passe pelo caixa sem mim. Nunca imaginei que ficar quieta fosse tão difícil. Não sei como você consegue.

Ele abriu a porta para ela.

— Prática.

A estrada se estendia à frente deles, assim como o silêncio. Mas Gwen queria algumas respostas.

— Por quanto tempo mais vamos continuar assim?

Neil estreitou os olhos.

— Assim como?

— Na estrada. Em hotéis baratos e agora acampando. Quantos dias mais?

— Não muito.

— Isso não é resposta, Neil.

— Três dias, talvez quatro.

Não parecia tanto tempo.

— E depois?

— Vou te levar para um lugar seguro.

— E você, vai para onde? Um lugar não seguro?

Gwen pôde vê-lo se fechar. Em um esforço para trazer de volta seu sorriso, colocou a mão na coxa dele.

— Por que não vamos os dois para um lugar seguro? Deixe a polícia cuidar de quem matou os meus vizinhos. Você acha que eles foram assassinados, não é?

— Eu sei que foram.

— Sabe como?

Neil ultrapassou um grande caminhão que subia com dificuldade a ladeira íngreme rumo às montanhas Rochosas.

— Como, Neil?

— Simplesmente sei. Você vai ter que confiar em mim.

— E você acha que eu não confio? Eu pensei que, depois da noite passada, você soubesse como eu confio. — Ela olhou para ele, que olhava para a estrada. — Eu não sou criança. Concordei com a viagem sem muitas perguntas. Nós dois estamos de acordo quanto a isso, certo?

Ele assentiu, sem uma palavra.

— Como você sabe que eles foram assassinados, que não foi um acidente?

Neil hesitou antes de responder.

— Pelas gralhas. O codinome da minha última missão na marinha era Gralha. As aves mortas que você encontrou eram para me provocar.

— E como um pássaro morto ao lado do meu carro provocaria você?

— Nosso sujeito é um covarde. Ele usa as mulheres para chegar até os homens.

— Então, quando eu não te contei sobre os pássaros mortos, o "nosso sujeito", como você diz, procurou se certificar de que você soubesse que era ele quem estava causando todos os problemas?

Ela não queria pensar em um assassino como "nosso sujeito".

— Exatamente. Ele sabia que eu agiria.

— Quantas pessoas sabiam da sua missão Gralha?

Neil alongou o pescoço enquanto dirigia. Gwen sabia que estava arrancando a informação dele à força, que não sairia espontaneamente. E, agora que havia começado a fazê-lo falar, não desistiria. Talvez fosse a única chance de saber alguma coisa.

— Poucas. Era uma missão secreta. Éramos um grupo de elite.

— Quantos homens faziam parte da sua equipe?

— Sete.

Ela esfregou a testa, tentando ver o que Neil via.

— Seis homens participaram da missão com você. Quantos mais sabiam que você estava lá?

— Uma dúzia, talvez menos. Quanto mais secreta a missão, menos pessoas ficam sabendo.

— Então provavelmente você não poderia pedir ao governo que interviesse e ajudasse.

— A base geral do governo não sabe nada sobre a Operação Gralha. Só o secretário de Defesa, o presidente e um ou dois que respondem diretamente a eles.

— Você acha que um dos outros seis homens está por trás disso?

Neil a olhou brevemente pela primeira vez durante a conversa. E ela viu um flash de dor em seus olhos.

— Só restamos três.

O coração de Gwen se apertou.

— Ah, Neil... Sinto muito.

— Foi há muito tempo.

— O que não torna as coisas mais fáceis. Eram seus amigos.

Ele assentiu.

— Eram os melhores. Quatro de nós saímos vivos. Um... morreu recentemente.

— Você não acha que um dos seus amigos fez isso... acha?

Neil bufou.

— Isso é como perguntar se você acha que o Blake é capaz de te matar.

— Que absurdo!

— Exatamente.

— Eu já li muita ficção — disse Gwen —, e parece que o herói está sempre tentando entrar na mente do assassino. O que está motivando esse cara? Por que ele está atrás de você? Tinha algo referente à missão que você sabia e os outros não?

— Eu liderei a missão. Mas todos nós sabíamos o objetivo.

— Talvez alguém esteja buscando vingança pela própria missão.

Uma parte dela queria perguntar qual era a missão, mas ela se lembrou da noite agitada de Neil. Talvez fosse melhor não saber todos os detalhes.

Ele sacudiu a cabeça.

— Gralha era uma pessoa. E ele está morto.

A convicção nas palavras de Neil deu a ela certeza de que ele sabia desse fato porque o vira com os próprios olhos.

— Esse Gralha tinha um irmão?

Neil apertou a mandíbula.

— Talvez.

Mas a lógica de Gwen também não fazia muito sentido.

— Claro, se o Gralha tiver um irmão, como ele saberia do codinome? Imagino que Gralha não era o nome verdadeiro dele.

— Não.

— Se alguém está querendo se vingar pelo Gralha, e não é uma vingança dirigida exclusivamente a você, seus colegas podem estar correndo risco também. Talvez você devesse avisá-los.

Ele olhou para ela e deu um breve sorriso.

— Você já fez isso.

Ele sorriu de novo.

Gwen relaxou no banco e olhou a paisagem, que ia se adensando de árvores conforme subiam a montanha. Não era de admirar que Neil fosse tão calado. Era muita informação para processar. Muitas possibilidades, mas apenas algumas probabilidades.

Se nenhum dos homens da unidade dele era o assassino e Gralha estava morto, só sobrava alguém leal ao Gralha, ou alguém envolvido na missão que queria Neil morto, assim como aos outros.

Gwen pensou no que Neil havia dito sobre a morte recente de um de seus homens.

— Seu amigo que morreu recentemente... O que aconteceu?

— Oficialmente, suicídio.

Nada incomum entre militares reformados que vivenciaram muitos combates.

— Mas você não acredita nisso.

Neil sacudiu a cabeça.

Então só restava uma conspiração do governo, ou a gente leal ao Gralha.

Na cabeça de Gwen, uma conspiração do governo era algo praticamente impossível. Se Neil mencionasse a possibilidade de uma conspiração, as pessoas pensariam que ele havia levado tiros demais. O transtorno de estresse pós-traumático podia transformar homens saudáveis em paranoicos.

Mas os vizinhos mortos e os pássaros deixados à vista não eram falsos.

Contudo, em seu íntimo, Gwen pensava na fobia de Karen... e em como, no início, elas pensaram que os pássaros mortos eram destinados a ela.

⤜∽⤓

— Não sei o que pensar, Sam — disse Blake, olhando a cidade pela janela de seu escritório na costa Oeste. — Eu confio nele. Confio mesmo.

— Você parece ter dúvidas.

— E se eu estiver errado? E se ele pirou e anda perseguindo sombras? Quando nos conhecemos, ele não era nada estável. Mas, verdade seja dita, ele não fez nada desde então que me fizesse questionar qualquer coisa.

Ele odiava duvidar de Neil.

— A guerra foi um inferno para ele — completou Blake.

— Ele costuma falar sobre isso?

— Não. Só naquela primeira noite, quando nos conhecemos. Alguns dos homens dele explodiram em mil pedaços bem na frente dele. E ele se culpa. Isso é tudo o que eu sei.

— Não deve ser fácil.

— Não.

— Mas tem uma coisa em que você pode confiar — disse Sam. — Se o Neil estiver perseguindo sombras, uma hora ele ou a Gwen vão perceber que não tem ninguém atrás deles e vão voltar para casa.

Blake passou a mão pelos cabelos.

— Não sei se isso me faz sentir melhor. Não quero nem pensar que tem alguém atrás deles. Mas pensar na minha irmã apaixonada por um cara que persegue sombras...

— Tem certeza que a sua preocupação não tem a ver com a sua irmã estar apaixonada por alguém? Mesmo que seja o Neil?

Blake se afastou da janela e foi para a mesa.

— Talvez quando ela tinha vinte anos. Agora, o que eu mais quero é que ela encontre alguém.

Havia uma foto de Sam e Eddie em sua mesa. Ele a puxou para mais perto. *Sou um homem de sorte.*

167

— Alguém estável — Sam comentou.

— Sim. — Mesmo em um dia normal, Blake não tinha cem por cento de certeza de que Neil era estável. Mas odiava pensar assim.

— Quando você vai ter notícias de novo?

— O Dean disse que teremos notícias amanhã. E então três dias depois.

— Isso é muito tempo.

— Uma eternidade. Segundo o Dean, o caso dos vizinhos eletrocutados está sendo tratado como homicídio. Eles têm mais perguntas a fazer para a Gwen e o Neil, e não estão nada satisfeitos com a fuga dos dois.

— Mas não suspeitam deles, né?

— O Jim e o Dean não. Mas não posso dizer o mesmo dos colegas deles.

— A coisa só piora... — disse Sam.

— Ajudaria se encontrássemos a pista de que ele falou. Mas o Dillon não encontrou nada.

— O Dillon não tem a experiência do Neil em serviço secreto. Ele não era do setor de Operações Especiais ou algo assim?

Mais uma vez, Blake se lembrou de como sua esposa era perspicaz.

— Era.

— Humm — Samantha suspirou. — Quer a minha opinião?

Ele já estava sorrindo.

— Como se eu pudesse escapar.

Ela riu.

— Me lembra de te dar um tapa depois.

— Promessas, promessas.

— Eu acho — ela começou — que você precisa dar esse tempo ao Neil, esses quatro dias. Se você for atrás deles agora e atrair quem quer que os esteja seguindo, você nunca se perdoaria. E, se não tiver ninguém atrás deles, acho que isso vai ficar evidente no quarto dia. O Neil nunca machucaria a Gwen. E a Gwen... Bem, todos nós sabemos o que ela sente pelo Neil.

— Eu com certeza não sabia.

— Eu tentei te falar depois que o Carter e a Eliza ficaram juntos. Mas você, meu duque, simplesmente não me ouve.

— Ouço sim. — Talvez não tanto quanto antes de casar.

— É mesmo? — ela perguntou.

Sam tirava parte do peso do cotidiano dos ombros de Blake. Mesmo nesse momento, só de conversar com ela, ele já se sentia mais calmo.

— Eu estou grávida.

Em um minuto, ele estava arrasado por saber que Gwen gostava de Neil, e então... *O quê?*

— O que você disse?

Ela começou a rir.

— Não era virose, afinal.

Ainda bem que ele estava sentado.

— Grávida? Tem certeza?

— Tenho. Já passei por isso.

Eles não estavam tomando precauções. E estavam treinando para engravidar, não exatamente planejando uma gravidez. Mas Eddie já estava andando, e os dois queriam mais filhos.

— Ah, Sam. Eu te amo. — Ele não conseguia parar de sorrir.

— Eu também te amo. Pensei em esperar para te contar ao vivo, mas nós dois sabemos que eu não sou boa em guardar essa coisa de gravidez para mim.

— Quer que eu volte para Albany?

— Não seja bobo. E eu não vou andar de avião até melhorar do estômago. Vou esperar para contar ao Eddie quando estivermos juntos.

Blake se recostou na cadeira de couro alta.

—- O Eddie vai ser um irmão mais velho maravilhoso.

— Se ele puxar o pai...

— Eu estou tão feliz de saber que vou ser pai de novo... e me sentindo culpado também.

— Pare com isso, Blake. Se a Gwen estiver correndo perigo de verdade, não existe ninguém melhor que o Neil para protegê-la. E, se não tiver ninguém atrás deles, pelo menos os dois vão poder dar um jeito naqueles olhares que vêm trocando no último ano.

— Eu nunca vi nada disso. — Pensar em sua irmã como uma pessoa sexuada lhe dava calafrios.

— Você não estava prestando atenção.

— Ainda bem.

— Pobre Blake. Se o Neil engravidar a Gwen, não esqueça que ele é especialista em armas.

— Isso não significa que eu não o obrigaria a se casar com ela.

— O Neil é um homem correto. Não é *desse* tipo.

— Vai ser, se engravidar a minha irmãzinha.

Samantha ria tanto que mal conseguia falar.

— A sua *irmãzinha* é mais velha que eu!

— Podemos conversar sobre outra coisa agora? — ele rosnou.

Sam continuava rindo.

— Tudo bem. Que tal sobre enjoo matinal? Lembra como era divertido? E fraldas. Ah, que alegria... quanta diversão.

Blake já sorria novamente.

**O AR ERA MUITO MAIS** frio nas montanhas que no deserto de Nevada e Utah. Neil estava de olho nas nuvens. A última coisa que precisavam era de mau tempo. A barraca era frágil e tinha sido feita para condições de tempo perfeitas, não para um dilúvio. Ele tinha checado a previsão do tempo no hotel, mas de várias centenas de quilômetros de distância, e era sabido que as montanhas tinham seus próprios padrões climáticos.

Gwen ficou em silêncio depois de ele revelar parte de seu passado. Ele estava surpreso com o raciocínio lógico dela, que muitas vezes chegava às mesmas conclusões que ele.

Neil já havia pensado na possibilidade de o Gralha ter um irmão, e que ele fosse um canalha terrorista do mesmo tipo e estivesse atrás deles. Mas descartara a ideia quase imediatamente. Terroristas eram bons em destruir grandes alvos e causar pânico em massa. Confrontos diretos não eram do estilo deles, pois não geravam grande repercussão.

Quanto a Rick ou Mickey guardarem algum rancor... Mickey estava longe, provavelmente em outra missão, do outro lado do mundo. E Rick havia procurado Neil. E não estavam os dois trabalhando para encontrar o responsável pela morte de Billy?

Neil sabia que havia uma pequena possibilidade de Rick ou Mickey terem problemas com ele. Billy não dera o tiro, pois Neil não havia dado a ordem. E o resultado poderia fazer de Billy ou dele mesmo um alvo na mira dos outros caras da equipe.

Neil queria pensar mais, analisar todos os ângulos possíveis antes de abrir o jogo para qualquer um. Até mesmo para Rick.

Ele se convenceu de que não tinha telefonado para Rick assim que seus planos mudaram porque precisava resolver as coisas sozinho. Neil trabalhava sozinho agora. Não havia mais ninguém em sua equipe que dependesse dele. Ninguém mais para morrer.

Seus olhos percorreram o local por onde Gwen havia desaparecido na mata, em busca de alguma privacidade.

*Você não está sozinho, Mac*, pensou. Havia alguém de quem ele gostava, que dependia dele. Que corria risco por causa dele. *Não estou sozinho, em absoluto.* Só que dessa vez, quando a missão fosse concluída, os dois sairiam vivos.

Antes de voltar ao carro para pegar suas coisas, Neil chutou algumas pedras no local onde montariam a barraca. Duas noites acampando com Gwen no meio do nada. Poderia ser pior. Pensou nela na noite anterior. Ele havia fantasiado com ela mais vezes do que podia contar. Nunca a imaginara tão receptiva. Já havia transado com muitas mulheres, algumas das quais esquecera rápido, o que provavelmente fazia dele um canalha. De algumas ele se lembrava com carinho, mas nenhuma o deixara sentindo um vazio por dentro quando se fora.

Gwen mudaria isso; Neil sabia desde o começo. Suas emoções já estavam em jogo antes que ele a tocasse. E isso tornava a missão ainda mais perigosa. A pessoa que estava atrás dele sabia disso e se aproveitaria desse trunfo.

A melhor coisa para Neil era tomar as rédeas da situação, se fortalecer e pronto. Assim que Gwen estivesse na torre de marfim, ele resolveria as coisas e seguiria em frente.

Neil ouviu um galho estalar atrás de si. Seu corpo se retesou.

— Está montando a barraca?

Ele suspirou. Relaxou a mão que havia voado para a arma por impulso. Já havia puxado a arma para Gwen uma vez; nem fodendo deixaria isso acontecer de novo. Não havia ninguém ali, exceto eles e os cervos.

— Sim.

Ele esvaziou o conteúdo da sacola no chão e separou os tubos da barraca.

— Este lugar é lindo. Você já tinha vindo aqui? — perguntou Gwen.

— Faz alguns anos.

— É tão silencioso... mais que o deserto.

Neil aspirou o cheiro dos pinheiros.

— O barulho da estrada ecoa no deserto. Aqui em cima, a floresta abafa o som. — Ele fechou os olhos e apurou os ouvidos; virou o rosto contra o sol. — Escute.

Quando abriu os olhos, encontrou Gwen o fitando com um sorriso. Caminhou até ela e a girou para leste.

— Feche os olhos.

— Para quê?

— Shhh... — ele respondeu, descansando as mãos nos ombros dela e se inclinando até seu ouvido. — Respire fundo e escute.

Gwen seguiu suas instruções, e ele se juntou a ela no silêncio. Quando ele fechou os olhos, um mundo de sons se abriu, como uma inundação.

— Agora... o que está ouvindo?

— Pássaros. Talvez um esquilo.

Ele ouvia a mesma coisa.

— O que mais?

Neil abriu os olhos e a observava com um sorriso no rosto enquanto ela ouvia os sons da floresta.

— O vento no alto das árvores... e algo mais.

Ela abriu os olhos e apontou para leste.

— Ali.

— Um córrego, se estiver perto. Um rio, se estiver mais longe — ele explicou.

— Que legal! A gente devia ir ver.

Ele esfregou os braços frios de Gwen.

— Amanhã. Precisamos montar acampamento antes do anoitecer.

— Tudo bem.

— Mas, primeiro, feche os olhos de novo e me diga o que você não ouve.

Ela obedeceu. Neil olhou para o chão e viu um galho a seus pés.

— Nada de carros. Nada de buzinas distantes ou sons de outras pessoas além de nós. Nada de aviões. Nada mecânico.

Ele apoiou o pé no galho caído e esperou.

— Mais alguma coisa?

Ela hesitou, depois balançou a cabeça. Neil pisou no galho e ela deu um pulo, abrindo os olhos.

— O que foi isso? — perguntou, olhando para ele com a mão no peito.

— Só um galho. Mas você ouviu porque removeu um dos seus sentidos. Escute como eu ando, memorize o som. Assim, se alguém se aproximar, você vai saber antes de ver a pessoa.

Gwen virou e abraçou Neil pela cintura.

— Ninguém se atreveria a se aproximar de mim com você por perto, Neil.

— Todo cuidado é pouco aqui.

Ela sorriu, ficou na ponta dos pés, lhe deu um beijo rápido e desceu novamente.

— Vou treinar. Agora, que tal você montar a barraca enquanto eu vou buscar um pouco de lenha?

Neil a observava enquanto ela andava por ali, recolhendo madeira. Não demorou muito para montar a barraca e ajeitar as coisas para dormir.

— Eu nunca acampei — disse Gwen, a vários metros de distância. — Nunca. O mais próximo que cheguei disso foi quando eu tinha doze anos. Uma amiga passou a noite em casa e acabamos dormindo nas espreguiçadeiras, no pátio em frente ao meu quarto, em Albany.

Ele sorriu.

— Isso não conta.

— Imagino que não — disse ela, jogando alguns troncos maiores na pilha que havia feito e se afastando para pegar mais. — Tem algumas cabanas na propriedade da Inglaterra. Eu costumava escapar para lá quando precisava ficar sozinha. Minha mãe sempre queria gente em volta. O tempo todo havia convidados em Albany quando o meu pai era vivo, e muitas vezes eu procurava refúgio nas cabanas.

— Você se dava bem com o seu pai? — Neil sabia que Blake não se dava.

— Ele me deu um desconto por ser mulher. Eu era problema da minha mãe, não dele. Quando o Blake decidiu trilhar o próprio caminho, pensei que o meu pai notaria que eu era mais do que um enfeite a ser apresentado para os seus amigos e logo deixado de lado. Que ingênua! Ele foi um marido e um pai horrível. Se tivesse nascido cento e cinquenta anos atrás, talvez se encaixasse muito bem.

— Parece um homem difícil de conviver.

Ela colocou mais madeira na pilha e se sentou em um tronco caído.

— Era mesmo. Mas eu não devia falar mal dos mortos.

— Eu não vou contar para ninguém.

Só Gwen mesmo para se preocupar com os sentimentos de um espírito. Neil pegou um tronco e cavou com ele a terra macia, fazendo um buraco para a fogueira.

— E os seus pais? Acho que nunca ouvi você falar deles — disse Gwen.

Neil não pensava em seus pais havia muito tempo, muito menos falava sobre eles.

— A minha mãe foi embora quando eu era criança. Fui criado pelo meu pai. Ele também era fuzileiro naval. Serviu por mais de vinte anos antes de morrer.

— Quando ele faleceu?

— Há sete anos. Câncer de pulmão. Fumou até morrer.

— Que horrível...

Neil deu de ombros.

— Poderia ter sido pior. Depois que ele foi diagnosticado, a coisa foi rápida. Eu tento enxergar pelo lado bom.

Gwen sorriu, apoiando o queixo nas mãos entrelaçadas.

— Como ele era?

— Era um bom homem. Mas não era de falar muito. Eu sabia que ele gostava de mim. Ele tinha um bom grupo de amigos, cujas esposas ajudavam comigo quando eu era mais novo. Nós nos mudamos bastante no começo e nos estabelecemos aqui no Colorado quando ele estava perto de se aposentar.

O coitado nem tivera a chance de aproveitar a aposentadoria. Neil juntou os pedaços menores de madeira, descartando os galhos que ele sabia que fariam muita fumaça, e os empilhou para acender a fogueira.

— Ele deve ter sido o motivo pelo qual você entrou para a marinha.

— Essa era a única vida que eu conhecia. E tinha dado certo para ele. Eu nunca pensei em ser nada além de fuzileiro naval.

— Aposto que ele tinha orgulho de você.

Neil se lembrou de uma foto sua vestido com o uniforme completo. Ficava no console da lareira de seu pai.

— Sim, ele tinha.

Em seguida acendeu um fósforo sobre o musgo seco e o abanou.

Gwen suspirou.

— Ele não se casou de novo?

— Namorou um pouco. Mas nenhuma delas foi para a frente.

Os galhos foram pegando fogo devagar, e Neil empilhou mais alguns. Quando o sol estava baixo no horizonte, o fogo já estava suficientemente forte para aquecê-los e para preparar a comida.

Vestiram as blusas de moletom e se sentaram ao lado da fogueira, depois de compartilharem a refeição. Gwen havia preparado espetos de marshmallow. Estava apoiada em Neil, fazendo perguntas sobre a vida nas forças armadas e sua mãe desaparecida. Essa era uma pessoa em quem Neil não se dava o trabalho de pensar. Ele nunca a conhecera, exceto pelo que seu pai lhe contava quando era pequeno. De acordo com seu pai, eles eram muito jovens para se casar, e ela não estava pronta para ser mãe e assumir uma vida de constantes mudanças e responsabilidades. Neil tinha certeza de que havia mais, mas seu pai não falava sobre ela, e ele também não perguntava.

— Eu nunca pensei que um dia estaria aqui, assim, com você — disse Gwen, enquanto rodava o espeto no fogo.

— Não foi planejado.

— Não posso dizer que estou feliz pelo modo como chegamos aqui, mas também não posso dizer que estou odiando.

Ela apoiou as costas em seu peito, e ele passou a ponta dos dedos no braço dela. Esperava que ela se sentisse assim depois, quando o novo Gralha desaparecesse.

Gwen lhe ofereceu um marshmallow. Ele abriu a boca e aceitou o doce. O sorriso sedutor dela se abriu quando ele lambeu seus dedos.

— Estou começando a achar que você é como um desses marshmallows. Meio duro e queimado por fora, e todo macio e meloso por dentro.

Ele terminou de mastigar e sorriu. Neil não sabia se era meloso por dentro. Mas, se isso fizesse Gwen olhar para ele com tanta confiança, deixaria que ela acreditasse.

— E você não tem como ser mais doce, Gwen.

Ela relaxou e se recostou nele de novo, dessa vez soltando o espeto.

— Quer saber um segredo? — perguntou.

Quando Gwen deixou a cabeça cair no peito dele, Neil se permitiu inspirar o cheiro de seu cabelo.

— Que segredo?

Ela entrelaçou os dedos nos dele.

— Eu sempre quis ser uma garota malvada. Sabe, do tipo que usa couro e bebe uísque direto da garrafa.

Ele não podia imaginar isso.

— Na garupa de uma moto, com o nome de um cara tatuado no braço?

— Não sei quanto ao nome, mas talvez algo assim. Talvez um piercing no umbigo — disse ela.

Ele agora a imaginava, e a imagem fez seu membro endurecer.

— Podemos te levar para pôr um piercing em Colorado Springs.

Ela riu. Ele amava sua risada.

— Eu iria amarelar.

— Posso te embriagar, e você acordaria com o piercing no dia seguinte.

Ela riu ainda mais.

— Só você para achar essa ideia atraente.

— Foi você que começou. Piercing no umbigo é sexy. — Quando fora a última vez que ele dissera algo assim para uma mulher? Nunca.

— E você, Neil? Tem algum segredo?

— Você viu a minha tatuagem.

— Sim, eu vi. E é realmente muito sexy. — O sotaque de Gwen tornava tudo certinho e apropriado. — Alguma coisa que você não teve coragem de fazer?

Ele apertou a mão dela e esperou que ela o olhasse. Então se inclinou e pousou os lábios nos dela. Em seguida a virou em seu colo, sem parar de beijá-la. O sabor dela explodiu em sua língua e o aqueceu por inteiro. Quando ele se afastou, o olhar lânguido de Gwen encontrou o dele.

— Eu sempre te desejei — ele confessou.

— Você sabia que eu também te desejava. O que te impedia?

Ele afastou uma mecha de cabelo dos olhos dela.

— Eu sou duro por dentro e por fora, Gwen. E você é uma princesa que merece um príncipe.

Não alguém como ele. Alguém que não conseguia dormir porque seu passado não permitia.

O sorriso de Gwen se desvaneceu, e ela segurou o rosto dele entre as mãos.

— A princesa quer o cavaleiro, não o príncipe. Ela quer alguém que saiba o que quer e que se arrisque para conseguir.

— Não há garantias comigo. Sou uma aposta arriscada.

Ela o beijou brevemente.

— Os dados estão lançados, Neil. Você não vai me convencer a me afastar.

— É isso que eu estou fazendo? — Ele sabia que sim.

Ela assentiu.

— Além disso, se eu quisesse ter tédio garantido, teria namorado alguém do clube de polo do meu pai.

— Motos *versus* pôneis?

— Você pilota uma moto, não é?

Fazia muitos anos que não, mas ele não estragaria a fantasia dela.

— Pelo menos agora eu sei de onde saiu seu fetiche por couro.

— Ah, não. Isso é por causa de todos os filmes pornôs que eu vi.

— É, você não é o melhor exemplo de princesa — disse ele, rindo.

— Certamente não — ela acrescentou, descendo a mão pelo peito dele até alcançar seu membro. — Quer ver o que uma falsa princesa é capaz de fazer?

O sorriso de Neil desapareceu e o desejo tomou seu corpo.

— Para a barraca. Agora.

Ela saiu de seu colo e ele apagou a fogueira, antes de se juntar a Gwen para alimentar o outro tipo de fogo que queimava dentro dela.

# ~ 21 ~

**TUDO SE MOVIA LENTAMENTE. BOOMER,** *Robb e Linden seguiram Billy no calor escuro. Cada um se aproximou de um guarda por trás, eliminando-os sem dar um único tiro, e deslizaram os corpos até o chão. A morte silenciosa roubava dos terroristas a glória que desejavam, e Neil era grato por isso.*

*Com os guardas fora do caminho, Neil sinalizou para Boomer e Robb entrarem primeiro, com Linden logo atrás. O trabalho deles era atrair o Gralha para fora e propiciar um tiro limpo para Billy.*

*Neil sentia o sonho se agarrar em algum canto de sua mente. Disse a si mesmo que era apenas um sonho, uma lembrança distante. Mas a preocupação corria por sua coluna enquanto ele tentava mudar o resultado do que viria a seguir.*

*Boomer e Robb chegaram primeiro à porta, depois Linden e Billy. Atrás, Mac estava entre Rick e Mickey.*

*O Gralha pulou da cadeira ao mesmo tempo em que uma criança corria até ele. Falaram rapidamente, em uma língua que Mac não entendia.*

*Houve uma hesitação de uma fração de segundo, o Gralha gritou uma ordem para o garoto e outra criança entrou na sala.*

*Foi quando Mac notou as bombas. Amarradas às crianças. E elas correram até eles.*

*— Atire! — Mac ordenou.*

*O Gralha caiu com um olhar de morte. Billy, Rick e Mickey passaram correndo por Mac. Um dos garotos se agarrou em Boomer, e Robb o puxou.*

*Como último ato de sua maldita vida, o Gralha procurou algo dentro de sua roupa. Mac mergulhou no chão enquanto as bombas amarradas às crianças explodiam.*

— Shhh... Está tudo bem. Estou aqui — Gwen o acordou e lhe deu beijinhos rápidos. — Estou aqui.

Ela aconchegou o corpo esguio no dele dentro do saco de dormir que compartilhavam, enquanto o fazia acordar e espantava o pesadelo.

Pelo menos o sonho o poupara da cena em que Gwen explodia. Ainda assim, ele sentiu no peito a dor física da lembrança dos amigos que perdera.

Gwen o beijou novamente, passando a mão no quadril e na coxa de Neil.

— Me deixe te ajudar, Neil — disse Gwen, envolvendo seu membro com os dedos.

Ela já estava ajudando. O sonho desapareceu mais rápido que na noite anterior. Como se sentisse a necessidade dele, Gwen colocou um preservativo em seu pau e rolou para cima dele. Ela não esperava preliminares. E, se ele tivesse que adivinhar, diria que Gwen nem buscava a própria satisfação. E isso tocou seu coração. Ele nunca conhecera alguém como ela.

Neil agarrou seus quadris com ambas as mãos e a guiou para si. Seu sexo apertado espantou o pesadelo. Tudo o que restava era Gwen e seu corpo se abrindo para ele, aceitando tudo o que ele era.

O ritmo deles era lento. Gwen o incitava com gemidos sensuais, nada dignos de uma lady, remexendo o corpo contra o dele. As horas antes de adormecerem haviam sido ardentes, de paixão urgente, que os deixara saciados e exaustos. Mas agora era vapor e fumaça, com a promessa de um prazer prolongado no fim.

Gwen se ajeitou sobre ele, fazendo-o encontrar um lugar ainda mais profundo dentro dela. O ar noturno esfriava o corpo dos dois, mas Gwen não parecia notar. Neil segurou seus seios, beliscando os mamilos.

— Ah, Neil. Isso...

Ele sorriu, substituindo os dedos pelos lábios. Gwen se mexia mais rápido, até não conseguir mais se manter na posição.

Ele aproveitou e a beijou, todo língua e calor. Sentiu as bolas se apertando e pensou em riachos gelados, em um esforço de retardar o orgasmo para esperar o dela. A espera não foi longa. Ela cravou as unhas nos ombros dele e prendeu a respiração. Seu corpo estremeceu ao redor dele, e o riacho frio se transformou em lava quente.

Ele gemeu ao mesmo tempo que ela, flutuando lentamente de volta à Terra.

Michael estaria no set de filmagem na próxima semana, o que deixaria Karen sozinha por mais tempo do que ela gostaria. Tony, o agente de Michael, se oferecera para acompanhá-la à casa de Tarzana, para que ela pudesse pegar objetos pessoais e alguns arquivos da Alliance.

Tony era amigo de Michael, além de gerenciar sua carreira. O italiano era bonito e gesticulava à beça. No caminho para a casa de Tarzana, não parou de falar um segundo sobre o último filme de Michael.

— Você conheceu a protagonista, não é?

— Sandra? A morena sexy? — Karen perguntou.

Tony virou para ela.

— Você não tem ciúme?

Karen riu.

— Esse sentimento não está no meu DNA.

— Você sabe que ele vai beijá-la diante das câmeras, certo?

— Nada é mais íntimo que uma equipe de... quantos? Vinte ou mais espectadores?

Ele riu e virou na rua da casa dela.

— Você é uma mulher rara, Karen.

— O Michael vive me dizendo isso.

Ainda era cedo, e a rua estava deserta. Mesmo assim, ela estava um pouco nervosa quando pararam na frente da casa e desceram do carro.

Quando entrou, a casa estava em silêncio. Logo o alarme disparou, e ela foi até o painel para desativá-lo. Em seguida olhou para a câmera que apontava para a porta da frente e acenou.

— Olá, Neil... ou Dillon... ou seja lá quem for.

Tony entrou atrás dela.

— Com quem você está falando?

Ela olhou para o teto, dizendo:

— Com a câmera.

Era a primeira vez que Tony entrava naquela casa. Ele deu uma volta completa, observando o equipamento de monitoramento, do lado de fora e de dentro.

— Vocês levam segurança a sério mesmo.

— Estou começando a achar que todo mundo que mora nesta casa acaba sentindo necessidade disso.

Ele fechou a porta atrás de si.

— Por causa dos vizinhos?

Karen foi até os fundos da casa e olhou pela janela. A polícia tinha ido embora fazia muito tempo, mas havia resíduos de pó preto na maçaneta da porta, como se tivessem procurado impressões digitais.

— Não só os vizinhos. Quando a Samantha morava aqui, alguém pôs escutas na casa, procurando podres do marido dela. E a história da Eliza esteve nos noticiários no ano passado.

— Programa de proteção a testemunhas, certo?

Karen assentiu. Abriu a geladeira, tirou o leite e uma embalagem de bifes e jogou no lixo. *A casa não precisa feder só porque está vazia.*

— Isso. Agora a Gwen fugiu com o Neil por causa dos vizinhos. Estou começando a pensar que esta casa é amaldiçoada.

Tony sorriu.

— Se a casa fosse amaldiçoada, você seria atingida.

Ela pensou em Juan, nos comentários dele do dia anterior. Em sua fobia de pássaros e no fato de muitas crianças do clube saberem disso. Mas, em vez de expressar suas preocupações a Tony, um homem que ela mal conhecia, simplesmente disse:

— É, acho que sim.

— Muito bem, o que viemos fazer aqui? — ele perguntou.

Karen entrou no escritório e ligou o computador. Enquanto inicializava, pediu a Tony para acompanhá-la até o andar de cima. Ali, tirou suas roupas do closet, enchendo os braços. Tony fez várias viagens com as roupas até o carro enquanto ela copiava alguns arquivos. Seu notebook lhe serviria bem, mas muitos arquivos de clientes estavam só no sistema principal da casa.

Quando Karen desligou o computador, o toque do telefone a fez dar um pulo. Não reconheceu o número, mas decidiu atender mesmo assim.

— Alô?

— Karen?

— Gwen? Gwen, onde você está? Está tudo bem?

A última coisa que Karen esperava era um telefonema dela.

— Não está tudo bem... Está tudo maravilhoso! Eu e o Neil... ah, mal posso esperar para te contar tudo. Não tenho muito tempo agora.

Não havia um pingo de preocupação na voz dela. Ao contrário da de Karen.

— O Neil está com você?

— Sim, ele foi ao banheiro do posto. Como estão as coisas por aí?

— Confusas. O Dean está quebrando a cabeça tentando entender o que o Neil está fazendo. Você tem alguma ideia?

— Os corvos não foram um acaso, Karen. Eles foram plantados.

— Provavelmente. Mas aconteceram algumas coisas por aqui desde que você foi embora que me fizeram pensar que os pássaros têm mais a ver comigo do que com o Neil.

Gwen hesitou.

— Eu confio nele, Karen.

— Tem certeza de que não é a atração falando?

— É mais que atração.

*Bem, isso responde à pergunta.*

— O tempo que o Neil passou na marinha o deixou paranoico, Gwen. Você sabe disso.

— Mesmo que seja verdade, não muda o fato de que os nossos vizinhos estão mortos e alguém pôs escutas na casa.

— Nós não encontramos as escutas — Karen argumentou rapidamente.

— Mas uma hora vão encontrar. — No entanto, a voz de Gwen vacilou. — Escuta, eu tenho que ir. Não queria que você se preocupasse.

— Onde você está?

— No norte. Perto da fronteira com o Canadá. Daqui a alguns dias entro em contato novamente. Diga para ninguém se preocupar.

— Tenha cuidado.

— Eu tenho um guarda-costas particular — Gwen brincou e desligou.

Karen ficou olhando para o telefone, atônita.

— Quem era? — Tony perguntou da porta.

— A Gwen. Disse que está a caminho do Canadá.

— Ela está bem?

*Quase bem demais.*

~~∽∾~~

Ele tirou os fones de ouvido e os jogou no banco do passageiro.

— Nada como uma mulher para acabar com o seu disfarce, Mac.

Ele ignorou o fato de que não dormia fazia dias — pelo menos não em paz — e ligou o carro. Tinha compensado esperar; uma hora alguém falaria alguma coisa. Agora ele sabia não só em que direção Neil estava indo, mas também que o cara estava transando com a tal mulher.

E isso era muito útil.

Antes de deixar a cidade, ele precisava plantar mais um pássaro. Faria o máximo para garantir que os amigos de Neil duvidassem de sua sanidade. Eles não só soltariam a língua perto das escutas, como também a morte de Neil pareceria um acidente trágico, e não um ato de heroísmo tentando resgatar sua mulher.

~∞~

— Tudo bem? — Neil perguntou quando voltou do banheiro.

Gwen lhe entregou o telefone pré-pago e sorriu.

— A Karen estava em casa. Eu disse a ela o que você pediu.

— Ela questionou algo?

— Nada. Parece que estão todos preocupados. Eu odeio deixar as pessoas preocupadas.

Neil encostou no carro.

— Um pouco de preocupação agora é melhor que uma tragédia depois.

Ela assentiu, mas não estava completamente convencida.

— Para onde vamos agora? — perguntou.

— Mais uma noite acampando e depois podemos arranjar a cama e o chuveiro que você tanto adora.

— Você também gosta.

Ele abriu a porta do carro para ela.

— A água fria do rio foi melhor que cafeína.

O córrego estava gelado. Deixara os dedos dela azuis em segundos.

— Eu gosto de água quente.

Neil se sentou ao volante e pôs os óculos de sol.

— Falta pouco, Gwen.

— Para onde vamos amanhã?

Eles estavam em um posto de combustível em uma cidadezinha escondida nas montanhas. No mapa, Gwen tinha visto que estavam perto de várias cidades maiores.

— Colorado Springs — disse Neil enquanto saíam do posto.

— Não é ali, descendo a colina?

— Exato.

— Então por que não descemos agora? Embora eu tenha gostado da barraca, não é o meu lugar favorito para dormir com você.

— Amanhã. Hoje à noite vamos ficar mais expostos aqui. Preciso que o nosso sujeito pense que estamos aqui em cima, escondidos.

— Você está montando uma armadilha?

— Sim, uma armadilha. Mas não se preocupe, você vai estar longe quando ele aparecer.

Ela sentiu a pele gelar.

— E você? Onde você vai estar?

— Esperando.

— Sozinho? É seguro?

— Vou ter reforços. Não precisa se preocupar comigo, Gwendolyn.

— É claro que eu me preocupo. Quem melhor do que eu para se preocupar?

Neil tirou os olhos da estrada e lhe deu um tapinha no joelho.

— Eu vi uma lanchonete no caminho. Podemos conversar sobre isso durante uma refeição de verdade?

Ele estava mudando de assunto, mas pensar em comida apagou a preocupação sobre o amanhã.

Nessa noite, quando os pesadelos dele a acordaram, ela se enroscou nele e o acalmou com suas palavras. Ao contrário das noites anteriores, dessa vez ele não acordou.

Mas ela ficou acordada, ouvindo os sons da floresta e se perguntando se Karen estaria certa. E se eles estivessem fugindo de sombras? E se não tivesse ninguém atrás deles?

# 22

— EU ESPERAVA UMA LIGAÇÃO antes, Mac. Onde é que você está?

Neil desejou ardentemente estar tomando a decisão certa.

— Mudança inesperada de planos.

— Que tipo de mudança? — disse a voz abafada do celular de Rick.

— Do tipo que me faz esconder a minha mulher e ficar para lutar.

— Puta que pariu. Ele está atrás de você? Merda, Neil, você devia ter me ligado. Onde você está?

— Perto do Fort Carson. E você?

— No meio do caminho para a casa da Dorothy. Fiquei por ali dois dias a mais, mas, quando não tive notícias suas, pensei que alguma coisa tinha mudado. Pensei em ir na frente e descobrir o que pudesse sobre o Billy. Estou voltando. Onde a sua garota está? Porra, eu nem sabia que você tinha uma.

Neil também não.

— Ela está a salvo. Ouviu mais alguma coisa sobre o Mickey? Estou sem acesso aos meus contatos.

— Nada de novo sobre o Mickey. O pai dele disse que ele está atrás das linhas inimigas. Não faz ideia de quando ele vai voltar.

Neil tentou analisar a voz de Rick. Não havia nada de alarmante nela. Estava sendo paranoico em relação a seu amigo. Alguma coisa estava errada ali, e Neil precisava descobrir o que era.

— O canalha hackeou o meu sistema de vigilância, Rick. Uma merda de alta qualidade, que eu nunca tinha visto. Para mim, parecia militar.

— Quem está por trás disso, Neil? O complexo do Gralha foi destruído. Não existe a menor chance de alguém nos identificar.

Neil alisou a barba que havia crescido em seu rosto desde que saíra da Califórnia.

— Tem que ser alguém que sabia da missão. Ou que descobriu e quer que a gente saiba.

— Não sei, Mac. Parece simples demais. Esse cara está levando as coisas para o lado pessoal.

— Bem, ele se tornou muito pessoal para mim. É hora de virar o jogo. Rick riu.

— Você tem um plano, não é?

— Sempre tenho, certo?

— Vou dirigir a noite toda, mas ainda vou levar um dia e meio para chegar até você.

Com um pouco de sorte, o novo Gralha estaria indo na direção errada agora. Neil tinha bastante tempo para montar a armadilha.

— O importante é você chegar. Ligue para esse número quando estiver na cidade.

— Tome cuidado, Mac. Estou ansioso para conhecer a sua mulher. Qualquer uma disposta a te aguentar já é uma heroína para mim.

— Idiota.

— Obrigado, igualmente.

Neil desligou e ficou olhando para o celular. *Sua mulher.* Sim, o termo era primitivo, típico de um homem das cavernas, mas parecia correto.

Pela primeira vez em anos, Neil dormira a noite toda. Ele sonhara, com certeza, mas não acordara sobressaltado. Para ele, não havia dúvida de que a presença da *sua mulher* ali com ele era o motivo pelo qual tivera um pouco de paz.

Agora era hora de encontrar a torre de marfim e deixá-la ali, em segurança. E então, talvez, quando não houvesse mais corvos e mortes, ele poderia descobrir como os dois se encaixavam no mundo real.

Neil ligou para outro número. Um que ele achava que nunca mais usaria.

— Major Blayney, aqui é o MacBain. Preciso da sua ajuda.

Uma hora e meia depois, ele entrava na segurança da base, sorrindo e acenando com sua identificação. Os portões protegidos por guardas armados eram a coisa mais próxima da torre de marfim que Neil necessitava para Gwen.

— Eu nunca estive em uma base militar — disse ela, olhando pela janela.

De estilo tipicamente militar, não havia muitos detalhes, linhas suaves ou paisagens ali. Tons de verde e cinza cobriam as superfícies de grandes edifícios. Jipes e Humvees fornecidos pelo governo rodavam pelas ruelas ou estavam estacionados em pátios enormes.

— Você morava aqui?

— Com o meu pai. E depois, antes dos meus últimos seis meses como fuzileiro naval.

Os edifícios eram próximos, e as residências dos homens alistados formavam pequenos bairros. Viam-se algumas crianças nessa parte da base, além de cestas de basquete e bicicletas abandonadas nos jardins.

— As casas parecem todas iguais.

— E são. Dois ou três quartos. Algumas podem ter dois banheiros.

Gwen estava sentada na beirada do banco, fascinada.

— Acho que eu não gostaria de viver uma vida idêntica à dos meus vizinhos.

— Você perde a individualidade no campo de treinamento. Mas recupera quando encontra o rumo. E aprende a receber ordens.

Gwen franziu o cenho.

— Não consigo te imaginar recebendo ordens.

— Já recebi a minha cota.

Ele dava ordens melhor do que recebia.

— Aqui tem tudo o que você precisa: mercearia, farmácia, hospital, uma igreja. Eles têm até uma pizzaria delivery, e hamburguerias também. Além de dois bares.

— Tudo o que uma pessoa precisa — disse ela.

— Tudo.

Neil passou pelas casas menores e subiu uma colina cercada de árvores. Nada havia mudado. Nem mesmo uma árvore caída.

Chegaram a uma casa caiada de três andares no topo da colina, com vista para a base.

— Esta é a casa do Charlie e da Ruth — disse Neil. — O Chuck se ofereceu para nos ajudar.

— Amigos seus, presumo.

Charlie era mais como um colega de confiança.

— O Chuck é um dos poucos que sabiam sobre o Gralha. É melhor você não contar para ele o que eu te disse. Quanto menos ele, ou qualquer outra pessoa, achar que você sabe, melhor.

— Você não confia nele? — perguntou Gwen.

— Eu não te traria aqui se não confiasse. Mas a gente só deve falar de missões secretas com os poucos envolvidos nelas. Duvido que a Ruth saiba alguma coisa sobre o Gralha. E o Chuck esperaria que você fosse igualmente ingênua.

— Se alguém estivesse perseguindo a Ruth, o Chuck não contaria a ela o motivo?

— A Ruth é esposa de militar, ela entende que tem certas coisas na vida do marido que ela não deve saber.

Neil parou o carro na entrada da garagem e tirou a chave da ignição.

— Se tudo correr conforme o planejado, vou precisar que você fique aqui por alguns dias — disse.

Gwen apertou os lábios.

— Você está me perguntando ou me comunicando?

Ela não tinha opção. Protegê-la na torre de marfim, que seria a casa de um oficial dentro de uma base militar, era a única maneira viável de fazer as coisas. Se Neil a consultasse e ela dissesse "não", ele teria que mudar os planos. E, se ele apenas lhe comunicasse e ela ficasse contrariada, poderia fugir.

Ele apertou os dentes e respondeu:

— Perguntando.

Tentou sorrir, de modo que Gwen respondeu normalmente:

— Nesse caso... tudo bem.

Saíram do carro e foram até os degraus da varanda. Gwen alisou a blusa e pôs uma mecha de cabelo atrás da orelha.

— Você está ótima — ele falou.

— Parece que estou fugindo há uma semana, e tenho uma vontade enorme de queimar as minhas roupas.

Neil pegou a mão dela e a beijou.

— Está quase acabando, Gwendolyn.

O sorriso dela se iluminou, e ela se inclinou na direção dele.

— Um banho quente vai fazer maravilhas pelo meu humor.

E pelo dele também. Neil bateu na porta e deu um passo atrás.

Ruth Blayney não havia mudado desde que Neil a conhecera. Ela o recebeu com um sorriso caloroso e uma inclinação de cabeça; sabia que isso era melhor que abraçá-lo, já que ele era um homem sisudo. Na verdade, a maioria dos fuzileiros navais que Neil conhecia não era muito dado a demonstrações físicas de afeto. Um bom aperto de mãos, talvez um abraço másculo, era o mais próximo de carinho que eles se permitiam.

— Ora, se não é Neil MacBain. Meu Deus, há quanto tempo!

— É, alguns anos. — Mais de seis.

— Entrem. — Ruth saiu do caminho e abriu mais a porta. — O Chuck me disse que vocês viriam. Já preparei o quarto de hóspedes.

No hall, Neil soltou a mão de Gwen e a apresentou:

— Ruth Blayney, esta é Gwen Harrison... uma amiga minha.

Ruth apertou a mão dela.

— Isso é inédito. Não me recordo de você já ter trazido uma mulher encantadora aqui em casa.

— É um prazer — disse Gwen.

— Você é inglesa?

— Sim.

— Bem-vinda. — Ruth fechou a porta atrás deles. — O Chuck está nos fundos, fingindo treinar seu movimento de golfe.

— Golfe? — Neil não conseguia imaginar isso.

— Está se preparando para a aposentadoria, como costuma dizer.

— Eu não sabia que ele jogava golfe.

A mulher sorriu.

— E não joga. Mas pretendemos nos mudar para um lugar mais quente quando o major pendurar as chuteiras. E jogar golfe, mesmo que mal, é melhor que ficar sentado em casa o dia todo.

Não parecia que Chuck estava ansioso para morar em outro lugar. Não era de surpreender, visto que o homem não conhecia outra vida. O major Blayney poderia ter se aposentado anos atrás, mas adorava o que fazia. Imaginá-lo em um campo de golfe dizendo aos caddies para corrigirem a postura e carregarem sua bolsa simplesmente não combinava com sua personalidade. Dirigir a vida dos outros — nisso Chuck era bom.

Ruth os conduziu para o quintal, até um deque que dava a volta na casa. No gramado, Chuck tentava colocar a bolinha em um buraco. A bola o ultrapassou meio metro, e ele grunhiu de frustração.

— Charles — Ruth chamou seu marido. — O Neil e a amiga dele estão aqui.

Chuck se voltou, jogando o taco no chão.

— Esporte idiota.

Ao lado de Neil, Gwen riu.

— Futebol sim que é esporte. Não se esqueça disso, Neil.

— Sim, senhor. — Eles se cumprimentaram com um forte aperto de mãos e um tapinha nas costas. — Que bom vê-lo de novo.

E era mesmo, apesar das circunstâncias. Chuck não havia mudado. Ele ainda usava calça bege larga, camisa e cinto fornecidos pelo governo. Um pouco mais baixo que Neil e com uns bons vinte quilos a menos, Chuck ainda inspirava respeito com sua postura. De ombros largos e poucos fios brancos no cabelo escuro, o major não parecia ter mais que cinquenta anos. Neil sabia que ele era muito mais velho, mas exatamente quanto, o homem nunca confirmara ou negara.

Os olhos de Chuck foram de Neil para Gwen; seu sorriso permaneceu firme no lugar.

— Você deve ser a srta. Harrison.

— Por favor, me chame de Gwen.

Chuck fez um aceno de cabeça, mas não apertou sua mão.

— Bem-vinda à nossa casa, Gwen.

— Obrigada por nos receber.

— É um prazer — ele disse e a dispensou, voltando a atenção para a esposa. — Ruth, não quer mostrar para a Gwen o alojamento deles?

Ninguém melhor que um major para acabar com a troca de gentilezas e começar a falar de negócios. Ruth soltou um suspiro pesado.

— O major acha que todos os quartos são alojamentos. Prometo que terá uma boa cama, e não um catre. Vamos, Gwen. Eu soube que já faz alguns dias que vocês estão viajando. Imagino que gostaria de tomar um bom banho.

— Seria ótimo — disse Gwen, e seus olhos azuis encontraram os de Neil. — Vamos pegar as nossas coisas?

— Encontro você no meu escritório em dez minutos, Neil — disse Chuck. — Se precisar de alguma coisa, Gwen, é só pedir.

Ela agradeceu e voltou com Neil para o carro.

— O Chuck nunca foi um homem caloroso. Não se ofenda — explicou Neil enquanto tirava as coisas do porta-malas.

— A Ruth parece legal.

Tradução: o Chuck não era legal. O que o major Blayney não tinha em gentileza, esbanjava na capacidade de servir e proteger.

— Quando acabar de tomar banho, a Ruth pode te levar ao mercado para comprar roupas novas.

— Ao mercado?

— Eles têm uma seção de roupas básicas. Ou talvez a Ruth tenha outra sugestão aqui na base.

— O que significa que você não quer que eu saia daqui.

— Não sem mim.

Neil podia ver o peso da situação sobre ela. Seus olhos cansados demonstravam aceitação, e seu movimento de cabeça dizia que obedeceria.

Com as mãos cheias de objetos pessoais — menos parte do arsenal que ele levara com eles e os apetrechos de acampamento, que deixara nas montanhas —, Neil se inclinou e a beijou brevemente.

O sorriso de Gwen se abriu quando ele se afastou.

— Por que isso? — ela perguntou.

— Por confiar em mim.

— Sempre.

～∞～

Neil entrou no escritório de Chuck e fechou a porta, isolando-os da casa. O homem já havia servido as bebidas e sugeriu que se sentassem no sofá para conversar.

— Achei que um desses seria útil.

— Mais do que você imagina — disse Neil, deixando o líquido escorregar pela garganta, queimando-a suavemente. — Muito bom.

— Me conta de novo por que você acha que alguém está tentando te matar.

Neil começou desde o início e não parou até a parte em que ele e Gwen fugiram da Califórnia. Chuck o ouvia com uma expressão neutra, enchendo novamente os copos durante a explicação.

— Como conseguiu fazer a loirinha vir com você?

— Eu disse a ela que alguém do meu passado a estava usando para chegar até mim.

Não era a verdade completa, mas era o máximo que Neil diria a Chuck.

— Então ela não sabe nada sobre o Gralha?

— Foi ela quem encontrou os pássaros mortos.

— Aves morrem o tempo todo.

— E por isso ela não me contou sobre eles. As gralhas são típicas das regiões mais altas da Califórnia, não da planície. Aquilo não foi por acaso, Chuck.

— Não estou sugerindo que tenha sido. Só estou me perguntando que tipo de mente doentia faria isso.

Neil tomou um gole da bebida.

— Estou tentando descobrir isso há uma semana. Pensei que, se alguém teria informações sobre os aliados do Gralha, esse alguém seria você.

Chuck deu de ombros.

— Existem muitos grupos que querem vingar a morte dele, mas nenhum merece crédito e muito menos tem a capacidade de fazer o que você está sugerindo.

— Esse ataque é pessoal. — A imagem de Gwen surgiu em sua cabeça. *Muito pessoal.*

— Esses caras não atacam pessoas, atacam nações. Quem você acha que está por trás disso?

— Alguém rancoroso... alguém que sabe sobre o Gralha. Em breve vou descobrir. O Rick está a caminho, e vamos nos livrar desse filho da puta.

Chuck jogou as mãos no ar.

— Não se incrimine, soldado.

— O direito de defender a mim e à minha família ainda é legal neste país.

O major deu um sorriso forçado.

— Então, o que está me dizendo é que você planeja atrair esse homem para prendê-lo e processá-lo... certo?

Neil leu nas entrelinhas.

— Foi o que eu disse.

— Foi o que eu pensei que você disse. Como posso ajudar?

Neil colocou o copo vazio de lado e cruzou as pernas.

— Preciso manter a Gwen aqui, segura, enquanto eu faço o que precisa ser feito.

— Ela está disposta a ficar?

— Sim. Por um tempo.

Por quanto tempo, Neil não sabia ao certo. Chuck arregalou os olhos.

— Por um tempo?

— Ela não conhece todos os fatos, e eu ainda não conheci uma mulher que aceite ordens como um fuzileiro naval. Ela não vai questionar nada por um tempo, um dia ou dois, talvez três. Mas preciso saber que ela vai estar aqui, segura, para eu poder esperar o filho da puta lá fora.

— Você quer que eu a mantenha aqui contra a vontade dela?

Gwen não aprovaria, e era por isso que Neil não havia lhe contado essa parte do plano.

— Se for necessário... pelo bem do país e tudo o mais.

Chuck se levantou e esfregou a nuca.

— Você sabe o que está me pedindo?

Neil apertou o maxilar.

— Nada que eu não faria por você e pela Ruth.

— A Ruth é minha esposa, Neil. Se não me engano, você apresentou a Gwen como sua amiga. Ela nem sequer é americana. E você não disse que o irmão dela é um duque ou algo assim? Já posso ver as manchetes: "Major Blayney mantém uma lady inglesa refém em base militar americana, porque o namorado dela pediu". Você está me pedindo o impossível, Neil. Talvez se ela fosse sua esposa eu pudesse concordar... Pelo menos assim ela teria a cidadania americana, e eu a estaria protegendo porque o marido dela estaria em perigo se ela ficasse andando pelas ruas de Colorado Springs.

Neil sentiu tudo dentro de si se retesar. Estava prestes a explodir. Chuck estava certo. E, mesmo que Gwen não tentasse fugir, era só uma questão de dias até que Blake os procurasse ou recebesse um telefonema dela. E, então, todo o tempo de fuga através do país teria sido por nada. O Gralha acabaria encontrando Gwen, e estariam novamente na estaca zero.

Chuck o fitava, austero como um instrutor de recrutas.

Neil tomou uma decisão.

— Ainda tem um padre aqui na base?

O major o encarou, incrédulo.

— Você está de brincadeira?

— Chame-o. Eu volto daqui a uma hora.

# 23

EMBORA GWEN ADORASSE FICAR SOZINHA com Neil, era bom ficar longe por uma hora com outra mulher, mesmo sendo uma que ela mal conhecia. Do lado de fora do mercado havia uma pequena butique para as mulheres da base. Ruth lhe explicara que a maioria delas saía da base para comprar o que necessitava em Colorado Springs. Mas a lojinha de roupas tinha uma variedade surpreendente de peças para escolher. E Gwen estava mais que feliz de gastar o dinheiro que Neil lhe dera para fazer compras.

— Há quanto tempo você conhece o Neil? — Ruth perguntou enquanto voltavam para a casa branca na colina.

— Há anos. — A maioria dos quais enquanto ele trabalhava para seu irmão. Mas Gwen não achou necessário mencionar isso.

— Eu sempre gostei dele. É o tipo de homem pelo qual eu gostaria que a minha filha se interessasse — disse Ruth.

— Você tem uma filha?

A mulher assentiu, com um sorriso.

— Ela mora na Flórida com o marido. Espero convencer o Charles a se mudar para lá quando ele se aposentar. Eu gostaria de ficar mais perto dela.

— Há quanto tempo ela é casada?

— Há dois anos. Todos os dias espero um telefonema dela falando sobre a chegada de um netinho. Mas ainda não aconteceu.

— Onde o Charles quer ficar quando se aposentar?

Ruth riu.

— Ele não quer se aposentar. Brigou comigo durante anos por causa desse assunto. Minha esperança é que a Annie tenha um bebê e o Charles perceba que existe vida além das forças armadas.

Gwen não podia imaginar dedicar sua vida com tanta paixão a algo diferente de uma família.

— Tenho certeza de que ele vai mudar de ideia — disse.

Ela não tinha certeza de nada, mas parecia a coisa certa a dizer.

— Ele não gosta do marido da Annie.

— Ah... isso não é bom.

— Nem me fale. O Andrew é professor de inglês no ensino médio. Os dois não poderiam ser mais diferentes.

— Sua filha e o Andrew?

— Não, o Andrew e o Charles. O Charles é um líder, e o Andrew é um seguidor. Pelo menos é o que o meu marido fica dizendo. Pessoalmente, eu gosto dele. Ele adora a nossa filha. Mas o meu marido acha que ela devia ter se casado com um militar. Entre a vida dela aqui e um relacionamento que terminou de repente com um militar, a Annie estava pronta para ter estabilidade. E um professor de inglês do ensino médio se encaixava na vida dela. Acho que se o Charles desse uma chance para ele, se se aproximasse para conhecê-lo melhor, a ideia que ele tem do genro mudaria.

— Você conhecia o Andrew antes de eles se casarem?

— Não muito bem. Nós o conhecemos quando eles estavam namorando, mas eu não pensei muito nisso. Um dia ela disse que eles iam se casar, e foi quando a briga começou.

Pais se envolvendo tanto assim na vida dos filhos nunca acabava bem.

— Ela se rebelou? — Gwen quis saber.

— Sim — disse Ruth, suspirando. — Eles se casaram escondidos e mudaram para o sul. Nós os visitamos algumas vezes. Foram experiências estressantes.

— Que coisa chata... A vida é muito curta para gastar com brigas.

Por mais que Gwen desprezasse seu pai, ela não brigava com ele quando era vivo.

— Acho que, quando eu conseguir tirar o Charles daqui, a atitude dele vai mudar.

Ruth tinha idade suficiente para saber que as pessoas raramente mudam, mas Gwen não a lembraria disso. Era óbvio que a mulher estava pronta para mudar de vida, mesmo que seu marido não estivesse.

— Tenho certeza que vai dar tudo certo.

Gwen não tinha certeza de nada, mas, se aprendera algo depois de viver nos Estados Unidos durante quase um ano, era que os americanos eram craques em dizer coisas que não pensavam. Na verdade, os britânicos também. Porém seus amigos de Londres jamais pensariam em compartilhar uma informação pessoal como aquela com um estranho. Ruth evidentemente queria conversar com uma mulher que não conhecesse seu marido. Talvez ela soubesse que, se falasse com pessoas que o conheciam, elas teriam uma opinião diferente.

Gwen olhou para a mulher e notou um leve sorriso em seu rosto.

— Vai sim — disse Ruth.

Quando chegaram de volta à casa, Gwen percebeu que o carro em que ela e Neil haviam viajado tinha desaparecido.

Seu coração quase parou. *Ele foi embora? Talvez tenha mudado o carro de lugar.*

Não. O carro não estava em lugar nenhum, e, quando entraram, Charles disse que ele havia saído. Ela entrou em pânico por um momento, antes de ele dizer que Neil voltaria em uma hora.

Gwen decidiu ficar sozinha no quarto. Quando se tornara tão dependente de um homem? Ou de qualquer pessoa? Talvez, antes de se mudar para os Estados Unidos, ela tenha vivido sempre acompanhada. Mas, desde a mudança, ela encontrara sua independência e adorava aquilo. Então por que a ideia de ficar sem Neil parecia tão errada? Uma coisa era estar apaixonada por ele, e outra, completamente diferente, era não se imaginar sem ele. Ele era uma aposta arriscada, e ela tinha sido alertada quanto a isso.

Lidar com o drama que cercava Neil exigia uma segunda opinião. De Karen, ou talvez de Eliza. Até Samantha poderia lhe dar bons conselhos.

A pergunta era: como Gwen entraria em contato com suas amigas sem correr o risco de expor nenhuma delas, antes que Neil cuidasse do assassino de pássaros?

～⚬✵⚬～

Blake encontrou Dean e Jim na casa de Karen e Michael, em Beverly Hills. Karen havia telefonado completamente em pânico, dizendo algo sobre aves mortas. Nada disso fazia sentido.

Ela estava sentada no sofá, com os joelhos dobrados junto ao peito. Ao lado dela, Michael a acariciava enquanto os dois conversavam com os detetives.

— Vim o mais depressa que pude — disse Blake, olhando para Karen. — Você está bem?

*197*

— Melhor agora.

Ela estava pálida e claramente abalada.

— Parece que o homem dos pássaros está interessado na Karen, afinal — disse Jim.

— Alguém pulou o muro daqui e arrombou o carro da Karen. Ela encontrou outro corvo morto, desta vez mutilado, no banco da frente — disse Dean, observando-a. — Uma equipe está vindo investigar.

— As câmeras de vigilância registraram alguma coisa? — Blake perguntou a Michael.

— Eu não tenho câmaras de vigilância. Só um sistema de alarme.

Blake não podia imaginar que um homem com a riqueza e a fama de Michael não tivesse um sistema de segurança mais eficiente.

— É hora de instalar algumas.

Michael anuiu.

— Acho que isso significa que precisamos ficar de olho na Karen e avisar o Neil que ele e a Gwen podem voltar — disse Dean, levantando e deixando a xícara de café vazia na mesa de centro.

— O único problema é que ninguém sabe onde o Neil está — disse Blake.

— Vou começar a rastreá-lo... Uso de cartão de crédito, conta bancária. Ele vai acabar aparecendo. Ou talvez a Gwen ligue de novo.

Blake colocaria sua própria equipe a postos para procurá-los. Pensar em sua irmã fugindo com um fuzileiro naval aposentado e paranoico o deixava nervoso.

— Você acha que estamos lidando com um fã? — Michael perguntou a Dean.

— Pode ser. Ou talvez tenha alguém de olho em você, Karen. Tem alguma ideia de quem pode ser?

— Eu não tenho contato direto com os clientes da Alliance, e você conhece os meus colegas de trabalho.

— E no Boys and Girls?

— O diretor de lá é o Jeff. E ele é muito bem casado. A maioria das voluntárias é dona de casa. Eu não me relaciono com nenhum deles fora dali.

Dean começou a andar em círculos pela sala.

— E as crianças? Muitas delas são de alto risco, ou são encaminhadas obrigatoriamente para lá depois da escola.

Karen ficou atônita diante da pergunta.

— As crianças são ótimas — disse. E, depois de uma pausa, acrescentou:
— A maioria ficou feliz quando descobriu que eu e o Michael tínhamos nos
casado.

— A maioria? — perguntou Dean.

Karen sentiu os pelos dos braços se arrepiarem.

— Bem... sim. Mas tem um garoto... acho que ele tem uma queda por
mim. Fiquei um pouco preocupada da última vez que o vi.

Dean pegou uma caneta no bolso do terno.

— Qual é o nome dele?

— Ora, Dean. Ele é só um garoto. Não é capaz de fazer nada do que está
acontecendo aqui.

— Preciso lembrar quantas crianças estão sentadas no reformatório, acu-
sadas de assassinato?

— O Juan não é esse tipo de garoto. Eu o conheço.

— É mesmo? Onde ele mora? Quem são os pais dele? Quais são seus antecedentes?

Karen olhou para Michael, e então novamente para Dean.

— Eu só vou fazer algumas perguntas, Karen. Se ele for um bom garoto,
não vai ter nada com que se preocupar.

— Ele nunca mais vai confiar em mim.

— É um risco que você vai ter que correr — disse Michael. — Quanto
mais cedo eles o descartarem como suspeito, mais cedo vão poder procurar
quem está por trás disso.

Karen suspirou e passou a mão no rosto.

— Juan Martinez. Ele é um bom garoto, Dean. E, pelo que sei, não é contra a lei ter uma paixonite, então por favor não seja duro com ele.

— Se ele estiver plantando pássaros mortos para te assustar, vou fazer
esse menino se mijar de medo. Se ele não estiver por trás disso, vai ficar bem.

Jim se levantou e se juntou a Dean para sair da sala. Blake os seguiu.

— Você acha mesmo que um garoto fez tudo isso? — perguntou.

Dean colocou os óculos de sol enquanto saíam e respondeu:

— Qualquer pessoa capaz de matar animais pode acabar matando pessoas. E, sim, adolescentes fazem essas merdas. A maioria não vira assassino
até ter idade suficiente para tomar uma cerveja no bar, mas isso não significa
que nunca vai acontecer.

Duas viaturas pretas e brancas pararam no meio-fio, e Jim foi cumprimentar os policiais.

— E quanto ao grampo da casa interferindo com o equipamento de vigilância? — perguntou Blake.

Dean deu de ombros.

— Não encontramos grampo nenhum. Sim, tem interferência na linha, mas pode ser qualquer coisa. Não podemos afirmar que mexeram no sistema de Tarzana, exceto pela energia elétrica roubada, que causava interferência.

— Você acha que isso é só um monte de merda sem nenhum sentido? — perguntou Blake.

Dean enfiou as mãos nos bolsos da calça, deu meia-volta e disse:

— Acho que você precisa abrir a cabeça para essa possibilidade. Talvez seja um bom momento para você ver que o Neil não é um super-herói e que pode apenas estar sofrendo de estresse pós-traumático. Não seria o primeiro veterano a passar por isso.

Blake sentiu um nó no estômago. Droga, ele confiava em Neil.

— Mas tem algo mais que você pode fazer — o detetive prosseguiu.

— O quê?

— Procure nos pertences do Neil, nos arquivos dele. Talvez você encontre uma pista de onde ele está. Eu me sentiria muito melhor se ele e a Gwen voltassem. Tenho certeza de que ele partiu carregado de armas e munição. Se uma guerra está acontecendo dentro da cabeça dele, a coisa precisa ser resolvida antes que alguém se machuque.

Blake não queria ouvir isso.

⤜∽◦∽⤛

Não havia muitas coisas que fizessem as mãos de Neil suarem. Esta era uma delas: um anel em seu bolso e uma mentira para dizer. Gwen estava em seu quarto e havia um padre a caminho. Tudo o que Neil precisava fazer era convencer a mulher por quem estava obcecado havia mais tempo do que queria admitir, e sem a qual não conseguia mais dormir, a se casar com ele. Então, e somente então, ele se lançaria ao mundo para pegar o vilão, sabendo que ela estava segura.

Ainda assim, suas mãos suavam em bicas.

Isso seria motivo de riso se seu estômago não estivesse se contorcendo como o de um adolescente depois do primeiro porre.

Neil subiu os degraus de dois em dois e ficou parado do lado de fora do quarto. Respirou fundo e bateu na porta.

— Entra.

Ele enxugou as mãos na calça e entrou. Gwen estava sentada na beirada da cama, como se estivesse descansando. Seu sorriso se iluminou quando ela percebeu que era ele.

*Talvez não seja tão ruim.*

— Você voltou.

Ele fez uma pausa antes de falar:

— Você pensou que eu tinha ido embora? — Entrou no quarto e fechou a porta.

— O Charles disse que você voltaria, mas eu... eu... Ah, não importa. Onde você estava?

— Precisei ir buscar uma coisa.

Ela suspirou.

— Não vai me dizer o quê?

— Talvez.

O sorriso dela o fez sorrir. E, sorrindo, sua expressão preocupada se suavizou.

— Vejo que você e a Ruth foram fazer compras — disse ele, mudando de assunto.

Gwen olhou para suas roupas novas e ergueu a sobrancelha.

— Não dá nem para dizer como foi bom me livrar daquelas roupas. Eu sei que sou exigente em se tratando de vestuário, mas duvido que qualquer mulher que se troque só três vezes na semana não queira queimar tudo.

Bem, ela tinha espírito esportivo.

— Você está falando com um cara que viveu no deserto por semanas a fio.

— Me lembra de nunca entrar para as forças armadas — disse ela.

— Pode deixar.

A conversa acabou, e as palmas dele ficaram molhadas de novo. Gwen estendeu a mão e passou a ponta dos dedos na testa dele.

— O que está acontecendo, Neil? — perguntou, e seus olhos azuis encontraram os dele.

— C-como assim?

Ela balançou a cabeça.

— Você está sorrindo, mas seus olhos estão tensos. Você parece pronto para dar o bote. O que aconteceu?

Ele engoliu em seco.

— Nada... Não aconteceu nada.

— Mas você precisa me dizer alguma coisa.

Era assim tão óbvio?

— Eu... eu preciso te deixar aqui amanhã.

O sorriso de Gwen desapareceu.

— Eu sei.

— Mas não posso. — A mentira o torturava, mas ele tentou não deixar transparecer.

— O que quer dizer?

— Estamos em uma base militar, o único lugar onde eu sei que você vai estar segura. O Chuck pode te proteger. Caramba, a base inteira pode te proteger.

Gwen inclinou a cabeça. Pela primeira vez, percebeu que a tinta marrom de seus cabelos estava começando a desbotar. Ele afastou um cacho dos olhos dela e tentou aquele sorriso de novo.

Ela franziu o cenho.

— Mas...?

— Você é inglesa.

Ela riu.

— Pelo que sei, meu país e o seu são aliados.

— É verdade. Mas te proteger sem o envolvimento do seu país é complicado. Agora, se você tivesse cidadania americana...

— O meu irmão tem dupla cidadania.

Perfeito!

— E ele é casado com uma americana. O Blake poderia ficar aqui sem problemas — ele explicou.

Gwen não estava entendendo.

— Eu preciso te proteger — ele disse.

Ela balançou a cabeça.

— Por causa do meu irmão?

— O quê? Não! Porque eu preciso.

— Precisa?

Ah, droga... ela estava franzindo o cenho.

— Eu quero.

Ela sorriu.

Ele alisou a barba e tentou novamente:

— Eu quero que você fique segura, Gwendolyn. Para que eu possa ir atrás do cara que matou os pássaros e os vizinhos, tenho que saber que você vai estar segura. E só conheço uma maneira de fazer isso.

Neil enfiou a mão no bolso e tirou a caixinha com o anel. Tudo o que ela precisava fazer era aceitá-lo.

Ela ficou boquiaberta, de olhos arregalados.

Ele abriu a caixa e esperou, até que o olhar de Gwen deslizou para o diamante rosa quadrado que repousava no veludo preto.

Ela deu um suspiro.

— Neil!

— Eu preciso que você se case comigo, Gwen. Como minha esposa, você vai ter todo o exército americano, a força aérea e os fuzileiros navais ao seu lado.

O olhar de Gwen foi do anel para ele. Seus olhos estavam úmidos.

— Você não precisa fazer isso — disse ela.

Ah, sim, ele precisava. Por mais razões que a segurança dela.

— Nós precisamos. Se depois você quiser desistir... — disse ele, estremecendo — eu vou embora.

Uma única lágrima rolou do olho de Gwen, e ela desviou o olhar.

— Isso não é justo.

— O que não é justo?

— Nós... nós acabamos de nos encontrar. Para ser sincera, eu queria que estivéssemos juntos há mais tempo. Mas casar? E por questões de segurança?

Recordar a Gwen o que ela fazia para ganhar a vida não seria um bom prenúncio, então ele não disse nada sobre a Alliance.

— Se alguma coisa acontecer comigo, as pessoas aqui vão poder te proteger.

Ela voltou os olhos para ele.

— Não vai acontecer nada com você.

— Não há garantias. — Ele nem sabia com quem teria de lidar.

Ela se levantou e foi até a janela.

— Sempre existe a possibilidade de você estar grávida — ele continuou, esquecendo o anel e esperando que ela respondesse.

Ela respirou fundo.

— Nós tomamos cuidado.

— Pergunte ao seu irmão o índice de falha dos preservativos.

Ele não estava jogando limpo. Blake e Samantha haviam concebido Eddie usando preservativos, mas Neil sabia muito bem que aquelas camisinhas tinham sido adulteradas, praticamente garantindo a concepção. Ele se aproximou e colocou a mão em seu ombro.

Ela se afastou e virou para ele.

— Não é a mesma coisa, Neil, e você sabe disso.

Ele deixou cair a mão, derrotado. Todas as suas desculpas, todos os seus argumentos desapareceram, e a verdade se revelou.

— Eu não funciono se estou preocupado com você. Nosso inimigo sabe disso, e é por isso que você foi o alvo inicial dele. Se você estiver segura, eu posso fazer o meu trabalho, Gwen.

Os olhos azuis dela seguiam os de Neil a cada pestanejar.

— O que você está dizendo, Neil?

O que ele estava dizendo?

— Nós acabamos de nos encontrar — disse ele, usando as palavras dela —, e eu quero ver aonde isso vai. — Ele se aproximou novamente e tocou o rosto dela. — Por favor, Gwen. Case comigo.

Outra lágrima caiu de seus suaves olhos azuis, e ela anuiu lentamente com a cabeça.

O alívio tomou conta de Neil, e ele caiu de joelhos e a abraçou. Quando ela o abraçou de volta e o acariciou, ele soube que estava em casa.

**ELES ESTAVAM DIANTE DO PADRE** e dos amigos de Neil, de cabeça baixa, rezando. Gwen refletia sobre o que estava fazendo. Corria profundamente em suas veias o ceticismo em relação à opinião de Neil de que o casamento seria a melhor maneira de eles avançarem. Ela sentia que ele escondia algo, mas a preocupação dele com ela ofuscara tudo e a fizera concordar. Quando ele caíra de joelhos, o coração de Gwen se derretera. Ela sabia que ele tinha dificuldade de expressar sentimentos. Que homem não tinha? Mas, em Neil, esse traço era dez vezes mais forte.

De calça social e uma camisa simples de algodão inadequadas para uma noiva, Gwen segurava a mão de Neil e se comprometia com ele. Ao concluir seus votos, ele colocou um anel no dedo dela. O impressionante diamante cor-de-rosa quadrado era incrustado na platina, ladeado por diversos diamantes menores, brancos. Era exatamente o tipo de anel que ela escolheria, e Neil o comprara sem que nem tivessem conversado sobre o assunto. Ela não conseguiu impedir que um sorriso se espalhasse em seu rosto. Ao olhar nos olhos de Neil, viu que cintilavam.

No instante em que o padre os declarou marido e mulher, Neil tomou Gwen em seus braços e a beijou, esquecendo toda a preocupação.

Em seguida, Ruth e Chuck assinaram a certidão ao lado dos noivos, finalizando a cerimônia de casamento.

Brindaram com o padre e aceitaram os parabéns dos que estavam presentes ali. Ruth tirou algumas fotos com o celular de Neil para que Gwen tivesse algo para relembrar o dia.

— Se soubéssemos que você ia se casar hoje, podíamos ter comprado um vestido — disse Ruth, indo para a cozinha para ajudar com o jantar que haviam planejado.

— O Neil não queria esperar. Além disso, é uma tradição na minha família se casar com a mesma pessoa várias vezes.

Ela convenceria Neil a fazer a coisa do jeito certo... talvez com Sam e Blake, em Aruba.

— É mesmo?

— O meu irmão e a mulher dele se casam todo ano em um lugar diferente.

— Que romântico — disse Ruth, suspirando.

— É mesmo.

— Eu e o Charles vamos ficar na casa de um amigo hoje à noite, para dar um pouco de privacidade a vocês.

— Não é necessário.

— Não seja boba. Claro que é. Vamos ter um belo jantar e sair, e amanhã de manhã estaremos de volta.

Ruth era uma boa mulher, mas não era quem Gwen gostaria de ter como madrinha de casamento. Porém, naquelas circunstâncias, ela não podia convidar Eliza, Sam ou Karen para a cerimônia.

— Obrigada, Ruth. Você tem sido um anjo.

— O prazer é meu.

Jantaram um pouco mais tarde, e Gwen se deu conta de que, no dia seguinte, Neil, seu marido, estaria embrenhado no meio da floresta, atrás de um maluco assassino. E ela ficaria ali, preocupada com a segurança dele.

De repente, não sentiu mais fome.

◦◦◦

— Onde você está?

Ele diminuiu a velocidade na estrada e prendeu o celular perto da orelha.

— Na cola do nosso sujeito, senhor.

— Você está vindo para cá?

— Por que estaria? Ele está no norte.

— Isso é o que você gostaria de acreditar, certo, soldado? Eu disse que ele é esperto. Você está indo na direção errada. Ele está aqui, se preparando para te pegar. Pare de brincar com esses malditos pássaros e venha imediatamente para cá, antes que você entre para a minha lista de presas. Entendido, soldado?

— Sim, senhor! A caminho, senhor. E a garota? Preciso dela para chegar até ele?

— Deixa a garota comigo.

E a ligação foi interrompida.

⤜∽⤛

Sozinhos na casa, Neil e Gwen se sentaram no pátio dos fundos para ver o pôr do sol. Um misto de emoções tomou conta de Gwen, e isso a estava enlouquecendo. O que aconteceria quando Neil partisse, no dia seguinte? Como ela ficaria naquela casa com pessoas estranhas? Quanto tempo aguentaria sem contatar seu irmão, suas amigas? E se Neil quisesse desfazer o casamento depois que tudo acabasse?

— Em que está pensando, minha princesa? — Neil perguntou, interrompendo os pensamentos de Gwen.

— Não foi assim que eu imaginei o dia do meu casamento.

Ele se aproximou mais dela e se sentou novamente. Pegou a mão de Gwen, que ostentava o anel.

— E para mim, então... — disse ele. — Eu nunca imaginei que fosse me casar um dia.

— Bem, as mulheres pensam nessas coisas desde que têm idade para entender contos de fadas. Eu já tinha até escolhido o vestido de noiva.

— E como é?

— Meu vestido de noiva?

Ele assentiu.

— É branco, claro, com a cintura bordada... Justo, tomara que caia. A cauda descendo a partir da cintura... — Ela não só escolhera o vestido meses atrás como sabia onde era vendido em Los Angeles, para quando chegasse a hora. — É lindo.

— E o que eu usaria?

De repente, ela estava gostando da brincadeira.

— Primeiro eu pensei em preto. Tradicional. Mas acho que cinza é melhor. Mas isso é bobagem, já estamos casados.

— O que não significa que não podemos casar de novo.

Engraçado, ela nem achava que conseguiria fazê-lo se casar com ela uma única vez...

207

— Em Aruba? Com o meu irmão e a Samantha?

Ele acariciou o rosto dela com as costas dos dedos.

— Seu cabelo vai ter voltado à cor normal até lá.

— Uma ida ao salão pode consertar isso.

— Vou esperar ansiosamente por esse momento. Isto é, se você ainda me quiser depois que tudo acabar.

— Ah, Neil. Como você pode se preocupar com isso?

A pergunta não era se ela o queria, e sim se *ele* a queria.

— Eu não sou um príncipe.

— Eu já disse que não é isso que eu quero.

— Mas pode querer, mais tarde.

Gwen se inclinou para a frente e pousou os lábios nos dele. Ele relaxou e a puxou para si.

Ela estava assustada, até os ossos. Mas, quando ele estava por perto, todas as suas preocupações sumiam.

— Sabe do que precisamos? — ela perguntou quando se afastou.

— Do quê?

— Vi que tem uma banheira enorme no andar de cima. E sei que as minhas costas iam gostar de uma boa esfregada.

Ele sorriu e a fez levantar.

Vinte minutos depois, ela o puxava para o banheiro enquanto tirava dos ombros o roupão emprestado. Quando ele tentou agarrá-la, antes que conseguissem entrar na água quente, ela afastou a mão dele e riu.

— É a sua noite de núpcias, soldado. Acha que eu te rejeitaria?

Ele sorriu e deixou que ela o puxasse para dentro d'água. Neil suspirou e se sentou. Sua estrutura enorme encheu a banheira, deixando pouco espaço para ela. Mas Gwen não se importou. Ela havia preparado um banho de espuma, e lamentou quando viu que metade do corpo maravilhoso de Neil desaparecia debaixo das bolhas brancas.

— Quando foi a última vez que você tomou um banho de banheira? — perguntou.

— Nem sei.

— É um dos pequenos prazeres da vida. Vem — disse ela, mudando de posição, até ficar de frente para as costas dele —, deixe eu te lavar primeiro.

Como da primeira vez em que fizeram amor, ela acompanhou a tatuagem no ombro e nas costas dele, só que dessa vez com sabonete e água quente. O pequeno espaço da banheira e a água ao redor aumentavam a intimidade entre eles.

E outra coisa fazia parte daquele misto de desejos. Quando Gwen passou as mãos ensaboadas sobre suas costas e seus ombros largos, percebeu o que era: a sensação confortável de saber que podia ser ela mesma diante dele, sem medo de que ele fugisse.

— Já te falei como eu adoro a sua tatuagem?

— Você comentou.

Ela passou as mãos nos ombros de Neil, aliviando um pouco da tensão do pescoço.

— Quantas vezes você tem que malhar para ficar grande assim? — perguntou, apertando-lhe os ombros e descendo para as costas e a cintura.

— Quatro, cinco noites por semana.

— Você deve estar com síndrome de abstinência correndo pelo país do jeito que estamos.

— Nossa rotina pessoal de exercícios tem suas recompensas.

Ela riu, mais uma vez surpresa com o humor que se escondia atrás de seu exterior estoico. Na frente do peito ele tinha alguns pelos, que faziam cócegas nos dedos dela enquanto ela o esfregava.

— É, nós não dormimos exatamente.

Ela deixou a mão cair mais e ele a apertou, impedindo-a de tocar seu membro.

— Eu dormi mais com você do que nos últimos anos.

De alguma maneira, Gwen sabia disso. Ela parou a mão onde estava e deixou que ele os deslocasse dentro da banheira, até ela estar entre as pernas dele enquanto ele acariciava seus ombros e costas. No início foi um toque inocente, mas, quando ele agarrou seus seios nas mãos ensaboadas, ela relaxou em seus braços e deixou a cabeça cair em seu ombro.

E, quando ele a tocou, ela o sentiu endurecer.

— Acho que vai ser um banho curto.

— Depende do ponto de vista...

As mãos dele desceram dos seios até a barriga. Ela se contorceu sob os dedos dele, desejando-os.

— Eu já te disse que você é linda?

Ela engoliu em seco.

— Eu lembraria se você tivesse dito.

Ele beijou a lateral do seu pescoço e desceu as mãos, deslizando-as entre o quadril e as coxas.

— Você é linda, Gwen. Muito mais do que um homem como eu merece.

A confissão de Neil enterneceu o coração de Gwen. Ela abriu os olhos e o fitou.

— Você merece tudo.

— Eu não te mereço.

Ela se virou no colo dele.

— Bom, é tarde demais para voltar atrás.

Os lábios de Neil encontraram os dela em um beijo lento. Ela se aproximou mais, e a água da banheira escorreu pelo chão. Não importava. Só o que importava era estar perto do homem que a abraçava, dizer como ele a merecia, como era digno dela, e muito mais.

Ela se abriu para ele, aceitando sua língua e seu toque. Mãos molhadas e lentas se moviam sobre seu corpo, descendo pelo quadril, até agarrar a bunda. Com pouquíssimo esforço, ele a pegou e a colocou em cima dele. Seus lábios deixaram os dela e desceram pelo pescoço e ombro. A água lambia a cintura de Gwen, e as bolhas escorriam de seus seios.

Mãos lentas e provocantes se moviam entre as pernas dela. Ele sabia exatamente onde tocá-la para fazê-la não pensar em nada. A ideia de sair da banheira para pegar proteção se intrometeu, mas ela envolveu o pau dele entre os dedos.

— Fazia anos que eu não ficava com homem nenhum — disse ela. — O médico me liberou...

Neil enfiou um dedo, profundamente.

— Ah... faz isso de novo — ela pediu.

Ele fez, e ela se contorceu.

— Não quero pensar em outro homem tocando em você — ele sussurrou no ouvido dela.

— Ninguém me tocou. Não desse jeito.

Ele pressionou o ponto certo com a quantidade perfeita de pressão.

— É bom saber sobre a nossa saúde sexual antes do casamento — disse ela, passando o polegar na ponta da sua ereção e se deleitando com o gemido dele.

— Se eu tivesse algum problema, teria dito antes de fazermos amor pela primeira vez. — Ele gemeu de novo.

Claro que ele teria. Ela o acariciou com força e ele a soltou. Quando ele deixou cair a mão, ela deslizou e montou sobre ele.

Ele a pegou pelos quadris e a imobilizou quando seus olhos se encontraram. Gwen sorriu e se inclinou para para beijá-lo. Seus joelhos bateram na lateral da banheira quando ele encaixou o pau em seu sexo. Entre o calor da água e a grossura do membro de seu marido, Gwen não se lembrava de já ter se sentido tão preenchida. Neil se mexia dentro dela, guiando seus quadris com mãos fortes e ritmadas.

A água transbordava da banheira, mas eles não se incomodaram. Era a primeira vez que Gwen fazia amor com qualquer pessoa sem proteção, e saboreava cada momento. E era a primeira vez que ela fazia amor com seu marido, não apenas com um homem de quem gostava. E ela faria tudo o que pudesse para satisfazer as necessidades dele.

Neil a segurou com mais força, para fazê-la se mexer mais rápido. Ela o apertou firme dentro de si.

— Vou perder o controle se você fizer isso de novo — disse ele.

Ela fez.

Ele rosnou e deslizou a mão entre os dois, encontrou o clitóris dela e lhe arrancou um gemido, fazendo-a explodir em um orgasmo intenso em questão de segundos. Ele não resistiu por muito mais tempo e gozou profundamente dentro dela.

Uma cãibra na perna a fez se afastar muito antes do que desejava.

— Banheira não é o lugar ideal para fazer amor — ele disse enquanto esfregava a perna dela para aliviar a dor.

— Mas é ótima para lavar o chão.

Ele riu e olhou para baixo.

— Sem dúvida.

Ela suspirou.

— Acho que vamos ter que limpar isso aqui antes de dormir. Não queremos que os nossos anfitriões pensem o pior de nós, não é?

Neil a ajudou a sair da banheira e a cobriu com uma toalha. Quando ele saiu do quarto para pegar algo para limpar a bagunça, Gwen se olhou no espelho.

*Estou apaixonada...*

# 25

**COMO ELE A DEIXARIA?** *VOCÊ está envolvido, Mac. Envolvido demais.*

Eles haviam feito amor tantas vezes na noite anterior, e em tantas posições, que ele achava que ela não conseguiria andar de manhã. Felizmente conseguiu. Toda a cautela fora por água abaixo pelo fato de eles não usarem camisinha, mas Neil estava tranquilo. Pensar que ela poderia carregar um filho seu o fazia se sentir um deus. E isso era novidade para ele.

Ele praticamente intimidara Gwen para se casar e mentira para conseguir o que queria. Em algum momento, teria que confessar. Mas isso ele faria depois.

Bem cedo, ligou para Rick para saber se o amigo estava perto. Ele havia feito um ótimo tempo e estava subindo a montanha para achar o acampamento. Rick também ligara para a linha fixa de Neil, na Califórnia, para chamar a atenção do canalha que os perseguia. Ele e Rick tinham que pensar em todas as possibilidades. O Gralha poderia ter acesso a um avião ou a um voo comercial, que o levaria para lá em questão de horas. Ou talvez fosse de carro. Era difícil saber. Neil não tinha condições de concluir se esperariam o sujeito por algumas horas ou alguns dias. Nesse meio-tempo, não podia arriscar entrar em contato com Gwen. Neil queria que o Gralha pensasse que os dois estavam se escondendo juntos. Esse homem procurava uma mulher vulnerável como isca, e Neil exploraria isso ao máximo.

Gwen afofou os travesseiros pela terceira vez em dez minutos, sem conseguir esconder a ansiedade.

— Você vai estar a salvo aqui.

— Não estou preocupada com a minha segurança.

— Não precisa se preocupar comigo.

— Tarde demais — disse ela, tentando sorrir. — Eu me sentiria melhor se soubesse o que você planeja fazer.

Gwen pegou um dos travesseiros e o puxou para o colo enquanto se sentava na beirada da cama.

— Nós vamos atrair o desgraçado e entregá-lo para a justiça.

Falar era fácil; fazer, nem tanto.

— Parece fácil. Como você sabe que ele vai te encontrar lá em cima?

— Não vai ser difícil me encontrar.

— Ele não vai perceber? Pode descobrir que é uma armadilha e não aparecer.

Essa era sempre uma possibilidade.

— Duvido que isso aconteça. Quanto mais tempo esse sujeito ficar escondido, mais pessoas vão estar de olho nele. Agora, com você em segurança, ele não vai ter escolha a não ser vir atrás de mim.

— A menos que ele desista.

— Eu poderia avaliar isso melhor se soubesse exatamente por que ele está atrás de mim. Mas não sei. Duvido que ele desista, Gwen.

Ele foi até ela e pegou a carteira do bolso de trás da calça, de onde tirou uma foto dele e do seu regimento, antes da última missão.

Ela pegou a foto das mãos dele e apontou:

— Este aqui é você.

Vários anos mais jovem, com menos peso sobre os ombros.

— E este é o Rick — disse ele, indicando o homem ao seu lado. — Nós o chamávamos de Smiley. É ele que está vindo para me ajudar a encontrar o sujeito.

Gwen apontou para o homem seguinte.

— Quem é este?

— O Billy. O que dizem que cometeu suicídio.

— Ele parece tão jovem.

— E era. — Agora, estava morto. — E este aqui é o Mickey, o outro que ainda está vivo.

— Você sabe onde ele está?

— As missões são ultrassecretas, não faço a menor ideia. Estes são o Boomer e o Robb. — Não havia sobrado muito deles para trazer de volta ao país e enterrar, mas Neil não disse isso a Gwen. — O Linden quase conseguiu sair vivo. Eram ótimos caras. Eu falhei com eles uma vez e não posso fazer isso de novo.

Gwen colocou a mão no braço dele.

— Tenho certeza que eles não te culpam.

Alguém na missão culpava... todos eles.

— Eu liderava a operação, Gwen. Fui responsável pela morte deles.

Ela endireitou os ombros e lhe lançou um olhar severo.

— É mesmo? Você apertou o gatilho? Você os jogou de um avião sem paraquedas?

— Não.

— Então não quero mais ouvir você falar que é culpado por essas mortes infelizes. Se os seus superiores achassem que você era culpado, você estaria preso, e não foi isso que aconteceu. É hora de se perdoar pela morte dessas pessoas, Neil. Quando fizer isso, poderá seguir em frente com a sua vida. Caso contrário, não vai conseguir dormir e não vai ter um minuto de paz.

Isso descrevia a existência dele até então, ou melhor, até ela entrar em sua vida.

— Como você é tão esperta? — ele perguntou, pegando sua mão e a beijando.

— Escola de Princesas. Está no meu currículo — ela respondeu, rindo.

Ele a beijou suavemente, como fazem as pessoas quando se despedem.

— Você vai ficar bem aqui. Fique na base — disse ele. — E não saia de casa sozinha.

— Quando você acha que vai voltar?

— Em poucos dias. — E, como tinha de dizer algo para o caso de não voltar, acrescentou: — Se eu não voltar em uma semana, o Chuck vai entrar em contato com o Blake.

O sorriso de Gwen desapareceu.

— Você vai voltar.

*Ou morrer tentando.*

Blake estava ao lado de seu melhor amigo, Carter, e olhava pelo vidro espelhado enquanto Dean e Jim interrogavam o pobre adolescente apaixonado por Karen. Não haviam se passado nem dez minutos de interrogatório e Blake sabia que estavam procurando no lugar errado.

— Este não é o nosso homem.

Carter sacudiu a cabeça.

— Concordo.

Na sala ao lado, Juan finalmente entendeu o problema e começou a ficar preocupado.

— Alguém está tentando machucar a srta. Jones? É isso que vocês acham que eu faria?

— Não sabemos, Juan. Por que você não conta para a gente? — Jim perguntou.

— Ela é como a nossa mãe.

— Mãe? — Dean perguntou.

— Tudo bem, talvez não mãe. Está mais para uma tia gostosa, mas é como se fosse da família. Se alguém está tentando machucar a srta. Jones, vocês deviam estar lá tomando conta dela, em vez de ficar aqui, falando comigo.

Blake se afastou do espelho.

— Estamos um passo à frente, garoto — disse.

Carter sacudiu a cabeça.

— Perda de tempo. Se tivermos sorte, vamos pegar o sujeito em alguma câmera quando estiver fugindo.

— Que confusão. Eu queria que o Neil estivesse aqui. — Assim ele teria uma coisa a menos para se preocupar.

Dean saiu da sala de interrogatório e foi até Blake e Carter.

— Não é ele.

— Logo imaginamos.

— Está pronto para mexer nas coisas do Neil?

Blake odiava invadir a privacidade de Neil assim, mas que escolha ele lhe deixara? Passou a mão pelos cabelos.

— Deve ter alguma pista de onde ele está — disse Carter.

Blake saiu da sala.

— Vamos acabar logo com isso.

Dean os acompanhou para fora da delegacia.

— Nos encontramos em uma hora. Tem algumas pistas que quero checar primeiro.

No caminho de volta a Malibu, Blake contou a Carter a boa-nova.

— A Samantha está grávida.

Carter girou no banco e tirou os óculos escuros.

— Está brincando?

— Estávamos falando sobre isso já fazia um tempo — Blake continuou, se misturando ao fluxo da California Interstate.

— Parece que vocês fizeram mais que falar.

Blake sorriu, lembrando as noites sem conversa com sua esposa.

— O enjoo matinal está acabando com ela. Quero resolver logo toda essa merda e voltar para a Sam, Carter. É só por isso que eu vou invadir a privacidade do Neil.

— Eu entendo. O Neil é um cara muito fechado. E, quando esse cara foge pensando que tem um assassino na cola dele, não pode dizer o que está acontecendo. O Neil não esperava que você ficasse de braços cruzados, sem fazer nada.

— Ele esperava que eu confiasse nele.

Carter colocou os óculos escuros novamente.

— Se surgisse algum fato para a gente acreditar que realmente tem alguém jogando sujo com a Gwen ou o Neil, seria muito mais fácil confiar nele.

De volta a Malibu, Blake e Carter entraram na casa de Neil. Era uma casa de hóspedes, que imitava a casa principal em estilo e estrutura. O espaço interno, esparsamente decorado, adequava-se às necessidades de um homem solteiro. Um quarto era dedicado ao monitoramento da casa principal e da casa de Gwen e Karen em Tarzana, e o outro era um dormitório, com o mínimo de móveis. Embora a cozinha, pequena, tivesse tudo o que era necessário para alimentar uma família, as únicas coisas que pareciam usadas eram a geladeira e o micro-ondas.

Na sala de estar havia um sofá de couro e uma poltrona reclinável, além de uma televisão de tela plana na parede.

— Por onde começamos?

— Vou começar pelo escritório dele — disse Blake. — Você olha o quarto.

Carter virou a esquina e entrou no quarto de Neil.

— O que estamos procurando exatamente? — perguntou.

— Qualquer coisa pessoal. Fotos, endereços de amigos, família.

— Os pais dele não estão mortos?

Blake se sentou na cadeira de Neil e abriu a gaveta superior da mesa.

— Estão, mas me lembro de ouvi-lo falar de uma avó.

A gaveta continha o esperado: canetas, blocos de notas, contas antigas e recibos de itens diversos.

— Se o Neil achava que alguém estava atrás dele, acho que não levaria ninguém até a família dele.

— É verdade, mas a avó pode saber onde ele deixaria a Gwen segura para pegar o bandido — disse Blake.

— Você acha que foi isso o que ele fez?

— Com certeza ele não iria fugir para sempre.

A próxima gaveta tinha arquivos com datas de compra de equipamentos e atualizações de softwares. Havia fichas impressas dos empregados. Blake se perguntou por que ele imprimira uma coisa dessas e por que não deixara tudo no disco rígido do computador.

Pensando isso, ligou os monitores e esperou. A parede de telas iluminou a sala com imagens de toda a casa de Malibu e a de Tarzana. Blake clicou na tela principal e navegou pelas imagens. Cada uma abria o áudio do cômodo onde estava a câmera. Na casa de Malibu, Mary estava na cozinha, cantarolando.

O telefone na mesa de Neil tocou, e Blake esticou o braço para atender.

— Alô?

— É o Dillon, sr. Harrison. Notei que alguém está no canal do Neil. Ele voltou?

— Não. Sou eu.

— Ah. Alguma notícia?

— Nenhuma. Nada do seu lado?

— Nada. Desculpe incomodá-lo, sr. Harrison.

Antes que o homem desligasse, Blake o deteve.

— Espere, Dillon. Antes de o Neil partir, aconteceu alguma coisa que pareceu estranha? Algo diferente nele?

— Ele... ele estava um pouco mais nervoso. Não sei bem se isso não é normal. Ele sempre trabalhou até tarde, e não me pedia muito para assumir enquanto o senhor e a sra. Harrison estavam fora.

Nada disso parecia estranho para Neil.

— Conseguiu encontrar os grampos de que ele falou?

— Quem me dera. Teve interferência na casa de Tarzana, sem dúvida. Mas de um modo estranho.

— Como se tivesse sido plantada?

— Gostaria de poder afirmar isso com certeza.

Tudo parecia estranho.

— Obrigado, Dillon.

— Não por isso.

Blake desligou o telefone e continuou vasculhando a mesa. Não havia nada pessoal ali. Só pilhas de faturas relacionadas ao trabalho.

Carter entrou na sala com uma foto na mão.

— Encontrei isso.

Era uma fotografia de Neil com alguns de seus amigos, fuzileiros navais.

— O Neil parece mais forte ainda. Não achei que isso fosse possível.

Carter riu.

— Já viu essa foto antes?

— Não. Ele não fala dessa parte do passado dele. Exceto uma vez, no bar.

— Acha que esses são os caras que morreram?

Blake pegou a fotografia e olhou cada rosto. Seu olhar se estendeu para Neil e outro cara que lhe pareceu familiar, mas que ele não conseguia localizar.

— Pode ser. Nem todos morreram, só alguns. — *Mas quais?* — Você já pensou em pedir um favor e tentar descobrir que negócio é esse de Gralha? — perguntou Blake.

Carter se encostou na mesa antes de responder:

— Muitas missões secretas são feitas todos os anos no exterior. As forças armadas não aceitam gentilmente que elas cheguem aos ouvidos das pessoas. Embora eu seja o governador, sou uma dessas "pessoas" no momento. Se esgotarmos todos os nossos recursos e não tivermos notícias do Neil ou da Gwen, vou pedir ajuda. Mas não quero causar mais problemas e fazer o Neil ir parar em uma corte marcial por ser paranoico demais. Nós devemos isso a ele.

Blake concordou.

— *Toc-toc* — disse Dean, entrando na casa de Neil.

— Estamos aqui.

Ele se abanava.

— Estou cansado desse calor — disse. — Encontraram alguma coisa?

Blake lhe entregou a foto e deu de ombros.

— Uma foto e um monte de contas.

— Eu sempre esqueço como o Neil é grande — disse Dean.

— Não é todo mundo que tem condições de provocar esse cara.

O detetive deixou a foto na mesa.

— Bem, aconteceu algo novo — disse.

Blake se endireitou na cadeira.

— O quê?

— Parece que o Neil bobeou e usou o cartão de crédito.

— Onde?

— Colorado Springs.

— Achei que a Karen tinha dito alguma coisa sobre o Canadá — disse Carter, evidentemente confuso.

— Bem, a menos que eles tenham ido de avião para o Colorado, e nesse caso teríamos sabido antes, eles não estavam perto da fronteira.

Blake não gostava muito do sorriso presunçoso de Dean.

— O que você está escondendo?

— Adivinhe para que o Neil usou o cartão de crédito.

— Hotel? — perguntou Carter.

— Aluguel de carro? — sugeriu Blake.

Dean sacudiu a cabeça.

— Munição?

O homem sorriu e olhou para Blake.

— Um anel de diamantes muito grande e muito caro.

O sangue sumiu do rosto de Blake novamente.

— O quê?

# 26

**ANTES DE SAIR DA BASE** militar, Neil pegou tudo o que ele e Rick poderiam precisar para esperar pelo Gralha. Os fuzileiros navais haviam lhe ensinado todos os truques para sobreviver sozinho na natureza e capturar um criminoso. A única diferença era que ele não sabia com quem estava lidando.

Talvez Rick pudesse esclarecer isso. Juntos, eles descobririam.

Ainda assim, a caminho da montanha Neil ficou de olho no espelho retrovisor, preocupado com o que havia deixado para trás. Chuck cuidaria de Gwen. Ela estava segura. Sua esposa estava segura.

Um sorriso se espalhou por seu rosto. *Sua esposa.*

Neil chegou ao acampamento bem antes do anoitecer. Estacionou o carro longe para estabelecer uma segunda base e mapear a área. Uma colina servia de mirante para o local planejado para a execução — um ponto de observação perfeito.

Neil reconhecia o terreno com um par de binóculos. Em menos de uma hora, notou uma figura se dirigindo ao acampamento. Em menos de um minuto, sabia que era Rick. Esperou até ele andar pela área do acampamento e voltar para o carro. Quando o fez, Neil desceu o morro às escondidas.

Chegou por trás do amigo sem fazer barulho.

— Eu estava me perguntando quando você ia aparecer. Pensei que ficaria lá a noite toda — disse Rick, sem virar.

Ele sempre fora bom para detectar o inimigo — ou, nesse caso, um amigo se esgueirando por trás.

— Como você me viu? — disse Neil, indo para a frente do colega e estendendo a mão.

— Cheguei uma hora antes de você. Fui da colina para o riacho e fiquei esperando — explicou Rick.

Neil riu. Rick havia executado os mesmos movimentos que ele.

— Bom te ver.

Neil concordou. Conversaram mais alguns minutos sobre a viagem, o clima e outros assuntos, menos sobre o motivo pelo qual estavam ali.

— Temos muito trabalho a fazer, se quisermos pegar esse sujeito — disse Neil por fim.

— Alguma ideia de com quem estamos lidando?

Ele balançou a cabeça, frustrado.

— Quem me dera. Acho que é militar.

— E sabe sobre a Operação Gralha — completou Rick.

— Ou talvez tenha sido informado sobre a operação. — Neil não gostava dessa hipótese. — O que sugere que tem outra pessoa por trás disso.

— Ou alguém dando as ordens de outro lugar, e, nesse caso, temos dois sujeitos na nossa cola — Rick disse e acenou com a cabeça em direção à barraca. — Vamos passar a noite aqui?

— Parte dela, pelo menos. Não adianta ficar confortável.

— Não pense que vai ser confortável enquanto não pegarmos esse cara.

Neil deixou suas coisas de lado e tirou o casaco.

— Você acha mesmo que tem duas pessoas envolvidas? — perguntou.

— Acho que precisamos considerar a possibilidade. Deve ter dado trabalho pegar o Billy e a mulher dele. Ele não se abalava fácil. Precisamos entrar na mente desse cara, se quisermos vencer — concluiu Rick.

— Eu sobrevivi ao Oriente Médio, não vou morrer no quintal de casa — disse Neil. Não agora, quando tinha tanto motivo para viver.

— E a sua mulher?

— Ela está segura.

Por razões que ele não pôde ou não quis identificar, não se abriu com Rick a respeito de onde ela estava.

— Ainda não consigo acreditar que você tem alguém — disse Rick, com seu sorriso característico nos lábios.

— Nem eu.

Ele bufou e deu um tapinha nas costas de Neil.

— Não sei você, mas eu não consigo dormir sem uma mulher do meu lado.

Neil hesitou.

— Sei do que você está falando.

— Está melhorando, mas as lembranças nunca me abandonam. Acho que acontece a mesma coisa com todos nós, e foi por isso que nenhum de nós ficou.

— O Mickey ficou — recordou Neil.

— O Mickey era uma criança. Foi a primeira vez dele em campo, não foi?

— A segunda. Pelo menos no setor de Operações Especiais. Ele tinha feito uma incursão no Afeganistão antes de se juntar a nós.

Rick colocou a mochila em cima de um pano no chão. Ajeitou-a debaixo da cabeça e se deitou.

— O Mickey era maleável. Exatamente o que o major queria na equipe. Ele pegou a condecoração, guardou numa caixa e seguiu para a próxima missão.

Neil havia se esquecido do ferimento de Mickey. Maldito azar. Sentou perto dos restos da fogueira que havia compartilhado com Gwen duas noites antes.

— Nós também éramos maleáveis.

— Até ver nossos parceiros explodirem em pedaços. Isso tende a mudar as coisas.

— E para quê? Isso não impediu que a guerra continuasse. Não aplacou a luta um dia sequer.

Por isso Neil tinha ido embora. Ele e sua equipe receberam tarefas na base militar por um tempo, depois foram autorizados a desaparecer. Algo sem precedentes.

— Você já se perguntou por que o major Blayney deixou a gente cair fora? — Rick quis saber.

— Eu não questionei muito isso. Achei que ele sabia que não estávamos funcionando como precisávamos. Ele era como da família para a maioria de nós. — Para Neil, pelo menos.

— Será que ele sabe quem pode estar por trás disso? Ele conhece os que estão acima dele, que deram a ordem.

Neil já sabia que Chuck não tinha ideia.

— Você acha que alguém de alta patente está atrás da gente?

— Nunca se sabe.

— Por que ele se daria o trabalho de deixar uma lembrancinha? E por que iria atrás das mulheres para nos pegar?

Rick sacudiu a cabeça.

— Você está certo. É pessoal. Alguém quer se vingar da gente por termos sobrevivido.

— Se eu acreditasse em fantasmas, pensaria que o Boomer, o Robb ou o Linden estavam por trás disso — disse Neil, coçando a barba. — Esse é o nosso problema. Temos dificuldade de acreditar em algo que não podemos ver. Nós excluímos os fantasmas.

No entanto, os fantasmas do seu passado estavam alcançando todos eles.

— Qual é o plano? — perguntou Rick.

— Primeiro, vamos ver se o Gralha morde a isca e vem atrás da gente.

O amigo olhou em volta.

— Um atirador de elite acabaria com a gente rapidinho aqui.

Neil concordou.

— Mas o nosso sujeito precisa fazer com que pareça um acidente. Uma bala na cabeça não resolveria. Se morrermos ou desaparecermos, vai haver questionamentos. E, se alguém está ordenando a nossa execução, não vai querer isso. É diferente de estarmos em solo inimigo ou em uma missão. Não podemos ser classificados como danos colaterais.

— E se o Gralha não aparecer? Ou se vier, mas não estiver sozinho?

— Vamos vê-lo primeiro. Eu coloquei sensores na estrada até aqui. Vamos saber sempre que algo maior que um cão passar. Se ele não aparecer, vamos voltar e procurá-lo.

Rick ergueu a sobrancelha.

— Está usando alguns dos nossos velhos brinquedos, não é?

— Velhos e novos.

— Eu trouxe alguns brinquedos também — disse Rick, pegando um par de óculos de visão noturna, várias armas, explosivos com detonadores e ferramentas para distrair o inimigo: bombas de gás, granadas de luz...

Neil retirou dois fones de ouvido sem fio e mudou os canais para alinhá-los.

— Aqui — disse, entregando um para Rick. — Assim posso sussurrar no seu ouvido.

Rick lhe jogou um beijo.

— Eu sabia que você gostava de mim.

Aquilo era bom. Ser o caçador, e não a caça. Agora eles só precisavam encontrar a presa.

— Precisamos arranjar um passatempo para você — disse Ruth depois do primeiro jantar sem Neil na casa. — Mesmo na melhor das hipóteses, esperar que o seu marido volte para a base é difícil.

— O que eu preciso é de uma ocupação — disse Gwen.

Se estivesse em casa, planejaria um casamento adequado para ela e Neil. Talvez organizasse uma cerimônia dupla com Eliza e Samantha. Qualquer coisa para não pensar que Neil estava perseguindo um assassino.

— Eu aceito ajuda no meu jardim. Talvez amanhã...

— Ah, sim, por favor. Qualquer coisa.

Ruth acariciou a mão de Gwen.

— Tenho alguns bulbos que podemos plantar, e sempre tem ervas daninhas para arrancar.

— Trabalho braçal é melhor que mental, neste momento.

— Temos uma coleção de filmes, a maioria documentários de guerra, que o major não cansa de assistir.

— Duvido que isso aliviaria a minha mente.

— Eu tenho uma pequena biblioteca.

Os olhos de Gwen se iluminaram. No escritório, atrás da estante fechada, Ruth a encorajou a escolher o que quisesse ler durante sua estada.

— Eu leio de tudo, desde livros de mistério até romances açucarados. Deve ter algo que lhe interesse.

Devia ter mais de trezentos livros ali.

— Você tem uma bela coleção.

— Já doei algumas caixas. Espero ter uma pequena biblioteca na nossa próxima casa. O Charles gosta das coisas organizadas, e ele não acha que livros em prateleiras ficam limpos. Se tivéssemos uma biblioteca bem projetada, ele não poderia reclamar.

Quanto mais Gwen ouvia Ruth, mais o major lhe parecia controlador.

— Uma boa biblioteca fica elegante em qualquer casa. Afinal, nem todo mundo vê televisão — prosseguiu Ruth.

— Concordo plenamente.

Gwen pegou dois livros da prateleira e olhou as capas, antes de virá-los para ler a sinopse. Um era definitivamente romântico, coisa de que ela gostava, mas não queria ler sobre o amor de outra pessoa enquanto o seu estava longe. Devolveu o livro de capa lilás à prateleira e se decidiu pelo que parecia ser um livro de mistério. Foi tirando mais alguns títulos da prateleira, até notar algo escondido atrás dos livros.

Era uma fotografia emoldurada, de um jovem casal. Eles sorriam e pareciam estar na varanda da casa dos Blayney.

— Ah, onde você achou isso? — perguntou Ruth, aproximando-se por trás.

— Atrás dos livros.

A mulher pegou a foto da mão de Gwen e suspirou.

— É a nossa filha e um antigo namorado. Pensei que tinha jogado isso fora.

Gwen olhou a foto novamente. Dava para ver a semelhança entre Ruth e a filha. O homem tinha um corte de cabelo militar, mas, em vez de uniforme, usava calça jeans e camiseta.

— Eles parecem felizes — disse Gwen.

— E eram. Eu e o Charles achávamos que acabariam se casando.

— O que aconteceu?

Ruth pestanejou algumas vezes.

— Ele voltou do exterior muito mudado. A Annie terminou com ele. O Charles ficou transtornado durante meses, tentou fazer a Annie mudar de ideia, mas ela não quis.

— E o que você achou da separação?

— Eu queria que a minha filhinha fosse feliz. E entendia por que ela queria algo melhor que um militar temperamental na vida dela. Eles nem sempre são homens fáceis de se conviver — disse Ruth, mas logo cobriu a boca. — Ah, desculpe. Tenho certeza de que o Neil não é assim.

Gwen sorriu.

— É claro que é. Mas eu acho isso cativante. Não fiquei ofendida.

— Bem, a Annie queria uma pessoa diferente. — Ruth devolveu a foto à prateleira e pôs os livros na frente. — Talvez o Charles tenha guardado isso. Vou fingir que não vi.

O que mais Ruth fingia não ver?

Pássaros mortos não a manteriam longe das crianças por mais tempo. Além do mais, se ela não explicasse por que a polícia estava fuçando a vida privada dos jovens, perderia todo o terreno que havia conquistado com eles. Karen ignorou o guarda-costas que Michael e Dean haviam insistido que ela tivesse. Ele a acompanhava a todos os lugares durante o dia e só ia embora à noite, se Michael estivesse em casa. Caso contrário, ele ou um dos seus colegas dormia no quarto de hóspedes.

O homem não era tão grande quanto Neil, mas tinha uma disposição igualmente amigável, somada a uma carranca e um olhar de desdém que a seguia por toda parte. Karen não conseguia entender o que Gwen via de atraente em um homem a seguindo o tempo todo.

Se bem que ela sabia que não era a profissão dele que atraía Gwen, mas ele próprio. Esperava que o sexo fosse espetacular para sua amiga. Talvez, quando os dois pusessem a cabeça para fora dos lençóis, percebessem que ninguém os estava seguindo e voltassem para casa. Karen mal podia esperar para trocar confidências com sua amiga, toda correta e formal.

— Procure não assustar as crianças — Karen disse ao guarda-costas.

Ele olhou em volta e a seguiu até o clube.

Ela olhou pela sala à procura de Juan. Quando não o encontrou, tentou esconder a decepção.

— Srta. Jones! — gritou Amy, correndo e a abraçando.

Karen a abraçou de volta e sorriu. Ela amava as crianças, sentia falta delas.

— Como vai, querida?

— Fui bem na prova de álgebra.

Karen deu um tapinha na palma levantada de Amy.

— Que boa notícia!

Saudosas, outras duas crianças se juntaram a elas. Ela deixou a bolsa na mesa de matemática e observou as folhas de lição espalhadas. Cada uma estava em um nível diferente, mas parecia que todas haviam avançado nos estudos enquanto ela estivera ausente.

— Você voltou para valer?

— Sim.

A menos que o homem-pássaro voltasse. Mas ela guardaria essa informação só para si.

— Veio um policial aqui outro dia perguntando sobre você.

Karen deu de ombros.

— Sim, ele é meu amigo. Desculpem.

— Está tudo bem? — perguntou Steve, que tinha estado calado até então.

— Parece que tem alguém tentando me assustar — disse Karen.

O sorriso das meninas desapareceu e os meninos se aproximaram para ouvir melhor.

— Por isso ele levou o Juan para conversar? — Steve perguntou com voz zangada.

Fofocas de adolescentes corriam depressa.

— A polícia falou com muitas pessoas. Sinto muito por eles terem vindo aqui.

— Você está aqui o tempo todo. Talvez eles tenham pensado que um de nós viu alguma coisa — disse Amy.

Ela era como a filha do meio, sempre tentando ser sensata e achar o equilíbrio entre os extremos da família.

— Quem é aquele capanga na porta?

Karen desviou o olhar do rosto desdenhoso de Steve. Ele e Juan eram amigos, e era óbvio que Steve não estava feliz com o fato de a polícia tê-lo interrogado.

— É o meu guarda-costas.

— Sério?

— É por pouco tempo. Só até a polícia pegar o sujeito que está me seguindo.

— Nossa, srta. Jones, você não está com medo?

— No começo eu estava, Amy. Agora estou brava, sabe? Tipo, como alguém se atreve a fazer isso comigo?

Steve ficava olhando para o guarda-costas e para Karen.

— Você não precisa de guarda-costas aqui — disse. — Nós podemos cuidar de você.

Ela sorriu.

— Talvez você possa convencer o Juan a voltar.

Steve deu de ombros.

— Talvez.

Era tudo o que Karen podia pedir.

# 27

**GWEN ALONGOU AS COSTAS, IGNORANDO** a dor que lhe causava cuidar do jardim. Pelo menos, se estivesse cansada à noite, conseguiria dormir um pouco. Rolar na cama sonhando com seu marido, onde estava e o que estava fazendo, não lhe deixava tempo para descansar.

Para piorar as coisas, pouco depois de ela e Ruth começarem a restaurar o jardim, alguém ligara em nome de Annie pedindo a Ruth que fosse para a Flórida. Ela estava doente ou algo assim, dissera Charles.

Então, estavam só ela e Charles na casa.

Gwen não estava gostando disso. O homem a observava, mas nunca fazia contato visual. Olhou para a casa e o notou na janela, analisando-a. Ele largou as cortinas, mas não se afastou.

*Ele só está ajudando o Neil.*

Neil, que tinha partido havia quase vinte e quatro horas. Vinte e quatro longas e solitárias horas.

*Você vai conseguir.*

Por cima do ombro, ela sentia que ele ainda a observava.

*Você consegue! São só alguns dias.*

Gwen enfiou as mãos na terra e puxou uma erva daninha teimosa.

─────── ✦ ───────

— Bem, pelo menos não está chovendo — a voz de Rick soou no ouvido de Neil, a quase trezentos metros de distância.

Neil observava as árvores balançando ao vento, que surgira do nada.

— Cuidado com o que você fala.

Não era raro o fim do verão trazer tempestades para aquelas paragens antes de elas soprarem para leste. Eles estavam preparados para qualquer coisa, afinal eram fuzileiros navais.

Dentro da barraca, onde nenhum dos dois pretendia dormir, havia um chamariz que só alguém com óculos de visão noturna seria capaz de ver. Eles haviam colocado pedras quentes da fogueira dentro de um saco térmico que irradiava calor, para que alguém com o equipamento adequado acreditasse que havia alguém dormindo ali. A colina onde Neil se empoleirava servia de apoio a um penhasco, uns noventa metros acima. De jeito nenhum alguém conseguiria escalar para chegar até ele. Basicamente, estava incrustrado em um cânion, com apenas dois caminhos para chegar lá. Rick rastreava o lado nordeste, enquanto Neil observava qualquer atividade no lado sudeste.

— Já teve a sensação de que estamos esperando à toa? — perguntou Rick.

— Você acha que o Billy se matou?

— De jeito nenhum — Rick sussurrou asperamente, reverberando no ouvido de Neil.

— O Gralha vai vir. Ele vai saber que o estamos esperando.

Neil virou o binóculo para onde Rick estava e olhou ao redor. Nada.

— Ele sabe que estou esperando. E, pelo que sabemos, você é o próximo da lista dele.

— Ainda acha que ele não vai vir armado até os dentes?

— Acho. A não ser que a motivação dele tenha mudado. E ela só mudaria se ele achasse que nós o identificamos.

O vento soprava sobre o pinheiro gigante acima de Neil, fazendo-o ranger. *Maldito vento.*

No céu escuro, não havia sequer uma lasca de lua. Não muito tempo atrás, ele estava olhando as estrelas e compartilhando seus sonhos de infância com Gwen. Odiava ter que deixá-la para trás, mas odiaria ainda mais estar com ela ali, naquela situação.

— Acha que consegue dormir por uma hora? — perguntou Rick.

— Talvez.

— Eu te dou cobertura.

Neil se escondeu na rocha enquanto Rick tomava posição. Uma hora de sono aqui, outra ali, era tudo que conseguiam enquanto estavam em campo. Na noite anterior, Neil não conseguira nem isso. Entre a preocupação com

Gwen, a falta que sentia dela e o conflito interno que lhe dizia que Rick podia saber mais do que dizia, era impossível dormir. No entanto, era cada vez mais evidente que seu amigo era um alvo tanto quanto ele. Se Rick estivesse por trás daquilo, já teria feito alguma coisa. Ele precisava confiar e precisava dormir. Estava exausto.

*Eles se agacharam sob o vento criado pelas lâminas do helicóptero. Billy e Rick levantaram Linden, um peso morto, para os homens a bordo. Em seguida puxaram Mickey, que mancava.*

*Mac se voltou para a bola de fogo que haviam acabado de deixar. Seus ouvidos zuniam por causa da explosão que matara seus homens. Batera a cabeça e a nuca na queda, mas, de resto, estava bem. Vivo.*

*Rick o puxou para o helicóptero e decolaram. Neil viu pessoas conversando, mas não conseguia escutar o que diziam. Só ouvia o zumbido nos ouvidos e o barulho do helicóptero. Seu peito doía, e ele tossiu pelo que pareceu uma hora.*

*Billy se ajoelhou ao lado de Linden, enquanto os dois homens que Neil não conhecia cortavam suas roupas, expondo os ferimentos na barriga e na coxa causados pela explosão. Havia sangue por todo lado.*

*Neil pegou o cobertor que alguém havia colocado sobre ele e o empurrou para Linden.*

*— Caralho, não morre!*

*Mas o rosto de Linden estava branco, e, antes que pudessem fazer qualquer coisa, os olhos perderam o foco e ele deu o último suspiro.*

*O helicóptero se inclinou, e Neil teve que se segurar para não cair. O silêncio em seus ouvidos fez seus olhos focarem melhor.*

*Ao lado de Linden, Billy baixou a cabeça. A expressão de Rick era um misto de raiva e remorso. Mickey estava dobrado ao meio.*

*Neil conseguiu chegar ao lado de Mickey e o olhou nos olhos. Fez um movimento inquisitivo com as mãos, e Mickey sacudiu a cabeça.*

*Foi quando Neil viu o fragmento de madeira na virilha de Mickey. O sangramento era mínimo, e eles sabiam que deviam manter o objeto no lugar até que o médico o atendesse, onde desembarcassem. Ele balançou a cabeça para Mickey, como se para o lembrar de não puxar o toco de madeira. Mickey era conhecido por agir impulsivamente, mas não parecia querer fazer isso naquele momento.*

*Neil caiu contra a lateral do helicóptero, tossindo violentamente.*

Blake pediu a sua secretária que providenciasse o carro para ir ao aeroporto na manhã seguinte. Ia pessoalmente ao Colorado para rastrear os passos de Neil. Estava tudo muito quieto, e o fato de não ter notícias de seu guarda-costas e de sua irmã o exasperava.

Já não se preocupava que alguém ouvisse suas conversas. Nenhum grampo havia sido detectado, e ninguém mais deixara aves mortas por perto. Carter havia voltado para Sacramento com a promessa de ligar para Washington, se fosse necessário.

Blake só esperava que Neil e Gwen tivessem recuperado o bom senso e não estivessem rodando por aí com armas carregadas.

Tirou a gravata e pegou o telefone, com a intenção de fazer sua chamada noturna para Sam.

Mas o telefone tocou sob seus dedos, fazendo-o dar um pulo.

*Fique firme, Blake.*

— Alô? — atendeu, não reconhecendo o número no identificador de chamadas.

— Sr. Harrison?

Blake atirou a gravata na lateral da cama e se sentou.

— Isso.

— Desculpe ligar tão tarde, sr. Harrison. Especialmente pelo motivo pelo qual estou ligando.

Ele estava tirando os sapatos e parou no meio.

— Quem está falando?

— Ah, desculpe. Aqui é Bernard, gerente da First Class Services.

— O serviço de transporte executivo?

— Isso. Isso mesmo.

A ansiedade de Blake desapareceu e seus sapatos caíram no chão, um de cada vez.

— Pois não, Bernard.

Por que ele estava ligando àquela hora?

— Recebemos sua solicitação de um carro para amanhã de manhã.

— Algum problema?

— Não, senhor. Teremos um carro pronto para servi-lo.

Blake abriu um a um os botões da camisa e passou para as abotoaduras.

— Então, por que está ligando?

A respiração de Bernard estava um pouco acelerada, demonstrando aflição. Blake esperou enquanto o homem começava a se desculpar.

— Desculpe. Todos aqui da agência lamentamos muito.

— Por que está se desculpando?

— Eu verifiquei quem foi o seu motorista no começo da semana. Sempre que possível, tentamos manter os mesmos profissionais. Como o senhor sabe, temos grande orgulho da privacidade que oferecemos aos nossos clientes. E o senhor é um cliente muito valioso...

Blake revirou os olhos.

— Bernard, por favor, pode parar com a enrolação e me dizer por que ligou? Vou ter um dia cheio amanhã. — E, nesse ritmo, ele ainda estaria ao telefone com aquele coitado.

— Desculpe. Certo. É que... não sabemos quem é o motorista que foi buscá-lo.

— Como assim, não sabem quem ele é?

— Recebemos o pedido e um carro saiu no início da semana, mas nenhum dos nossos homens estava ao volante.

Blake parou de se despir.

— Bem, alguém com certeza foi me buscar.

— Sim, mas não era funcionário nosso.

— Ele disse que trabalhava para vocês.

— Eu lhe garanto, sr. Harrison, que não trabalha. Nós temos a gravação do pátio onde guardamos os carros. Um homem com o nosso uniforme foi visto saindo do pátio com um carro e voltando algumas horas depois.

— Se ele não era um dos seus funcionários, quem era?

— Não sabemos. Sua privacidade é fundamental para nós. A polícia está vindo para cá agora para ver as gravações. Tenho certeza de que vão querer falar com o senhor. Sinto muito.

— Como é que isso foi acontecer?

Mais negócios eram fechados dentro de limusines do que em salas de reuniões.

— Sugiro que pense com quem o senhor falou, e sobre o quê, a caminho de casa. Talvez alguém precisasse das informações que o senhor transmitiu naquela curta viagem.

Ele e Dean tiveram que conversar no carro porque Neil sugerira que a casa estava grampeada.

— Ah, merda.

— Lamentamos profundamente por tudo isso.

— Sim, sim... Estarei aí com o detetive Brown em uma hora. Quero ver as gravações.

— Claro, senhor. Estamos à disposição.

Blake enfiou os pés nos sapatos e ligou para Dean. Quarenta e cinco minutos depois, estavam sentados no escritório da First Class Services com Bernard, nervoso, e meia dúzia de policiais uniformizados.

Blake ouviu a história sobre como um total desconhecido havia entrado na empresa, conseguido pegar as chaves de um carro e saído do estacionamento para buscá-lo no aeroporto sem ser detectado.

— Foi um fim de semana excepcionalmente movimentado. Vários motoristas nossos ainda estavam fora, desde a noite anterior. Não é novidade para nós deslocarmos os motoristas de um pátio para outro.

Bernard divagava sobre a empresa e como era administrada. De acordo com a filial de Orange County e a de San Diego, nenhum dos seus motoristas havia recebido autorização para pegar serviços na área de Los Angeles na data em questão. Portanto, excluíram qualquer motorista dessas equipes.

Um policial tomou o depoimento de Bernard, enquanto outro gerente apresentava o vídeo do homem em questão. A distância da câmera para os carros era entre trinta e noventa metros. Em nenhum momento o homem se voltou diretamente para a câmera, o que fez Blake pensar que ele sabia que o equipamento estava ali. Ele usava o uniforme da empresa e optara pelo quepe. Nem todos os motoristas usavam, por isso Blake não pensara duas vezes quando do vira o homem.

— Pode aproximar a imagem?

À medida que a imagem se expandia, a qualidade piorava. Como Blake se lembrava, o homem tinha cabelo curto e nenhum pelo no rosto ou queixo. Branco, cerca de um metro e oitenta de altura, compleição média.

Ele parecia familiar a Blake. Claro. Blake havia falado brevemente com o homem e lhe dera uma gorjeta generosa.

— Podemos melhorar a imagem na delegacia, tentar cruzá-la com as da base de dados — disse Dean, afastando-se do monitor e olhando ao redor da sala. — Alguém aqui deve ter falado com o homem.

Bernard mudou o peso do corpo de um pé a outro.

— Eu já interroguei todos os meus motoristas. Nenhum deles o viu.

— E quanto à expedição dos carros?

— Não somos como um serviço de táxi. Temos um sistema computadorizado que permite aos nossos motoristas saber quando um cliente precisa de um carro. Como expliquei para o sr. Harrison, tentamos manter os mesmos motoristas com os mesmos clientes, para melhor atender às necessidades deles. O sr. Harrison só usa os nossos serviços ocasionalmente, de modo que não recebemos pedido para uma pessoa em particular.

— Então, como você escolhe qual motorista vai fazer o serviço?

Bernard afastou o colarinho duro do pescoço. Blake quase sentiu pena do homem.

— Nós fazemos um rodízio entre quem precisa de um serviço e quem conhece melhor a área e os protocolos. Rodar por ruas de paralelepípedo para pegar clientes diretamente no aeroporto requer um nível diferente de segurança do que levar uma celebridade para o Oscar. Muitas coisas são levadas em consideração.

— Me mostre como os seus motoristas pegam e devolvem um carro — disse Dean.

Bernard foi até o monitor, enquanto o policial uniformizado que estava procurando o vídeo se levantava e se afastava. Ele abriu o que parecia ser a página principal do serviço e clicou no ícone de uma tabela de carros. Havia uma lista de sobrenomes e localizações. Ao lado, uma coluna para o motorista colocar seu nome.

— Neste primeiro grupo de nomes estão nossos clientes regulares. Observe as cores relacionando os motoristas aos clientes. Este próximo grupo de nomes é de clientes de uma única vez. Ocasiões especiais, bailes de formatura. Ao lado dos nomes existem símbolos: uma taça de martíni para uma festa, onde o motorista vai evitar que os passageiros dirijam embriagados. Eu tento usar homens como motoristas, a menos que seja uma despedida de solteira. — Bernard ficou empolgado explicando seu sistema, obviamente orgulhoso do que fazia. — Este é o símbolo do aeroporto. Quando um motorista está livre para pegar um serviço e vê isso, sabe que só está aberto para quem tiver autorização.

— Vamos ver a data em que o sr. Harrison chegou.

Bernard clicou no calendário até chegar à data. Blake se inclinou para a frente e viu seu nome, local, horário e o símbolo do aeroporto. Ficou feliz por não ver uma taça de martíni. Mas sua alegria desapareceu quando viu o nome do motorista.

— Mac.

Blake bateu com força na lateral da mesa do computador.

— Filho da puta!

— Não tire conclusões precipitadas — disse Dean.

— Precipitadas? — retrucou Blake.

Dean o pegou pelo braço e o tirou da sala.

— Não temos certeza de nada.

— Como assim? Sabemos que o Mac não estava ao volante. Sabemos que um estranho ouviu a conversa que tivemos dentro do carro para evitar sermos ouvidos dentro da minha casa. Sabemos que esse sujeito tinha a habilidade de invadir esse sistema e sair com um carro, e depois devolver o maldito sem questionamentos. Sabemos que o Neil acredita que alguém inteligente e hábil está armando para ele e para a minha irmã. Não preciso pular na água para saber que vou me molhar, Dean.

E, se Neil havia conseguido impedir que esse canalha soubesse onde ele estava, Blake e Dean tinham estragado tudo, falando abertamente sobre as descobertas em sua casa nos últimos dois dias. O que explicava o outro pássaro morto no carro de Karen. Os linguarudos tinham feito o filho da puta plantar outro pássaro morto para despistá-los. Para fazê-los pensar que Neil estava maluco.

— Fomos enganados, e o Neil não está louco.

Neil estava em perigo, e provavelmente Blake havia conduzido seu inimigo direto até ele.

# 28

O JANTAR DA NOITE ANTERIOR havia sido tenso. E não ajudara o fato de o vento e a ameaça de chuva terem feito Gwen se perguntar onde estaria Neil. Ela seguira o caminho patético de alegar uma dor de cabeça e se retirara cedo para o quarto, para evitar conversar com seu anfitrião.

Ela não conseguia saber o que mais a incomodava em Charles: a trama silenciosa que parecia existir por trás de seu olhar ou o sorriso que lembrava um palhaço de circo. Nenhuma das duas eram qualidades redentoras em uma pessoa. *Tenho certeza de que ele é um ótimo instrutor de recrutas.*

Gwen andou silenciosamente pela casa depois da hora do café da manhã. Estava tudo tão quieto que ela se perguntou se não estaria sozinha. Na cozinha, colocou uma xícara de água no micro-ondas para fazer um chá. Com exceção de algumas nuvens, o céu estava limpo.

— Esteja seguro, Neil — sussurrou para si mesma.

Quando o micro-ondas apitou, Gwen se voltou para pegar a xícara. Charles estava parado atrás dela, com o lábio ligeiramente curvado. Ela gritou e deu um passo para trás, batendo o quadril no balcão.

— Caramba! — exclamou, ofegante.

— Não tive intenção de assustá-la — disse Charles.

O sorriso tímido de Gwen desapareceu, substituído por uma expressão preocupada.

*Até parece.*

— Eu não ouvi você entrar.

Ela esfregou o quadril, desejando que a pulsação se acalmasse.

— Queria ter certeza de que você não precisa de nada — disse Charles, afastando-se alguns passos.

Se ele se afastasse até outro condado, teria sido melhor. O homem estava exatamente com a mesma roupa que usava desde que Neil partira. Estava limpa e passada, mas exatamente do mesmo estilo militar. Charles não saíra de casa, nem recebera visita alguma. Para um homem de sua patente, Gwen esperava um vaivém maior.

— Sua esposa me mostrou onde ficam as coisas na cozinha.

Charles foi para trás do balcão e puxou um banco alto.

*Ah, ótimo... companhia.*

Gwen encontrou o chá e lentamente retirou o saquinho da embalagem de papel. Estava claro que Charles não iria quebrar o gelo.

— Tem notícias da Ruth?

— Ela chegou na Flórida.

Gwen mergulhou o saquinho de chá na água e esperou uma resposta mais elaborada.

— Como a sua filha está?

— Feliz por estar com a mãe.

Gwen recordou a si mesma que Neil também dava respostas curtas e precisas. Mas o tempo que haviam passado sozinhos mudara isso.

— Ninguém substitui a nossa mãe quando estamos doentes — ela comentou.

Charles ergueu novamente o canto da boca em um sorriso.

— Essa é uma das coisas em que as mulheres são boas.

*É impossível sorrir rangendo os dentes.*

— Há muitas mulheres sob o seu comando?

O sorriso dele desapareceu.

— Algumas.

— E você não aprova... — Ela podia ver isso no rosto dele.

— Mulheres devem ficar em casa fazendo chá, e não lá fora eliminando alvos.

Gwen atravessou o ambiente, certificando-se de ter uma saída sem precisar passar por ele.

— A permissão para as mulheres se alistarem deve ter sido difícil para você aceitar.

Ele deu de ombros.

— Eu sou um soldado. Faço o que me mandam fazer.

— Como major, você não dá a maioria das ordens? — ela perguntou, soprando o chá.

Charles descansava a mão sobre o balcão e começou a tamborilar o indicador lenta e intermitentemente.

— Sempre existem pessoas acima.

Ela pensou na foto que Neil tinha lhe mostrado, de sua tropa, ou seja lá como eles se chamavam. *Amigos.*

— É verdade. E os que estão sob o seu comando nem sempre sobrevivem às missões. Deve ser difícil.

Ela não podia imaginar mandar tropas para a batalha e depois saber que alguns não voltariam para casa. Todo o conceito de guerra a aturdia. Como era possível os seres humanos desejarem outra coisa que não casa, comida, uma família feliz e saudável? Um mundo no qual seus filhos pudessem desenvolver ao máximo suas habilidades e formar uma família? Na realidade, o que mais era necessário na vida? Por que lutar? Isso não fazia sentido para ela.

— Sempre existem danos colaterais — disse ele, tamborilando o dedo um pouco mais forte. — Um líder não pode ficar pensando na morte. Não aqui.

Se Gwen tivesse que adivinhar, diria que Charles não pensava muito nisso. Na verdade, achava que provavelmente ele apagava o nome do morto e passava para o próximo. Frio assim.

Ela preferia o seu Neil, que pensava nos homens que o haviam seguido na batalha. Ocorreu-lhe então que, se um homem voltasse da guerra sem se afetar, ela não gostaria de conhecê-lo.

Gwen viu uma árvore pela janela da cozinha e notou que se curvava ao vento. O desejo de abandonar a companhia do major levou seus pensamentos para o jardim. Não fossem os músculos de suas costas, que gritavam desde que ela acordara, ela teria dado uma desculpa e ido trabalhar em um canteiro de flores.

— Acho que eu nunca seria um bom soldado. Tenho dificuldade de esmagar até uma barata.

— Deixe o Neil acabar com as baratas.

Ela deu um sorriso fugaz. *Não, o Neil toca as baratas para fora para que se virem sozinhas.*

— Você se incomoda se eu for olhar a biblioteca de novo? Parece que o livro que eu escolhi não está me ajudando a passar o tempo.

Na verdade, ela havia notado alguns álbuns de fotos que Ruth mencionara e pensou que ajudaria olhá-los. Talvez Charles nem sempre tivesse sido tão estressado.

— Fique à vontade.

— Obrigada.

Ela saiu da maneira mais graciosa que pôde. Estava com fome, mas não o suficiente para ficar ao lado daquele homem.

～∞～

Em vez de fazer o piloto voar para o Colorado e atrair o inimigo de Neil, Blake ligara para Carter de seu escritório, na esperança de manter em sigilo um pouco do que tinha a dizer. Tendo conversado com seu melhor amigo, começou a tentar arrancar os favores mais difíceis.

— Você tem algum contato no Pentágono? Quem pode pesquisar onde o Neil foi treinado, e com quem? E quem eram os homens da equipe dele? Alguma coisa?

O desespero penetrara seus ossos. Mais que a falta de controle sobre tudo que estava acontecendo, Blake odiava o desconhecido. Onde Neil estava, e onde havia escondido sua irmã para protegê-la? Ele nem sequer pensara no anel de diamante comprado e o significado por trás dele.

— Os meus contatos lá são superficiais, na melhor das hipóteses — informou Carter. — Mas nós dois conhecemos alguém que pode conseguir as informações que queremos.

Blake apertou os olhos.

— Seu tio?

— Isso mesmo.

O senador Maxwell Hammond estava no jogo da política desde o ensino médio. Blake não confiava nele. Não que ele fosse *sabidamente* um político corrupto, mas Blake acreditava que Max não teria problema algum em enfiar os pés na lama para conseguir o que quisesse. Ah, ele os lavaria antes de calçar os sapatos, mas sempre restava um pouco de sujeira. Blake preferia não dever nada ao homem.

Mas que escolha ele realmente tinha?

— Tem certeza de que está pronto para usar esse trunfo?

— Precisamos saber quem é o homem-pássaro. E encontrar o Neil e a Gwen. Essa coisa toda está atrapalhando a nossa vida. Demos ao Neil o tempo que ele pediu, mas não temos notícias há quanto dias? Três, quatro? Pode ter acontecido alguma coisa.

— O que vamos pedir que o Max procure?

— O Neil me disse para entrar em contato com o presidente e usar o codinome Gralha. Isso tem algo a ver com sua época de fuzileiro naval. Eu sei que o Neil passou um tempo em uma base militar no Colorado, mas tem um monte delas, várias em Colorado Springs. Precisamos começar por aí. Será que ele escondeu a Gwen com um dos amigos dele? Pediu ajuda a um velho conhecido? Precisava de algo para pegar o sujeito que só encontraria em um arsenal militar?

— Você pensou bastante nisso — disse Carter.

— É tudo em que tenho pensado. Isso e na saudade que sinto da minha mulher e do meu filho.

— Você está com a foto que achou no quarto do Neil?

Blake abriu a gaveta da mesa e pegou a pasta do guarda-costas.

— Sim.

— Digitalize e me mande. Talvez alguém o reconheça... ou reconheça alguém na foto.

Enquanto falavam, Blake colocou a foto no scanner e fez a cópia.

— Gostaria de ter conversado mais profundamente com ele.

— Fazer isso com o Neil é o quê, exatamente? Ele responder duas frases seguidas?

Blake sorriu.

— Ele é o melhor segurança que eu já tive.

— Bem, esteja preparado, Sua Graça. O Neil pode ter sido promovido a melhor cunhado que você já teve.

— Obrigado por me lembrar, governador. A Gwen poderia conseguir alguém pior.

Agora que Blake sabia que Neil não estava maluco, suas preocupações sobre ela estar transando com o homem diminuíam.

— Tudo bem, recebi o e-mail. Vou ligar e ver o que o Max pode fazer. Me avise se tiver alguma notícia.

— Você vai ser o segundo a saber, depois do Dean — disse Blake.

Eles se despediram e desligaram.

Blake olhava a fotografia, memorizando os rostos. Os homens eram todos fortes, como imaginava que seriam os fuzileiros navais. Um deles tinha um enorme sorriso nos lábios e outro segurava um rifle em cada mão e tinha cintos de munição nos ombros. Dois deles tinham um frescor nos olhos que fez Blake se lembrar daqueles meninos que viviam em fazendas no Kansas. Um tinha cabelo tão curto que as orelhas pareciam enormes. Ou talvez elas fossem grandes mesmo.

Seu celular tocou no bolso. Olhou o identificador antes de atender. Era Dean.

— Alguma notícia?

— Do Neil? Não. Estou na casa dele, com a sua equipe de segurança. Ken Sands chamou um especialista que lida com alguns dos grampos de tecnologia mais avançada já vistos nos círculos políticos.

Blake sentiu a pele arrepiar.

— Adivinhe o que encontramos.

— A escuta do Neil.

— E umas merdas de alta tecnologia também. Estou falando de coisas confidenciais, de espionar o presidente. O Sands mandou uma equipe para Tarzana para verificar o sistema de lá. O departamento de homicídios estava quase encerrando o caso dos vizinhos na banheira como acidente. Vou mandá-los chamar a polícia militar e olhar de novo.

Blake olhou para a foto que tinha nas mãos.

— Identificaram o motorista? — perguntou.

— Ainda não. Quem dera eu tivesse impressões digitais. Todos os militares colhem impressões digitais, amostras de sangue e são fotografados quando entram. Conseguimos limpar a imagem um pouco, mas mesmo assim não ficou boa.

— Me mande uma cópia. Vou virar a casa do Neil de cabeça para baixo e compará-lo com todas as fotos que ele possa ter.

— Você acha que esse sujeito conhece o Neil? — perguntou Dean.

— Não sei. Pode ser que alguém tenha dado uma descrição detalhada dele.

Dean soltou um palavrão.

— Isso está me cheirando a merda.

— Nem me fale.

O Gralha tirou o carro da estrada e dormiu por quatro horas seguidas. Nem se incomodou em ligar para o chefe e avisar que estava na cidade. Como era impossível pegar Mac dormindo, esperaria até que o inimigo estivesse exausto e ele mesmo descansado.

Saiu do carro para o ar frio e úmido das montanhas Rochosas. A poucos metros de distância havia um pinheiro alto. Mijou nele e limpou as mãos na calça. *É ótimo estar ao ar livre.* Uma linda cabana na floresta, longe de tudo e de todos, seria perfeito para ele e sua garota. Ele poderia caçar, e ela, cuidar da casa. Assim que ele resolvesse uns pequenos problemas do passado, tudo voltaria ao lugar.

A perna esquerda se endureceu no frio, fazendo-o lembrar a dor que sofrera. Tudo porque Mac não ordenara o tiro a tempo.

Maldito Billy por não ter passado por cima de Mac e feito a coisa certa. Billy sabia o que aconteceria e amarelara por causa de uma criança. Uma criança idiota que teria crescido odiando todos eles, de qualquer maneira.

Mas tudo bem. Billy pagara o preço. E ele pegara a garota de Billy, a enchera de explosivo e a fizera ir pelos ares. Que lindo.

O Gralha não podia contar essa parte ao chefe. Não seria inteligente fazê-lo pensar que ele gostava de explodir pessoas. Quando voltara para casa, conversara com tantos psiquiatras que sabia exatamente que perguntas eles fariam. E, mais importante ainda, que respostas queriam ouvir.

Ele voltou para o carro e jogou um punhado de balas azedas na boca.

Depois de ligar o telefone, fez uma chamada para ver onde seu alvo estava.

# 29

— E SE ELE NÃO vier?

Rick levantou a questão na qual Neil não queria pensar. Estavam no terceiro dia. Neil havia pegado um dos receptores grampeados da casa de Blake e o usava como um farol para que o Gralha o rastreasse. Tudo que o homem precisava fazer era checar a frequência.

Mas cada hora que passava sem que o inimigo aparecesse o deixava louco. E o pior era que não tinha nenhum contato com Gwen para saber como ela estava em sua ausência. Se o Gralha estivesse observando-os, poderia estar esperando que eles desistissem e voltassem para casa. Assim, ele o conduziria até Gwen. E isso não podia acontecer.

Tanto ele quanto Rick rodeavam o acampamento, trocando muitas vezes de posição. Se o Gralha estivesse por ali, não lhe dariam tempo de se acomodar em um só lugar.

— Estive pensando... — disse Rick no aparelho de escuta de Neil. — O Gralha quer nos matar, certo?

— Basicamente.

— Mas ele quer que pareça um acidente, como aconteceu com o Billy.

Neil olhou através dos binóculos e viu um bando de pássaros levantando voo de um pinheiro distante. Ficou olhando para a agitação na base da árvore, perguntando o que os havia perturbado.

— Ninguém vai pensar que eu me matei.

— O mesmo vale para mim. Então sobra o quê? Um acidente de caça? De trânsito?

— Nós não estamos dirigindo.

Um cervo parou debaixo da árvore, erguendo o nariz no ar. Neil deslocou o olhar na direção oposta ao animal.

— Onde você estacionou o seu carro? — Neil perguntou.

— Ah, droga... Você acha que ele vai explodir o meu carro?

— E você não?

Rick soltou um palavrão.

— Eu sabia que devia ter estacionado aqui.

— Assim ele ia ter certeza de que somos dois. Deixando o carro lá, ele pode ficar em dúvida.

— Isso não vai ajudar o meu carro. Ele tem um sistema catback. Roda macio... Porra, talvez seja melhor eu ir dar uma olhada nele.

Neil riu.

— Claro... cair na armadilha. Bem pensado.

Rick murmurou outra série de palavrões.

— Eu não tenho dinheiro para comprar outro quando essa merda acabar. O seguro não cobre tudo.

— Você não está trabalhando?

— Aqui e ali, nada estável. Ter sido fuzileiro naval torna difícil trabalhar atrás de uma mesa, entende?

Neil entendia.

— Vamos resolver isso primeiro, mas para mim seria útil ter mais um par de olhos.

— Segurança particular?

— Pode parecer chato, mas pelo jeito as pessoas com quem eu trabalho sempre têm alguém atrás delas.

— Talvez.

— Sem pressão. O emprego é seu, se quiser.

Ter Rick em sua equipe seria como ter um irmão a seu lado.

— Talvez eu não tenha escolha se esse filho da puta explodir o meu carro. Porra, eu devia ter pensado nisso.

Neil deu alguns passos para fora de seu esconderijo e olhou ao redor. Nada.

— Vou na direção do acampamento, acender uma fogueira para ver se a fumaça o atrai.

— Entendido.

Neil ziguezagueou por entre as árvores até chegar ao acampamento. Ele já havia passado óleo nas folhas para fazer mais fumaça que fogo. Então acendeu e cobriu com madeira verde. Assegurando-se de que a fumaça não se extinguiria no minuto em que ele se afastasse, Neil retrocedeu.

— Me lembra de nunca acampar com você.

— Vá se foder.

— Ei, caubói... Sabia que você gostava de mim — Rick brincou.

Neil não pôde deixar de rir. Antes de o riso desaparecer, ouviu um grande estrondo ao norte de onde estavam.

— Que porra foi essa?

Neil sentiu a pele arrepiar.

— Fique abaixado.

Tudo se acalmou.

— É para nos distrair.

Exatamente o que Neil tinha pensado.

— Onde está o seu carro?

— Ah, porra!

Sim, era o que Neil também tinha pensado.

Olhando pelo lado bom, o jogo havia começado.

❧

As fotos nos álbuns poderiam ser de qualquer casa americana. Piqueniques no quintal, feriados, várias fotos de Ruth, Charles e a filha deles, Annie, passando férias em parques nacionais. Algumas das primeiras fotos indicavam que Charles costumava sorrir. Em algum momento, elas se tornaram instantâneos de sua vida, sem emoção alguma.

O que Gwen não encontrou foram fotos de Annie e do rapaz que Ruth descrevera como seu marido. Mesmo que Charles não aprovasse a união, tinha que haver algum tipo de relacionamento. Mesmo um relacionamento tenso ao redor de uma mesa na ceia de Natal.

Por fim, Gwen desistiu dos álbuns deixados para que ela olhasse e decidiu ver se havia outras fotos escondidas atrás dos livros de Ruth. Começou com a que sabia que estava lá. O casal parecia feliz. O homem mantinha um braço possessivo ao redor de Annie, e ela sorria para a câmera. Uma sensação de reconhecimento surgiu no fundo da mente de Gwen, cutucando-a de um jeito estranho.

Ela foi tirando livros das prateleiras, olhando atrás e recolocando-os. Fez isso em uma prateleira de cada vez, até que encontrou outra fotografia. Annie era mais jovem, mas estava em um pub com um homem de uniforme. Não era o mesmo homem, observou Gwen. Guardou a fotografia e continuou procurando.

Estava prestes a desistir da busca quando notou vários livros desalinhados na prateleira. Com certeza havia outra foto atrás deles. Essa não tinha moldura, nem era guardada com cuidado algum. Gwen desdobrou a foto e imediatamente a reconheceu.

Era a mesma foto que Neil levava na carteira, só que era uma cópia maior. Era mais fácil ver o rosto dos homens destacados para aquela malfadada missão.

Gwen examinou os rostos sabendo que havia algo significativo ali. Caso contrário, por que estaria escondida entre os livros, e não emoldurada sobre o console de uma lareira?

Neil tentava sorrir, e só de ver uma foto dele ela se sentiu mais aquecida. Seus olhos voltaram a um rosto em particular várias vezes, antes que ela percebesse o que estava vendo.

Encontrou a foto escondida sobre a qual Ruth havia lhe contado alguns dias antes e a pegou. Com certeza, o rapaz daquela foto era um dos homens de Neil. Ele sabia que Annie havia namorado um de seus homens?

Gwen levou as fotos até a mesa, olhando para a porta. Pensou em fechá-la, mas achou que poderia parecer suspeito. Então, fechou os olhos para ouvir os sons da casa. O aparelho de ar-condicionado central começou a funcionar com um zumbido. Na cozinha, o som fraco da geladeira. Mais além, o som de uma televisão. Provavelmente Charles estava assistindo a algum programa.

Abriu os olhos de novo e olhou as fotografias.

Ruth havia dito que Annie desistira do homem porque ele mudara depois de voltar do exterior. Era possível que a missão de que Ruth havia falado fosse a mesma que afetara Neil tão profundamente.

Se Gwen bem lembrava, Charles ficara extremamente insatisfeito com a separação... queria que sua filha desistisse do marido, Andrew, e se casasse com um militar.

Ela sentiu a cabeça latejar.

— Ficou com muita raiva? — sussurrou para si mesma.

Ela odiava condenar o homem que havia sido gentil com ela. Assustador, mas gentil.

Na mesa a seu lado havia um telefone. Tão perto, praticamente chamando seu nome. Um único telefonema para Eliza, só para dizer que estava viva, e talvez ela pudesse descobrir alguma coisa sobre o major Blayney. Afinal, ela não estava segura ali se, de fato, Charles era seu protetor? E, se ele não fosse, ela não estaria segura de qualquer maneira.

Tamborilou com o dedo na mesa, levou a mão em direção ao aparelho, mas a puxou de volta. Levantou depressa e devolveu as fotos no lugar. Estava quase na porta da sala quando se voltou abruptamente e pegou o fone.

Não tinha linha.

Apertou o botão várias vezes.

Nada.

Suas mãos começaram a suar.

～∽◦◦∽～

— Tenho uma reunião em trinta minutos, mas acho que você precisa ouvir isso agora.

Blake prendeu a respiração enquanto Carter falava.

— Muito bem, não me deixe esperando.

— A foto da tropa do Neil revelou algumas curiosidades. Nenhum dos homens da foto ainda está em serviço. Pense bem, Blake... Todos esses caras eram jovens, e a maioria dos militares passa a vida em serviço.

— O Neil comentou que tinha perdido alguns homens em campo.

— Certo. Três morreram em um "acidente de treinamento". Isso pode ser qualquer coisa.

Blake esperava por isso. Enquanto Carter falava, ele abriu a foto no celular e a analisou.

— Muito bem. O que mais?

— Um dos homens da foto cometeu suicídio recentemente.

— Suicídio?

— Sim. Aparentemente a esposa largou dele e ele pulou de um penhasco.

— Pulou de um penhasco? Por que um homem com experiência militar escolheria outra coisa que não uma arma para se matar?

Carter suspirou.

— Foi o que pensei também. Outro detalhe é que todos esses homens receberam os papéis da baixa no mesmo mês.

— Exonerados?

— Não. Simplesmente deixaram que eles caíssem fora.

— Isso acontece?

— Não muito.

— Quem deu a ordem de baixa? Talvez o superior saiba de alguma coisa.

— O Max está vendo isso.

Blake pegou a foto do motorista. Olhou a foto do celular de novo.

— Ah, merda!

— O quê?

— Aquele cara... o que roubou o carro... Ele está na foto com o Neil.

— O quê? Tem certeza? — perguntou Carter.

— Sim, é o segundo à direita. De orelhas grandes. Como não vi isso antes? Eu preciso de um nome; esse é o nosso sujeito. E o Neil nem desconfia de que é o seu velho amigo que está por trás disso.

— Ligue para o Dean. Veja se ele consegue rastrear o cara. Temos que localizar o Neil.

— O Colorado é enorme. Eles podem estar em qualquer lugar.

— Você disse que o Neil não ia fugir para sempre, que encontraria um lugar seguro e lutaria.

— Vou para Colorado Springs. Tem quase uma dúzia de bases militares lá. Uma delas vai saber algo sobre o Neil.

— Quem me dera ter uma ideia melhor.

— Isso está me dando mais cabelos brancos que o meu filho, Carter. Precisamos de mais informações — disse Blake.

— Já sabemos mais hoje do que ontem. Estamos chegando a algum lugar.

— Devagar demais para o meu gosto.

— Aguente firme. E me ligue se descobrir mais alguma coisa.

Desligaram, e Blake chamou o piloto. Em seguida ligou para Dean.

⸻ ❦ ⸻

Gwen se acalmou o melhor que pôde antes de voltar à sala onde Charles assistia à TV. No noticiário, duas beldades falavam sobre o destino do mundo. Seus sorrisos plásticos pareciam tão falsos quanto os dela. *Você consegue!*

— Encontrou um livro? — Charles perguntou.

— Ah, sim — ela mentiu. — Dois.

249

Ele olhou para ela, mas não nos olhos.

— Eu vi uma pizzaria aqui na base e achei que seria bom jantar cedo. Eu ia ligar para eles entregarem, mas parece que o telefone não está funcionando — Gwen falou.

Charles virou a cabeça, lenta e metodicamente.

— Pizza?

Ela deu um sorriso tímido.

— Sim.

— Acho que a Ruth tem pizza congelada no freezer.

— Humm, deve servir. A linha telefônica está com algum problema?

Ele voltou a atenção para a TV.

— Não, está tudo bem.

— Não tem linha.

— Acho que o Neil pediu para você evitar ligar enquanto ele estivesse ausente.

Gwen sentiu a pele coçar.

— Não consigo imaginar que alguém possa chegar até mim aqui.

Charles se concentrou no noticiário, e por um momento ela achou que ele não diria mais nada sobre o assunto.

— Mulheres não sabem aceitar ordens — ele continuou.

— O Neil me pediu para não entrar em contato com ninguém durante um tempo. Mas já se passaram quase três dias, e estou começando a ficar preocupada.

— O trabalho da mulher é se preocupar. Fico feliz de ver que você sabe fazer isso. — Ele começou a tamborilar os dedos na borda da cadeira.

Gwen tinha uma boa resposta britânica na ponta da língua, mas a engoliu. Aquele homem não estava bem da cabeça. Sua opinião sobre as mulheres provava que ele era o homem errado para protegê-la. Ele a acharia inútil em algum momento, ou talvez indigna de Neil, e daria liberdade a quem quer que fosse que quisesse lhe fazer mal.

Ela se controlou.

— Estou muito preocupada. Acho que vou mexer no jardim da sua esposa.

Ele acenou com a cabeça em direção à TV.

— Parece que vai chover.

— Um pouco de chuva não incomoda uma inglesa — ela retrucou, tentando sorrir.

— Pensei que você queria pizza.

*Perdi o apetite.*

— Ainda está cedo.

Ela deu meia-volta, sentindo os olhos dele sobre ela enquanto se afastava.

# 30

SERIA SUICÍDIO IR CHECAR O barulho. Eles haviam colocado armadilhas por todo o acampamento e passaram ao redor delas para ver se alguém havia tropeçado. Mas não havia ninguém. Neil sabia que o Gralha estava usando de psicologia para fazê-los ficar desatentos. O jogo de gato e rato continuaria por um tempo.

— Alguma coisa? — Neil perguntou.

— Tudo calmo demais.

— Estou subindo — disse Neil, avisando Rick que estava indo para seu poleiro.

Cada vez que andava pela floresta, usava um caminho diferente. A uns quatro metros de seu destino, Neil notou umas penas pretas. Parou e se voltou. Colocou os óculos de visão noturna e escrutou a área. No nível do solo, não viu nada com temperatura corporal. Com a temperatura do ar caindo, era fácil ver as pegadas quentes por onde ele passara. E, se ele podia ver as marcas, havia uma grande possibilidade de que seu inimigo também pudesse.

O que significava que ele tinha que se manter em movimento.

— Continue andando.

— É o que estou fazendo.

Neil esquadrinhou seu posto de observação; como não viu nada fora do lugar, entrou. Examinou o solo da floresta à procura de mais penas; encontrou apenas folhas e galhos. Com as costas protegidas pelo penhasco, escrutou a área abaixo. Captou um sinal de calor a leste.

— É você?

O braço de calor se afastou da cor brilhante no meio e acenou. A área era grande demais. Havia árvores por toda parte. Do tipo que poderia esconder uma pessoa... do tipo que poderia esconder o Gralha.

Um alarme agudo disparou em seu fone de ouvido.

— Sensor de movimento — disse alto para Rick. Neil virou e procurou no mapa qual sensor havia sido acionado. — Sul.

Onde passava a estrada. Eles precisavam ter cuidado. Não queriam que um civil desse de cara com uma pequena guerra e se machucasse.

— Fique aí. Eu vou olhar — disse Rick.

As nuvens no céu começaram a escurecer, acabando com a luz que tinham. Pelo cheiro no ar, Neil supôs que estariam molhados em questão de minutos. O pensamento ainda não havia saído de sua cabeça quando um trovão atingiu seus ouvidos.

— Ótimo — Rick murmurou.

Neil observava os movimentos do parceiro. E então viu um movimento diferente.

— À direita, menos de duzentos metros.

O sinal de calor era fraco, mas o responsável por ele não estava passeando no bosque nem andando com determinação.

Rick parou e se agachou. Sua silhueta quase sumiu do alcance de Neil.

O Gralha se deslocava para o norte, lentamente.

Neil seguiu ao longo da face do penhasco, até que teve que descer ao nível do solo.

— Estou vendo o sujeito — Rick sussurrou. — Estou me posicionando de frente para ele.

Neil avançou alguns metros mais antes de ouvir Rick dizer:

— Ele parou.

Neil olhou pelo binóculo e viu um borrão de calor atrás de um arvoredo, mas não conseguiu identificar se era Rick ou o Gralha.

— Você está em movimento? — perguntou.

— Sim.

Então a imagem borrada era Rick. Neil olhou para norte. O alvo entrou em seu campo de visão. E então desapareceu.

— Filho da puta.

— O quê?

— Ele sumiu.

— Eu ainda o estou vendo — disse Rick.

Neil tirou os óculos de visão noturna e os substituiu pelo binóculo. Ali, no arvoredo, seu alvo se esgueirava atrás de uma árvore. Estava tão bem camuflado que Neil mal o notara. A camuflagem não reduzia o calor do corpo humano, o que significava que o homem tinha algum tipo de capa.

Movendo-se lentamente, Neil se posicionou de modo que o Gralha ficasse entre ele e Rick.

— Ele está te observando — disse Neil.

— Estou sentindo.

Neil tirou o fuzil das costas e o armou.

Outro trovão encheu o ar, seguido por grandes pingos de chuva. Neil aproveitou o barulho para esconder seus movimentos. Conseguiu se aproximar.

Todos pararam.

O Gralha foi para o leste no relâmpago seguinte. Não era a direção que Neil queria.

Neil se agachou e tirou um detonador da jaqueta.

— Fique alerta. Vou trazer o cara de volta.

Com o botão pressionado, uma bomba de fumaça cruzou o caminho do Gralha. O alvo se voltou e seguiu para o flanco nordeste. Neil correu para chegar antes dele. Atrás, ouviu Rick se movimentando. Quando o Gralha se aproximou de outro desvio, Neil fez a bomba explodir. A área começou a se encher de fumaça, apesar da forte chuva que começara a cair.

Neil perdeu o adversário de vista.

— Onde ele está? — perguntou Rick.

— Não sei.

Neil escrutou a área, mas, no chão, não podia ver nada. Em momentos como esse ele queria ser como um esquilo, para poder subir em uma árvore e olhar lá de cima.

Girou o corpo para se proteger de um possível ataque. Estava a ponto de desistir quando percebeu um borrão cinquenta metros a oeste.

Bem em frente ao penhasco. *Perfeito!*

— Nós o encurralamos.

~∞~

Gwen vestiu o moletom para esconder que estava usando duas camadas de roupa. Não era possível que Neil soubesse como seu amigo era. Ela ia dar um jeito de sair daquela casa e telefonar de uma das lojas da base. Com seu irmão e Carter, ela estaria segura.

Mais segura que ali.

Ela conseguiu se esgueirar pela casa; guardou umas barrinhas de cereal nos bolsos, caso fosse difícil esperar por seu irmão. Cada ruído a fazia parar. A televisão tinha sido desligada, e o silêncio a fez estremecer.

No quintal, fingiu arrancar ervas daninhas e revirar o solo. Bastaram quinze minutos para as costas começarem a doer, por conta do trabalho no dia anterior. Mas isso não a impediria de fingir que estava trabalhando.

Gwen não precisava olhar para saber que Charles a observava. Não de maneira óbvia dessa vez, parado na janela, mas ela sentia seus olhos grudados nela. Tendo acumulado uma pilha de ervas daninhas, ela as juntou nas mãos enluvadas e fingiu procurar a lata de lixo. Na lateral da casa não havia lixeiras — descobrira isso no dia anterior. Havia, no entanto, um portão que levava ao pátio da frente. Ela soltou o conteúdo das mãos e abriu o portão. Com o caminho livre, andou depressa, evitando correr. As pedras esmagadas sob seus pés e o som da chuva suave eram tudo que a acompanhava.

Sorriu, apesar do frio.

No fim da rua, virou a esquina. Olhou por cima do ombro, mas não viu se ele a seguia.

Deu uma risada nervosa e virou para a estrada. Charles estava a poucos metros de distância, com a roupa molhada.

— Está indo para algum lugar?

Ela fez um esforço imenso para não gritar. Não que houvesse alguém perto para ouvir. O que ela diria agora?

— Só caminhando — respondeu, ignorando o fato de suas mãos ainda estarem com as luvas sujas.

Ele aproximou o rosto, muito sério.

— Sozinha?

— Essa chuvinha me faz lembrar de casa — disse ela. — Não precisa me acompanhar.

Ele estreitou os olhos.

— Você não está vestido para caminhar. Não vou demorar — Gwen completou, avançando para contorná-lo.

Ele bloqueou o caminho.

— Não. Não vai — disse, pegando-a pelo braço e virando-a em direção à casa.

— Como é? — Ela puxou o braço, mas a mão firme de Charles não a deixou se mexer. Ele cravou os dedos em sua carne, e a dor a imobilizou.

Charles não disse nada enquanto a levava de volta para casa.

— Me solte — ela insistiu quando chegaram, e ele fechou a porta.

Então virou a tranca e passou a corrente, enquanto a segurava a ponto de machucar seu braço.

— Sr. Blayney, eu não tolero violência. Me solte! — Gwen começou a tremer, tanto de frio quanto de medo pelo que aquele homem seria capaz de fazer.

Em vez de fazer o que ela pedia, Charles a empurrou pelo corredor, em direção a uma porta nos fundos da cozinha. Na despensa havia outra passagem, que ela mal notara antes. Atrás dela, uma escada que descia até um porão.

Gwen firmou os calcanhares no chão e apoiou as mãos no batente da porta.

— O que está fazendo?

— O que me mandaram fazer se você tentasse fugir.

— O quê?

*Mandaram fazer?* Do que ele estava falando?

Charles soltou os dedos dela do batente.

— Te manter aqui contra a sua vontade, pelo bem do nosso país.

— Isso é absurdo! Eu não sou uma ameaça para o seu país.

Se bem que ela poderia processar o homem que a segurava por agressão física.

— Não sei, não. Fica espionando a minha casa, encontrando informação confidencial...

Que informação? Ela só tinha encontrado algumas fotos.

— E, como você é praticamente uma cidadã americana, estou no meu direito de mantê-la aqui contra a sua vontade.

Ela pensou em Neil. Será que ele sabia que o major Blayney a manteria ali desse jeito? Sua expressão devia ter deixado transparecer a pergunta, porque Charles soltou um riso sádico.

— Você não acha que ele se casou com você porque queria, não é?

Ela sentiu o coração parar.

— Claro que sim — respondeu.

— Vá acreditando.

Sem mais palavras, ele a empurrou pela escada e a fez entrar no porão. Como qualquer aposento desse tipo, era escuro, úmido e cheirava a mofo. As paredes tinham acabamento, mas o painel escuro de madeira perfurada estava longe de ser reconfortante. Havia um sofá velho no meio da sala, e caixas empilhadas na parede dos fundos. Viam-se apenas duas luzes no teto, e não havia uma única janela.

— Você não pode me deixar aqui.

— Você provou que não pode ser deixada a seu próprio julgamento.

Charles a empurrou, torcendo-lhe os braços nas costas.

O pó do sofá se espalhou, fazendo-a tossir.

— Pare!

Ela se debateu nas mãos dele, mas não conseguiu se desvencilhar. Sentiu o aço em seus pulsos antes de perceber o que ele estava fazendo.

— Não precisa fazer isso. Está claro que você pode me dominar. O Neil não vai aprovar o que está fazendo — Gwen implorava, apelando para tudo que podia. — A sua esposa pode voltar para casa e me encontrar aqui.

— A minha esposa está na Flórida procurando uma casa onde nunca vai morar. Quando ela se deu conta de que ninguém estava morrendo, precisei dar a ela uma razão para ficar. Ou você acha que a viagem dela foi casual?

O metal em torno dos pulsos de Gwen estalou, mas Charles manteve o joelho nas costas dela, imobilizando-a.

— Por que está fazendo isso? — ela perguntou.

— Tenho minhas razões.

Razões que não tinham nada a ver com mantê-la em segurança. Gwen tentou se acalmar e ficou imóvel. Precisava pensar e planejar sua fuga.

Ele a deixou deitada de bruços e algemada no sofá fedido.

Enquanto ela se lembrava da outra precaução que tomara para sua própria segurança, Charles entregou todas as evidências de que Gwen precisava para entender sua intenção.

— Não se preocupe, *lady Harrison*. Assim que eu souber que cuidaram do Neil, vou cuidar de você rapidinho. Só preciso mantê-la por perto caso o seu marido passe a perna no meu homem. Motivação. Um homem sempre precisa de uma motivação.

Ela ofegou, e Charles enfiou algo entre seus dentes para impedi-la de gritar.

❧

— Ele trabalhou sob o comando do major Charles Blayney. O major ainda mora na base de Fort Carson com a esposa. Dizem que ele continua adiando a aposentadoria.

Blake ouvia Carter ao telefone a sete mil metros de altitude. Estava sobrevoando Utah, tentando evitar uma tempestade que cobria as montanhas Rochosas e atrasava o tráfego aéreo por causa dos relâmpagos. Duas vezes seu piloto dissera que talvez tivesse que desviar para o sul, Santa Fé, ou para o norte, Cheyenne.

— Você acha que o Neil está lá?

— Pode ser. Estou tentando conseguir autorização para você ir conversar com o homem. Parece que foi ele que ordenou a dispensa da tropa do Neil.

— Então ele vai saber quem é o nosso assassino?

— Assassino?

— O Dean ligou antes de eu partir. O departamento de homicídios assumiu o caso dos vizinhos depois que ele chamou um perito militar.

— Sabe de uma coisa, Blake? Isso tudo está começando a parecer uma maldita conspiração. Escutas de tipo militar, banheiras eletrificadas que fritam pessoas, pássaros mortos usados como distração... Eu continuo me perguntando por quê. O Max não consegue encontrar nada sobre uma operação chamada Gralha. Portanto eu me pergunto: quem sabia sobre essa operação? Quem teria interesse em eliminar os soldados envolvidos nessa operação?

— Você acha que alguém está indo atrás de todos eles?

— O relatório da polícia sobre o suicídio do amigo do Neil tinha uma observação sobre uma gralha morta deixada com o corpo. Mandei ligar para o xerife local do Tennessee sugerindo que ele reabra o caso.

— Alguém já encontrou a mulher desse homem?

— Não. A mãe prestou queixa do desaparecimento, mas não deu em nada.

A turbulência no ar fez o avião cair alguns metros, fazendo Blake permanecer na poltrona de couro.

— O major Blayney deve saber sobre a Operação Gralha, certo? — disse ele.

— Sim, mas duvido que ele diga alguma coisa para você.

— Mas já é um começo. Merda, é a nossa única pista.

— Me ligue quando aterrissar.

Blake desligou, mais preocupado do que nunca.

# ~⊘ 31 ⊘~

**RICK FOI PARA O SUL,** Neil para o norte.

A chuva caía forte, dificultando ainda mais a situação. O avanço sobre o inimigo estava indo rápido demais. Tanto que Neil se questionava.

— Fique onde está — pediu a Rick. — Está parecendo fácil demais.

— É mesmo.

Neil adorava o fato de Rick e ele sempre conseguirem ler os pensamentos um do outro.

— Ele não tem como sair sem passar por um de nós.

Neil olhou para trás pela milésima vez.

— Você acha que ele está com outra pessoa?

— Não vi mais ninguém — respondeu Rick.

Neil também não. Girou e checou atrás de si. Nada.

A chuva batia no solo da floresta com tanta força que o barulho era ensurdecedor. Tendo passado grande parte da vida na Califórnia, ele gostava quando chovia, mas aquilo era demais.

— Vamos supor que tenha outra pessoa aqui.

— É um bom plano — murmurou Rick.

Ou o Gralha tinha um truque na manga.

Eles invadiram o penhasco com cautela. Por causa da baixa temperatura, os dedos de Neil estavam gelados. Ele baixou a arma e parou, só o tempo suficiente para olhar para trás. Notou algo roxo no chão. Foi em direção ao objeto e notou algo amarelado. Observando mais de perto, viu uma bala. Deu meia-volta, achando que alguém a deixara ali muito antes.

Mas hesitou.

Balas? Quem ele conhecia que comia isso... pequenos doces facilmente guardados no bolso?

*O helicóptero estava a menos de vinte quilômetros do destino.*

*Alguém cobrira o corpo de Linden com um cobertor verde, inclusive o rosto. Rick se segurava em uma das faixas na parede e olhava inexpressivamente pela porta aberta. Billy mantinha a cabeça baixa, entre as mãos.*

*Mickey enfiou a mão no bolso, pegou suas inseparáveis balas e jogou algumas na boca. Mesmo com a dor do ferimento, ele conseguia ser fiel ao seu nome. Mickey Mouse: terra de grandes orelhas e balas de criança.*

Neil cambaleou para trás. Sentiu as entranhas se retorcerem.

Mickey.

*Por quê?*

— Rick... pare.

Silêncio.

— Que foi?

— Recue.

— Ele está bem aqui.

Neil engoliu em seco.

— Eu sei quem ele é.

*Puta merda, eu sei quem ele é.*

Gwen rolou de costas, com as mãos para trás.

A porta no topo da escada se fechou com um clique retumbante. Ela sabia que, mesmo que conseguisse chegar ao último degrau, encontraria a porta trancada.

O pano que tinha entre os dentes cortava suas bochechas e deixou sua boca seca instantaneamente. Mas essa era sua menor preocupação.

O coração batia tão rápido e forte que parecia que ia explodir. Charles estava comandando o inimigo deles. Todas as suas reservas em relação ao homem se confirmaram. Não que o fato de estar certa servisse para alguma coisa naquele momento.

Ela retorceu algumas vezes as mãos, embora soubesse que tirar as algemas sem a chave seria impossível. Mas isso não a impedia de tentar. Conforme a adrenalina começava a diminuir, o medo ia tomando seu lugar. O porão sombrio não a incomodava tanto quanto poderia, mas saber que só tinha um jeito de sair a aterrorizava. Quando sentiu os olhos ficarem úmidos, lutou contra as algemas novamente, sentindo o metal morder sua pele. Com a dor, as lágrimas secaram. Não teria pena de si para não se tornar ainda mais vítima de seu captor. Nada o alegraria mais que voltar ao porão e encontrá-la chorando, completamente indefesa.

Gwen não lhe daria esse prazer. Toda aquela sua conversa sobre a inutilidade das mulheres lhe mostrara como ele subestimava seu gênero.

Ele havia deixado a luz acesa, e ela começou a procurar o que poderia ter escondido nos cantos da sala que fosse de alguma ajuda. Gwen se levantou e andou pelo local. Acima de sua cabeça havia canos e fiação, que corriam por toda a extensão da sala. Um aquecedor de água em um canto, e o que parecia ser um quadro de luz perto. Infelizmente, ela nunca tinha precisado abrir um quadro de luz na vida, e só pôde identificá-lo por causa de alguns programas de televisão que tinha visto no passado. De qualquer maneira, com as mãos algemadas nas costas, não conseguia alcançá-lo.

Havia caixas empilhadas em uma parede, em colunas de três. Várias tinham uma etiqueta dizendo "Natal", e algumas o nome "Annie" rabiscado em cima. Gwen chutou uma caixa sem etiqueta. Como mal se mexeu, empurrou-a com o joelho.

*Pesada.*

Com um pouco de esforço, virou as mãos e usou a ponta dos dedos para abrir o papelão.

*Livros. Parece que encontrei a biblioteca da Ruth.*

Ela não podia imaginar uma utilidade para os livros ali. Talvez, se suas mãos estivessem livres, poderia jogá-los em Charles. Mas essa não era uma opção em sua condição atual.

Gwen se virou para as caixas com o nome "Annie". Dentro de uma havia algo que parecia uma galeria de arte infantil, do tipo que as crianças levam para casa no ensino fundamental e penduram na geladeira. Afastou facilmente uma da outra e abriu uma delas. Continha objetos infantis: bichinhos de pelúcia, um cobertor de bebê, nada que fosse útil.

As caixas de Natal continham luzes e enfeites empoeirados. Pensar nessa data festiva causou um arrepio em Gwen. Se ela não achasse um jeito de sair daquele porão, nunca mais veria um Natal.

E Neil? Estava longe pensando que ela estaria segura, sendo que o homem que ele havia escolhido para protegê-la queria vê-lo morto. Gwen sentiu a garganta se apertar.

*Ele pode cuidar de si.* Ela precisava acreditar nisso.

Então se afastou das caixas e se apoiou em um dos braços do sofá imundo. *Pense, Gwen. O que posso usar aqui?*

As caixas representavam as mulheres na vida de Charles. Os livros de sua esposa, do que aparentemente ele não gostava. E a infância de sua filha. Uma filha com quem não estava satisfeito no momento presente. Era como se ele houvesse empacotado a filha e a escondido. Longe dos olhos, longe do coração. Algo muito parecido com o que o pai de Gwen havia feito com ela. No entanto, Gwen sabia que seu pai, a seu modo, a amava.

Mas Charles sempre pensava em Annie de uma maneira tão amarga? Se ele visse as coisas que havia dentro daquelas caixas, elas não evocariam uma recordação compassiva? Férias agradáveis e inesquecíveis? Mas o homem já havia deixado claro que pretendia matá-la, de modo que provocá-lo e apressar seu desejo não era uma atitude inteligente. No entanto, se ela conseguisse fazer com que ele pensasse no que poderia perder se fosse pego, talvez ele pensasse duas vezes.

Se ela o fizesse hesitar...

Gwen se inclinou na beira do sofá e levou a perna direita às mãos, presas nas costas. Certificou-se de que poderia alcançar o que tinha escondido no tornozelo antes de sair de casa.

No entanto, pegar o revólver agora não era necessário. Mas ela podia alcançá-lo, o que lhe dava certo conforto. Não que Gwen soubesse como atiraria nele com as mãos nas costas, mas o faria, se precisasse.

❧

Neil se juntou a Rick. Em três dias, era a primeira vez que o via frente a frente.

O amigo o fitou com olhos interrogativos. Era difícil para Neil traduzir os pensamentos em palavras.

— É o Mickey.

O rosto de Rick ficou branco.

— O que voc...

Neil abriu a palma da mão e mostrou as balinhas que havia encontrado na trilha.

— Conhece alguém que come essas coisas como se fosse crack?

Rick pegou uma bala, olhou e a jogou no chão, enojado.

— Porra! Por quê? Por que ele faria isso?

— Não sei. Mas, se descobrirmos, podemos tirá-lo daqui vivo... ajudá-lo de alguma maneira.

— O filho da puta matou o Billy. Não dou a mínima se ele tem um encontro marcado com o diabo.

Neil pegou Rick pelo braço enquanto ele se afastava.

— É o Mickey, Rick. De todos nós, ele foi o que mais perdeu. O homem nem tem mais as bolas.

A lesão na virilha o deixara impotente — um fato que Neil esquecera até se dar conta de que era Mickey quem estava atrás deles.

— Você acha que ele nos culpa por isso?

Neil soltou Rick quando este parou de puxar o braço.

— Não sei. Talvez. Sei que ele estava namorando antes da Operação Gralha, e, quando voltou, a garota o dispensou.

— Estávamos todos na mesma missão. Nenhum de nós é culpado.

— Mentes doentias não pensam direito. Isso explica todas as escutas e brinquedos militares classe A que ele andou usando. Coisas que surgiram desde que saímos.

Rick deu meia-volta, fitando a face do penhasco.

— Eu o investiguei. Me disseram que ele estava em uma missão secreta.

— Quem te disse isso?

— O major.

Neil sentiu a pele gelar.

— O major?

— É. Eu liguei para ele... tipo: "E aí, tudo bem? Por acaso você tem alguma ideia de onde o Mickey está?" Não queria alarmar o sujeito. Ele disse que me retornaria. Ligou uns dias depois e disse que o arquivo do Mickey indicava uma missão.

Neil respirou fundo.

— O que te fez pensar que era uma missão secreta?

Rick sacudiu a cabeça.

— Encontrei o número do pai do Mickey. O velho disse que o filho estava em uma missão secreta. Pais têm isso de se vangloriar dos filhos. Eu juntei as informações.

— Nós somos a missão secreta dele — disse Neil.

— Os superiores dele não perceberiam se ele estivesse ausente sem permissão?

— O Blayney não sabe — disse Neil.

— Como você pode ter certeza?

Neil apertou os dentes.

— Eu deixei a Gwen com ele.

Rick parou e o olhou fixo.

— Para protegê-la?

— Sim. Quem melhor que os fuzileiros navais americanos para proteger a minha esposa?

— Sua esposa?

— Eu me casei com ela antes de vir te encontrar.

— Caramba, Neil. Por que você não me disse? Isso é uma grande notícia!

Bem, não era hora de tapinhas nas costas e brindes com cerveja.

— O Chuck sugeriu que ele teria mais chances de mantê-la a salvo se ela fosse minha esposa. Caso ela começasse a ficar ansiosa e quisesse ir embora. Eu não queria que o Gralha... que o Mickey a encontrasse e a usasse contra mim, como aconteceu com o Billy e a esposa dele.

Rick apertou os olhos.

— Então você se casou com ela só para mantê-la a salvo?

Neil sacudiu a cabeça. Ele a amava. Ah, como a amava...

— Eu teria me casado com ela de qualquer maneira.

— O Chuck sugeriu o casamento?

— Não. Eu sugeri. O Chuck agilizou o padre e foi testemunha.

Neil observou o penhasco, se perguntando se Mickey os observava, escondido atrás das árvores cortadas.

— Alguma coisa não está me cheirando bem — disse Rick. — Se é o Mickey quem está ali, alguém sabe que ele está ausente sem permissão. A menos que haja um preço pela nossa cabeça.

Aquilo também não cheirava bem para Neil.

— Precisamos descobrir com quem o Mickey está trabalhando. Ele era bom, mas nunca achei que ganharia um prêmio pela inteligência.

Mickey era o mais novo da equipe deles. O que lhe faltava em capacidade de liderança, ele compensava com energia e entusiasmo. Sempre enfiando sua dose de açúcar na boca e forçando a equipe a se mover mais rápido. Neil lembrava que, quando soubera da gravidade da lesão de Mickey, pensara que a mente do homem sobreviveria desde que ele pudesse dar vazão a sua energia. Os fuzileiros navais sempre precisavam de homens como Mickey.

Neil achava que ele tinha ficado bem. Só que não.

— Precisamos fazer o Mickey aparecer. E falar.

— Alguma sugestão? — Rick perguntou.

— Vamos nos aproximar e começar a conversar. Assim ele vai pensar na gente como seus antigos companheiros, em vez de nos enxergar como alvos. Se ele estiver trabalhando para alguém, vamos ficar sabendo. E se estiver sozinho... Bem, depois cuidamos disso.

Rick anuiu.

— Vou para o sul.

— Tome cuidado.

Ele deu uma piscadinha e desapareceu na mata.

# 32

**ANDAR PELA SALA A MANTINHA** aquecida. Ela havia conseguido pegar alguns fios de luzes coloridas e as conectara à única tomada do local. Começaram a piscar, dando um brilho ao porão sombrio. A ironia da cena teria lhe provocado uma risada maníaca se sua boca não estivesse seca como algodão.

De vez em quando Gwen ouvia Charles vagando no andar de cima e parava. Não queria que ele entrasse ali antes que ela tivesse tudo o que queria.

Ela se deu conta de que a única arma que tinha para fazer Charles baixar a guarda era psicológica. O fato de haver espalhado pela sala as lembranças de infância de Annie e as coisas de Natal tinha que provocar algumas boas recordações no homem. Algo diferente do ódio que habitava sua alma. Se as pinturas infantis e o cobertor de bebê não funcionassem, pelo menos haveria alguma evidência de que ela ficara ali contra a sua vontade. Ela deixara cair uma das lâmpadas e cortara os dedos, fazendo-os sangrar. De propósito, tocara o máximo de coisas de Annie com a mão ensanguentada, depois passara a tocar as paredes, o corrimão da escada e a parte de baixo dos degraus. Tirara essa ideia do livro que tentara ler para passar o tempo, no início da semana. Engraçado como a vida às vezes imita a arte.

Se ele se concentrasse na bagunça da sala, talvez ela conseguisse sair dali. Essa era toda a esperança que tinha. Afinal, com a boca amordaçada, não poderia falar com ele sobre o que estava fazendo.

Com a ajuda dos pés, derrubou as caixas e espalhou os desenhos infantis pela sala, enquanto as luzes de Natal cintilavam, empilhadas no chão.

***

Neil sacudiu os cabelos para tirar as gotas de chuva da cabeça. Os trovões e relâmpagos haviam parado, dando lugar a um sol fluido. Ele não sabia o que era mais errado: o fato de ele e Rick estarem caçando alguém que um dia chamaram de amigo — um homem que Neil teria defendido até a morte, cuja sorte lamentara uma vez —, ou que, como as nuvens no céu, algo maior o envolvia. Algo que estava perto o suficiente para sentir o cheiro, mas não o gosto.

Com os óculos de visão noturna, Neil viu Mickey perto de sua outra posição. Corroía-o um forte desejo de acabar logo com tudo aquilo para poder buscar Gwen e se assegurar de que ela estava bem.

— Estou em posição — Rick sussurrou em seu ouvido.

Neil correu de uma árvore a outra e se escondeu.

— Ainda não sabemos qual é o plano dele.

— Fique escondido — alertou Rick.

Não precisou falar duas vezes.

De costas para uma árvore, com vários arbustos a seus pés, Neil observava seu inimigo.

— Pronto. Deixe que eu falo. Deixe que ele tente adivinhar onde você está. Veja se consegue entrar mais.

— Entendido.

Neil respirou fundo, soltando o ar por entre os lábios gelados. Posicionou o binóculo para ver se suas palavras causavam algum impacto.

— Por que está fazendo isso? — gritou acima do som da chuva.

Nenhum movimento. Nada.

— Nós éramos amigos.

Algo se moveu na mata, ao alcance de sua visão.

— Porra, Mickey... fale comigo. Nós éramos todos irmãos.

— Eu não tenho irmãos.

*Deu certo.*

Para Neil, ouvir a voz do antigo parceiro foi como levar um soco no estômago. Por um momento, pensou que poderia estar errado. Mas não.

— Uma vez fuzileiro naval, sempre fuzileiro naval.

— Sou o único fuzileiro naval que restou. Você saiu. Todos vocês foram embora.

Neil seguia o movimento na mata.

— Ele está indo na sua direção — Neil disse a Rick.

— Estou vendo — Rick respondeu.

— A nossa operação tinha terminado, Mickey.

O major lhes concedera licença até que o tempo de serviço fosse cumprido. Parecia que o homem sabia que, se ficassem mais tempo, isso iria ferrar a cabeça deles. Como acontecera com a de Mickey.

— Era tudo o que eu tinha.

— Por que estragar tudo agora? Você sabe que não vai dar certo. Alguém vai descobrir que você saiu sem permissão.

O riso de Mickey penetrou os ouvidos de Neil. Pareciam unhas arranhando um quadro-negro.

— Saí sem permissão? Você acha que eu desertei? E ele diz que você é inteligente. Você é um grande idiota, Mac.

Neil recuou e foi até uma árvore, uns cinco metros ao norte.

— Quem é ele?

— Acho que vai ser muito mais divertido você descobrir sozinho. Só que você não vai viver muito tempo para curtir. Esses últimos momentos vão fazer toda a sua esperança minguar. Como aconteceu com a minha.

— Do que ele está falando? — Rick sussurrou no ouvido de Neil.

— Não sei — Neil respondeu, sentindo uma comichão, como se tivesse rolado em cima de um formigueiro.

— Ainda existe esperança para você, Mickey.

— O que você sabe sobre isso? Você já viu a luz nos olhos de uma mulher morrer? Já sentiu sua própria luz se apagar enquanto ela ia embora?

Neil afastou a imagem de Gwen da cabeça. Não precisava de Mickey jogando com ele nesse momento, sabendo que o homem planejara usar Gwen para chegar até ele. Era melhor não cair na armadilha.

— Existem outras mulheres — disse Neil.

— Não quando o seu pau não serve para nada além de mijar. — A raiva de Mickey era palpável.

Neil se encolheu.

— A vida é mais que sexo — argumentou. Mas sabe-se lá o que ele próprio faria se não pudesse mais comparecer. Só que matar seus amigos com certeza não resolveria o problema.

— Olha só quem fala! O cara que está fodendo a loirinha — disse Mickey, rindo de novo. — Como está lady Gwen?

Neil mordeu a língua até sentir o gosto de sangue. Puxou o fuzil das costas e se aproximou mais.

— Isso aqui não tem nada a ver com ela.

Mickey riu e virou em sua direção. Neil se movia devagar, cauteloso.

— Isso é o que você gostaria de pensar.

— Ele está tentando te manipular, Neil. Não caia nessa — alertou Rick.

Neil registrou o aviso, mas não conseguiu ficar calmo.

Adiante de Mickey, Rick se aproximava do penhasco e, consequentemente, de onde ele estava.

— A Gwen está a salvo. Você não pode chegar até ela.

Mickey riu de novo.

— Não preciso chegar até ela, Mac. Essa é a beleza da coisa. O meu homem de retaguarda é melhor que o Rick.

Neil ficou paralisado. As narinas se dilataram e a visão ficou turva.

— Seu filho da puta — murmurou Rick enquanto se aproximava.

— Fique fora dessa, Smiley.

— Senão o quê? — disse Rick por fim.

— Senão eu aperto um botão e aciono a ordem para o acidente infeliz de lady Gwen.

As mãos de Neil começaram a tremer.

— Ele está blefando — sussurrou Rick.

Neil sacudiu a chuva da cabeça, tentando clarear a mente. Major Blayney? *Não.*

— Você nunca foi bom em mentir, Mickey — disse Rick.

— É mesmo?

Neil fechou os olhos e a cabeça latejou forte. *Loira? Loirinha? Quem disse isso recentemente?*

— Sabe com quem eu trepava antes da Operação Gralha? A operação que o Mac e o Billy foderam?

Ouvir isso em voz alta machucava, mesmo sabendo que era besteira.

— Por que eu me importaria com quem você trepava?

Neil se recompôs e abriu os olhos novamente. Mickey estava a menos de duzentos metros de distância, e Rick, a menos de cem.

— O nome Annie te diz alguma coisa?

*Annie?*

Loirinha... Neil recordou a pergunta de Chuck: *Como conseguiu fazer a loirinha vir com você?*

*Eu disse a ela que alguém do meu passado a estava usando para chegar até mim.*

Agora tudo fazia sentido. A falta de surpresa no rosto de Chuck, a facilidade com que ele aceitara tudo, sua ânsia de acelerar a partida de Neil. E, maldição, os cabelos de Gwen estavam castanhos quando eles chegaram a Fort Carson. *Castanhos, caralho! Não loiros.*

— Ele não está blefando — Neil disse a Rick.

— Como você sabe?

— A Annie é filha do Chuck. É o major quem está dando ordens para nos matar. E é ele quem está com a minha esposa.

— Ah, não.

Eles precisavam acabar logo com isso.

— Descobriu, não foi, Mac?

— Se ela se machucar, você é um homem morto.

— Eu já estou meio morto.

*Vamos ver se posso te ajudar com a outra metade.* Neil se deitou no chão e se aproximou.

— Para trás, Mac. Meu dedo está a um milímetro de apertar este botão. Vamos avisar o Blayney que ele está livre para acabar com a sua mulher.

Mickey agitou algo no ar. De onde estava, Neil não sabia distinguir o que era.

— O que ele tem na mão? — perguntou a Rick.

— Difícil saber. Parece algum tipo de controle. Pode ser um sinalizador, talvez um detonador.

Era hora de mudar de tática, deixar Mickey pensar que tinha sua atenção.

— O que você quer, Mickey?

— Agora estamos nos entendendo. Que tal se você e o seu parceiro vierem até o seu poleiro? Você sabe, aquele onde você passou três dias me procurando.

— E depois?

— Depois eu ligo para o chefe e pergunto o que ele quer que eu faça.

Neil recuou alguns metros e se deslocou lentamente na direção em que Mickey queria que ele fosse.

— Parece uma armadilha — Rick disse o óbvio.

— Ele deve ter sabotado nosso plano B. Fique longe.

— Por que o Blayney quer nos matar? — Neil gritou.

— Continue andando, Mac. Ainda não estou te vendo no penhasco.

Neil parou e olhou acima de sua cabeça. Se Mickey estivesse rastreando-os há três dias, provavelmente teria chegado mais perto antes. No entanto, nenhum tiro tinha sido disparado.

— Você ainda acha que ele precisa fazer isso parecer um acidente? — Neil perguntou a Rick.

— Mais do que nunca.

— Mexa-se, soldado — disse Mickey, e sua voz se ergueu acima da chuva que caía nas árvores.

— Me diz por quê, Mickey.

— Como eu vou saber? Ele quer que você morra... e que o marido da Annie morra. Isso deixa o caminho livre para mim.

Neil se encolheu. Blayney estava manipulando Mickey também. Provavelmente planejava matá-lo assim que ele e Rick fossem carta fora do baralho.

— Seu merda estúpido — gritou Rick. — Acha que o Blayney vai entregar a filha dele para um idiota ingênuo como você?

As palavras de Rick surtiram efeito. Mickey girou e atirou várias vezes na direção dele. O ar explodiu ao redor deles, e o barulho agitou cada célula do corpo de Neil.

Ele se escondeu e engatilhou a arma.

— Eu nunca gostei de você, Smiley — gritou Mickey.

— Que pontaria! — disse Rick, rindo.

— Desista, Mac. É o fim da linha para você, mas para a sua mulher... O Blayney pode soltá-la se ela pensar que a sua morte foi acidental.

A mente de Neil disparou. O major a mataria? Ele não achava que Chuck era capaz disso. Devia haver algo mais que Mickey desconhecia.

Uma coisa era certa para Neil. Manter Gwen viva seria a única garantia de Chuck se Mickey falhasse. E Mickey estava descambando.

— Faça ele sair — Neil pediu a Rick. — Estou indo para lá.

# 33

**OS RELÂMPAGOS DERAM UMA TRÉGUA,** e Blake finalmente aterrissou em Colorado Springs. Seu piloto tratou com a segurança do aeroporto e providenciou o reabastecimento do jato. Blake o informara que poderiam precisar partir a qualquer momento.

— Acabei de pousar — disse a Carter enquanto procurava no saguão de desembarque o motorista que solicitara que fosse buscá-lo.

— Consegui a autorização para você entrar em Fort Carson. Agora é com você.

Blake acenou para um motorista que segurava uma placa branca com seu sobrenome.

— Sabe se o major Blayney está na base? — perguntou a Carter.

— Não recebi essa informação. Os guardas vão te perguntar o que vai fazer ali. Diga que precisa falar com o major.

— E se ele não estiver em casa?

— É provável que eles não te deixem entrar.

Blake cobriu o microfone de seu aparelho para falar com o motorista.

— Estou indo para Fort Carson. Sabe onde fica?

— Sim, senhor.

Ele assentiu e voltou a atenção para Carter, enquanto seguia o motorista para fora do aeroporto.

— E depois?

— Não sei... Vá a um bar dali e pergunte. O Neil passou um tempinho lá, alguém deve tê-lo visto. Talvez saibam onde ele está.

— É como procurar uma agulha no palheiro.

O motorista abriu a porta de trás do carro e Blake deslizou no assento.

— Obrigado, Carter. Nós vamos encontrá-los.

Tinham que encontrar.

— Boa sorte.

Ele ia precisar.

A base ficava a menos de vinte minutos do aeroporto. Havia dois guardas com capa de chuva diante de um portão fechado, com rifles militares nas mãos. Outro homem em uma guarita observava enquanto se aproximavam.

O motorista abriu sua janela e a de Blake. O guarda se aproximou sem sorrir.

— Pois não?

— Estou aqui para falar com o major Blayney.

Era melhor agir como se o major o estivesse esperando, pensou Blake. Pegou um cartão de visitas e o entregou ao soldado.

— O governador Carter Billings providenciou a autorização.

— Um momento, senhor.

Blake se recostou e observou. O soldado da guarita pegou o telefone e começou a falar. Seus olhos se estreitaram durante a conversa, e outro guarda caminhou ao redor do carro e anotou o número da placa.

Blake tamborilava os dedos no banco.

O homem da guarita saiu e se aproximou do carro, com uma expressão neutra no rosto.

— Desculpe, sr. Harrison. O major Blayney não vai receber ninguém hoje.

Blake apertou a mandíbula.

— É uma questão de vida ou morte. Você pode ligar de novo e dizer que é sobre Neil MacBain?

Isso não estava acontecendo... Chegar tão perto e não poder entrar era inaceitável.

Os guardas se entreolharam, mas permaneceram inflexíveis.

— Sinto muito. Não há nada que eu possa fazer pelo senhor hoje. Talvez seja melhor marcar um horário com a secretária dele.

Blake pensou em descer do carro, mas achou que pareceria agressivo — exatamente como ele se sentia naquele momento. Não queria passar uma noite na prisão e atrasar ainda mais sua busca.

Com os dentes apertados, perguntou:

— Tem um número para o qual eu possa ligar?

O guarda retornou à guarita e voltou com um número.

— Mais uma coisa... Quem é o superior do Blayney?

— Na base? Ninguém.

*Ótimo!*

～∽∽～

— Você acha mesmo que a Annie vai te aceitar de volta? — Rick provocava Mickey enquanto ziguezagueava por entre as árvores, mais perto da beira do penhasco.

— A Annie me amava.

— Não vai pegar bem se você matar o marido dela.

Neil se aproximou um pouco mais.

— Ela não vai saber que fui eu.

Mickey virou, mas Neil se escondeu.

— O Blayney deve estar seriamente alterado para fazer você ir atrás dele. Por que você acha que ele vai te manter por perto depois que nós morrermos?

Mickey começou a girar, pois perdera Neil de vista.

— Onde você está, Mac? Estou falando... Se eu apertar esse botão, o Blayney vai matar a sua garota na mesma hora.

Por mais que isso o torturasse, Neil não disse nada e continuou se aproximando.

— O Blayney não recebe ordens de você, Mickey. Você já devia saber — Rick continuou.

— Eu venho mostrando o meu valor para o Blayney há anos. Trabalhei em muitas missões "pontas soltas".

*E nós somos as pontas soltas.* A chuva ajudava o avanço de Neil. Mickey estava voltado para o norte, e Neil conseguiu ficar atrás dele, ao sul. A vinte metros de distância, Neil jogou outra bomba de fumaça, fazendo Mickey atirar para o norte.

Rick sussurrou no ouvido de Neil:

— Ele está nervoso.

Neil jogou a última bomba, na tentativa de encher a área de fumaça. Ouviu Mickey xingar baixinho enquanto se dirigia para leste, para a trilha de Neil.

275

Neil esperou até o último minuto e mirou.

— Largue a arma.

Mickey virou para ele com a arma levantada. Neil apontou para o ombro dele e atirou. Mais dois tiros ecoaram na floresta encharcada de chuva.

Mickey cambaleou para trás, perdendo o controle da arma. A adrenalina tomou conta de Neil, que pulou em cima do homem, jogando-o no chão. Levou o braço para trás e socou o rosto de Mickey uma vez, duas vezes. Sangue jorrava do braço do antigo parceiro, demais para um ferimento superficial.

Neil o desarmou e o fez rolar de costas. Apertou forte seu pescoço, saboreando a fúria, desejando vê-lo morto.

— Você matou o Billy!

A boca de Mickey se transformou em um sorriso doentio.

— E explodi a mulher dele também.

Neil deixou o punho voar de novo.

— Eu devia te matar agora mesmo.

Mickey tossiu e um som gorgolejante encheu seu peito. Neil olhou para baixo e notou a jaqueta do cara encharcada de sangue.

*Que merda é essa?* A mira de Neil não era tão ruim assim.

— Você nunca teve colhões — disse Mickey em meio à tosse e ao sangue que escapava de sua boca.

Percebendo que o inimigo estava incapacitado, Neil jogou a arma para o lado e rasgou a camisa de Mickey. Havia sangue por toda parte.

Ouviu Rick através da escuta:

— Ele caiu?

— Sim.

Pelo buraco no peito do homem, Rick havia atirado por trás. Mickey estava morrendo.

Olhou para além de Neil, com olhos brilhantes.

— Ela teria me aceitado de volta. A minha Annie.

Neil não tinha coragem de acabar com os últimos sonhos dele.

— Onde a Gwen está?

Mickey o olhou nos olhos, suspirou e parou de respirar. Neil apertou os olhos.

— Seu merda estúpido!

Ele se afastou do corpo de Mickey e espiou através da chuva para localizar Rick.

— Rick?

— Estou aqui. — A voz do amigo não parecia normal.

— Onde?

— Na base do penhasco. Nosso alvo caiu?

Neil olhou para o homem que um dia chamara de amigo. Pensou na foto com todos reunidos, em tempos mais felizes.

— Sim, caiu.

— Ótimo.

— Onde você está? — Neil não o via em lugar nenhum.

— Levei um tiro, mas estou bem.

Neil correu pela mata, ignorando os galhos que batiam nas pernas e na cintura. Encontrou Rick apoiado em uma árvore, com a mão na coxa direita.

— Muito ruim?

— Não pegou nas tripas.

— Muito ruim, Rick?

Neil sabia que havia grandes artérias na coxa que podiam acabar com a vida de um homem tão facilmente quanto um tiro no peito.

Rick tentou seu sorriso característico, mas seu segundo par de covinhas não apareceu.

— Poderia ser melhor.

— Ah, merda.

— Estou bem. Você tem que ir buscar a sua garota, antes que o Chuck perceba o que aconteceu aqui.

Neil olhou para o carro e depois para Rick.

— Não posso te deixar aqui.

— É melhor me deixar. Eu estou bem, Neil, vá. Tenho celular, vou pedir ajuda quando você for. Além disso, acho que essa encosta está prestes a desabar. O Mickey estava se esforçando demais para nos levar até lá.

Neil olhou para o penhasco acima. Pedras grandes se projetavam nas laterais da rocha. Grandes o suficiente para esmagar quem estivesse embaixo. Levar Rick para um lugar seguro, desarmar bombas, responder às perguntas da polícia, tudo isso levaria tempo. Um tempo precioso.

— Vá — Rick repetiu. — Não vou falar o seu nome até ter notícias suas. Não quero dar pistas para o Blayney.

Neil tentou verificar o ferimento de Rick para ver se ele estava bem, mas o amigo o afastou.

— Vá. Dê o fora daqui.

Neil se levantou e enfiou a mão no bolso.

— Se acontecer alguma coisa, ligue para o Blake. Conte tudo para ele.

— Vá buscar a Gwen e conte você para o Blake. — Neil deixou o cartão nas mãos de Rick. — Vá, tenente.

Neil acenou com a cabeça uma vez e pousou a mão no ombro do amigo.

— Não se atreva a morrer. — Lágrimas encheram seus olhos.

— Dê o fora daqui!

Neil não precisou que Rick dissesse mais uma vez.

～∞～

Blake estava sentado no banco de trás do carro, a poucos quilômetros da base. A chuva diminuíra até uma garoa, que refletia seu humor acre. Ele não conseguia se lembrar da última vez que alguém não atendera a uma solicitação sua.

Ligou para a secretária do major, mas acabou falando com uma secretária eletrônica. Deixou uma mensagem urgente, citando vários nomes importantes na gravação. Não importava. Blake chamaria a rainha e o presidente se isso o ajudasse a localizar Neil e sua irmã.

Conforme o tempo passava, Blake ficava mais impaciente. Agora era esperar que Carter telefonasse, comunicando-o que Max conseguira uma audiência com o major.

Quando o telefone tocou, nem se deu o trabalho de ver quem era antes de atender.

— Carter?

— Blake?

Não era Carter.

— Neil? — Suas mãos começaram a tremer e sua mente ficou entorpecida. — Neil?

— Escuta, Blake. Não tenho muito tempo.

— Onde você está? E a Gwen?

Neil não respondeu.

— Preciso que você escreva o que vou dizer. Está ouvindo?

A intensidade na voz de Neil era diferente de qualquer coisa que Blake se lembrava de ter escutado.

— Estou ouvindo.

— Preciso que você ligue para o major Blayney, em Fort Carson, Colorado Springs. Mantenha-o ao telefone.

— Neil?

— Preciso que você o distraia... está entendendo? — Neil estava apressado, não escutava.

— Estou a cinco quilômetros da base, Neil.

— Você o quê?

— Do lado de fora. O Carter localizou seu último oficial comandante, mas ele não aceitou falar comigo. Vim aqui para procurar vocês.

Neil suspirou.

— Anote esse número — disse, ditando nove dígitos. — É o celular dele. Ligue e o mantenha ao telefone. Não me interessa o que vai dizer, mas mantenha o cara ao telefone.

Blake sentiu o estômago revirar.

— Onde a Gwen está?

Neil hesitou.

— Ligue para ele.

Blake sentiu o corpo gelar.

～⚮～

Charles caminhava no andar de cima da casa, às vezes com passos pesados e rápidos, às vezes com passos leves e lentos. Tão lentos, na verdade, que Gwen se perguntava se havia alguém ali. Quando o telefone tocou, ela ouviu apenas uma voz e, pelo que percebeu, não era de um desconhecido.

Gwen se encostou na parede do porão, cercada pelos desenhos de Annie e pelas luzes de Natal de Blayney.

Não tinha ideia de quantas horas haviam se passado nem do que acontecia ali em cima. Para piorar, Charles cortara as luzes do porão. Ele a teria mergulhado na escuridão, não fosse pelas luzes que ela conseguira acender. Devia estar se divertindo, o maldito. O chiado ocasional de uma ratazana chegou até a confortá-la. Pelo menos estava viva.

Certamente, Neil acabaria percebendo que alguma coisa estava errada. Atrás das costas, ela girou o lindo anel que ele havia colocado em seu dedo. O jeito como ele abrira sua alma para ela estava fresco em sua memória. Ele tinha que estar vivo.

279

Tinha que estar.

Ela baniu a ideia de que algo ruim acontecesse com ele e esperou que Charles fizesse seu próximo movimento.

O avançar das horas forçou suas pálpebras a se fecharem rapidamente. Ela queria que algo acontecesse, mas também não queria. Quanto mais tempo ficava presa naquele porão, maior era a chance de que algo terrível acontecesse com Neil. E essa ameaça era uma tortura psicológica ainda maior tendo um louco como carcereiro.

Seus olhos estavam fechados quando ela ouviu o clique da fechadura no alto da escada. As luzes no teto piscaram, e o brilho súbito a fez estremecer.

— O que...?

Charles voou escada abaixo, mais rápido do que Gwen foi capaz de pegar a arma escondida na perna. Com os olhos arregalados, ela se levantou com algum esforço, enquanto ele fazia uma breve análise da decoração no porão.

— O que é que você fez?

— *Maaa miii elfff aa uoom* — tentou dizer com a mordaça na boca.

Em segundos, Charles estava em cima dela. Ele lhe deu um tapa no rosto com as costas da mão que a derrubou no chão. A dor despertou o cérebro de Gwen. Charles ficou parado sobre ela, passando a mão calmamente pelo pescoço, alongando-o. A única evidência da raiva de um momento atrás eram as narinas, que se dilatavam quando ele inspirava.

Ele a levantou do chão com uma mão e a jogou contra a parede, fazendo-a ver estrelas.

— Está se divertindo?

Gwen tentou virar a cabeça, mas ele não permitiu. Ela cedeu e o encarou. Seu olhar estava tomado de ódio; ela cuspiria nele, se conseguisse encontrar um pingo de saliva na boca.

Ele a segurou pelo queixo e o apertou.

— Seu irmão esteve aqui. — O coração dela deu um pulo no peito. — O que ele sabe?

Ela murmurou por trás da mordaça. Charles colocou um dedo entre o pano e a bochecha dela e a arrancou de seus lábios.

— O quê?

A capacidade de mexer o maxilar era uma maravilha, apesar de estar ali, com um demônio a segurando contra a parede. Com a língua seca tocou o céu da boca, tentando encontrar umidade.

— O que ele sabe?

— Eu não sei!

Ele bateu nela de novo. A boca de Gwen se umedeceu, por causa do lábio rasgado. A dor fez brotar lágrimas em seus olhos, mas ela se recusou a deixá-las cair.

— O que ele sabe?

— Eu não falei com ele.

Charles se aproximou. Gwen não tinha certeza, mas achou que ele cheirava a cigarro.

— Ele sabe que você está aqui.

O que ela poderia dizer? Gwen não tinha ideia de como Blake a encontrara.

— Onde ele está? — ela perguntou.

Charles deixou a mão escorregar por sua garganta, em um aviso de que poderia facilmente quebrar seu pescoço, se quisesse.

— A caminho daqui.

A esperança se espalhou em seu peito.

— Se você fizer um único barulho, se der um grito, eu o mato, entendeu?

Ela assentiu com a cabeça. Ele estaria tão perto... Talvez sentisse alguma coisa.

— Um único barulho — ele repetiu.

Colocou a mordaça nela novamente, tomando menos cuidado de apertá-la. Empurrou Gwen no chão e saiu.

Mas deixou as luzes acesas.

**NEIL CONHECIA OS ARREDORES DA** base melhor que qualquer outro fuzileiro naval. Quando anoiteceu, atravessar aquelas passagens conhecidas se tornou mais fácil. Não havia mudado muita coisa desde que ele era um garoto, ali com seu pai. Os adolescentes sempre queriam encontrar um jeito de sair da base. Quem diria que ele se esgueiraria para entrar, tantos anos depois?

Um único pensamento mantinha seus pés em movimento.

*Gwen.*

Chegar até ela e protegê-la. O pensamento mórbido de que talvez algo já tivesse acontecido com ela tentava se infiltrar em seu cérebro, mas ele se recusava a ouvir.

*Ela está bem*, dizia a si mesmo. *Perfeitamente bem.*

Demorou vinte minutos para atravessar a base e encontrar o pé da colina onde se empoleirava a casa de Blayney. Parou por um momento, olhando as janelas escuras.

O major estaria ali? E Gwen?

Neil apostava na possibilidade de que, sem notícias de Mickey, Chuck pensasse o pior de seu soldado. A lógica dizia a Neil que Chuck usaria Gwen como refém. A menos que ele tivesse desistido.

Mas Neil nunca encontrara um fuzileiro naval que desistisse. E Chuck não seria o primeiro.

Uma luz cintilou dentro da casa — sinal de que havia alguém lá dentro.

Ele contornou os fundos, pulou a cerca e se abaixou sob a janela escura da cozinha. Pegou um espelhinho na jaqueta e o inclinou perto do chão, para ver dentro da casa pela porta dos fundos.

A cozinha estava vazia. Havia uma luz acesa no hall.

Neil prendeu a respiração e esperou que o telefone tocasse. Havia dito a Blake que lhe desse quarenta minutos para estar em posição. Ainda tinha cinco minutos para esperar.

Cinco minutos de absoluto terror. Tempo demais de espera para ajudar sua esposa.

Pensar em Chuck a machucando o fez apertar o punho e os dentes. Ficar imóvel por cinco minutos o deixou tremendo. Quando o telefone por fim tocou, Neil quase não percebeu.

O segundo toque chamou sua atenção e ele entrou em ação.

Com facilidade, quebrou a tranca da porta de vidro dos fundos. O major não era extremamente vigilante em relação à segurança.

*Que idiota.*

Neil abriu a porta o suficiente para ouvir um lado da conversa.

— Sr. Harrison? Sim, me disseram que você esteve aqui.

Havia nervosismo na voz de Chuck — algo que Neil reconhecia, mas Blake não. Neil fechou a porta dos fundos, silenciosamente, e a trancou. Agachou atrás da ilha da cozinha antes de ir até o hall.

— Não — ouviu Chuck dizer.

Neil subia um degrau a cada vez que Chuck falava.

— Como você conseguiu meu número?

Neil hesitou.

— Ah, entendo. Sim, eles estiveram aqui.

Neil subiu até o quarto que ele e Gwen haviam compartilhado. Estava escuro. Uma parte dele esperava vê-la ali.

Mas ela não estava.

Andou silenciosamente pelo local procurando evidências de que ela estivera lá. Nada... No quarto vazio não havia nada pessoal.

Gwen havia desaparecido.

A casa ficou em silêncio. Ele não ouviu o major, não ouviu ninguém mais na casa. Saiu na ponta dos pés do quarto de hóspedes e olhou no quarto principal. Também estava escuro. Pelo que parecia, Ruth também não estava ali.

Embaixo, uma porta se fechou, e então o silêncio voltou. Neil apurou os ouvidos, desesperado para ouvir qualquer coisa no hall. Um barulho alto o fez tomar posição, e logo depois ouviu uma porta bater.

No meio da escada, ouviu a voz de Chuck:

— Sim. Estou esperando visitas.

Neil aguardou e desceu mais três degraus.

— Sr. Harrison. Certo. Em vinte minutos. Não, ele não vai ficar muito tempo.

Neil parou. Blake estava a caminho?

Recuou e desceu a escada dos fundos, para se preparar. Blake precisava ficar longe dali. A última coisa que Neil precisava era de um civil para atrapalhar, sendo que não tinha ideia de onde Gwen estava.

Pegou sua M9 e a posicionou em frente ao peito antes de começar a entrar no cômodo onde Chuck estava.

O homem estava parado em frente a sua mesa, no escritório. Havia uma ponta de cigarro em um cinzeiro ali perto. Neil não lembrava que o major fumava. Seria possível que esse homem, que o apoiara no início de sua carreira militar, fosse o responsável por tanta dor? Pela morte de Mickey? De Billy?

De costas para Neil, Chuck olhava pela janela.

— Você vai usar essa arma, soldado?

Neil manteve a arma firme. Sua mandíbula se enrijeceu e ele relembrou tempos melhores. Balançou a cabeça.

— Onde está a Gwen?

Chuck pegou o cigarro, tragou e soltou a fumaça por entre os dentes.

— Não sei por que eu parei. Não há nada melhor que equilibrar a vida e a morte por meio de um dispositivo tão simples. — Olhou para a ponta do cigarro e deu outro trago.

Neil sentiu um espasmo no dedo do gatilho.

— Onde ela está?

Chuck olhou para o chão, por cima do ombro.

— Largue a arma, Mac.

— Onde está a minha esposa?

Chuck riu, e o som arranhou os nervos à flor da pele de Neil. O major deu meia-volta, tirou o cigarro dos lábios e soltou a fumaça acima da cabeça, como se não tivesse nada com que se preocupar.

Isso deixou Neil puto da vida.

— Onde ela está?

— Largue a arma.

Neil o encarou.

— Por que eu deveria?

— Se quiser ver a sua esposa de novo, largue a arma.

O filho da puta arrogante deu outra tragada. Ele sabia muito bem que Neil não apertaria o gatilho sem saber onde Gwen estava. O inimigo de Neil conhecia sua fraqueza e a usava contra ele.

Neil se aproximou dois passos antes de desengatilhar a arma e jogá-la no chão, fora do alcance de Chuck.

O homem recebeu com um sorriso o som da arma deslizando no chão.

— E as outras?

Neil engoliu em seco. Não adiantava fingir não saber o que o homem a sua frente havia lhe ensinado. Ergueu a perna direita, tirou o revólver menor e o jogou no chão.

Chuck observava tudo como se estivesse entediado. Fez um movimento giratório com os dedos, e Neil tirou uma terceira arma das costas. Exceto o celular e uma faca, não sobrara mais nada.

Blayney se aproximou lentamente da mesa.

Neil estava muito longe para apressá-lo, de modo que esperou o próximo movimento.

O major puxou uma arma das costas. Nenhuma surpresa.

Instintivamente, Neil virou de lado. *Não tem por que facilitar o alvo.*

— Para trás, Mac.

Neil deu dois passos para trás e se manteve firme.

— Onde ela está?

Chuck olhou de relance além de Neil, na direção da cozinha. Acenou com a arma.

— Nos fundos.

— Já estive na cozinha. Ela não está lá.

O major sorriu.

— Você não olhou direito, soldado. — E acenou com a arma de novo.

Neil seguiu o cano e deu vários passos para trás. Quando a ilha da cozinha encontrou suas costas, Chuck passou por ele em direção à despensa e abriu a porta. Com a cabeça, indicou a Neil que entrasse.

— Vá.

Neil pensou naquele espaço pequeno e concluiu que ficaria preso se entrasse.

— Vá se foder.

— A Gwen está aí.

Neil hesitou. Não a ouvia, tampouco a via.

— Vá se foder — repetiu.

— A Gwen está aí dentro, Mac. Por que eu mentiria para você agora?

Neil se encolheu. Os pesadelos que tivera com o corpo mutilado de Gwen vieram à tona. Será que Chuck a matara e a escondera na despensa? Só havia uma maneira de descobrir. E se ela estivesse morta realmente, o que seria dele? Poderia sobreviver à morte dela? Valia a pena viver sem a luz de Gwen?

Ele entrou na despensa e notou uma porta ali.

— Abra — ordenou Chuck.

Neil sentiu o estômago na garganta quando pôs a mão na maçaneta. Ao virá-la, encontrou pouca resistência. A falta de uma tranca o fez pensar o pior. Chuck trancaria a porta se houvesse uma pessoa viva ali dentro, certo?

Incapaz de se conter, Neil abriu a porta e encontrou uma escada de madeira que descia até um porão. Havia luzes ali embaixo.

— Vá.

Neil pôs um pé no degrau, depois outro... e então ouviu. Uma voz aguda e abafada.

Desceu pulando os degraus e a viu. *Viva.*

Nunca na vida Neil sentira vontade de chorar de alegria. Mas, nesse instante, foi o que ele fez. Correu até ela, se colocando entre Gwen e Chuck. Levou a mão à mordaça que ela tinha na boca, viu as marcas vermelhas no rosto e o hematoma que se formara na bochecha.

Os olhos de Gwen encontraram os dele e lágrimas brotaram.

— Me perdoe — ele disse suavemente.

Tudo aquilo era culpa dele. Ela não estaria ali se Neil não tivesse depositado toda a sua fé em Chuck.

— Você está aqui! — ela exclamou, sufocando, por entre os lábios rachados.

— Que meigo. Os pombinhos juntos novamente.

Neil se voltou para o homem que um dia chamara de amigo.

— Por quê, Chuck? Por que nos sacrificar?

Chuck estreitou o olhar.

— Sua missão era acabar com o Gralha discretamente, não explodir a maldita família toda. Isso era imperativo para a missão.

— Nós não fomos responsáveis pelas bombas.

— Você sabia do que ele era capaz. Elimine o único alvo e volte para casa. Assim, Washington teria ficado feliz. Eles não precisavam saber quem tinha dado a ordem. Não precisavam saber.

Neil estreitou os olhos.

— Washington não sabia da Operação Gralha? Você deu a ordem por conta própria?

— Aqueles engravatados não sabem comandar uma guerra. Acabar com os líderes e com os malditos dispostos a matar seus próprios filhos pela causa... Era isso que tinha que acontecer.

Neil estava começando a entender.

— Você está quase se aposentando. Ninguém teria sabido...

— Tem um processo de entrevista para sair. Já tinham chamado o Billy para perguntar sobre mim. Qualquer um de vocês poderia dizer alguma coisa e destruir quarenta anos de serviço dedicado. Eu não podia arriscar.

O irônico era que Neil não teria dito nada. Nem Rick, nem Billy.

— O Mickey está morto — disse Neil, esperando ver algum tipo de emoção reconhecível no rosto de Chuck.

Mas ele deu de ombros.

— Dano colateral — disse. — Agora, para trás.

Neil se voltou abruptamente para Gwen, mantendo-a atrás de si. Pela primeira vez desde que entrara no porão, ele notou as luzes cintilantes, a arte adolescente e as lembranças espalhadas pelo chão. Parecia que Gwen se mantivera ocupada. Bela jogada.

Chuck passou os olhos pela sala, e o braço que segurava a arma começou a vacilar.

— Nós nos conhecemos há muito tempo, Chuck. Você conheceu o meu pai.

Gwen se apertou contra as costas dele. Seu corpo tremia. Ele esticou o braço para trás e a abraçou. Chuck estreitou os olhos.

— Eu conheci muitos soldados mortos. Que diferença faz mais um?

Atrás de Neil, Gwen se contorceu. Ele a segurou pelo braço para impedir que fosse para a sua frente. Então seus dedos pousaram em algo duro na mão dela. Demorou um segundo para ele perceber o que ela estava segurando.

O alívio correu por suas costas. Ele queria elogiá-la naquele momento, mas não o fez. Pegou a arma e manteve a mão atrás das costas.

— Então você me mata, mata a Gwen, e depois? Você não acha que eu viria aqui sem avisar ninguém, não é?

— Ele falou que o Blake está a caminho — disse Gwen. — Disse que o mataria se eu fizesse algum barulho.

Chuck pestanejou, os olhos viajando entre as luzes e o rosto de Neil.

— O Blake sabe que estou aqui. E ele não vai chegar sem reforços. — Neil avançou. — Acabou, Chuck. Você não tem saída.

Os olhos de Neil estavam fixos no cano da arma apontada para eles. Ele prendia a respiração e se encolhia a cada movimento de Chuck.

A ponta do cano foi se inclinando para baixo. Ao menor sinal de desistência de Chuck, Neil deu um pulo para a frente e apontou a arma de Gwen para o peito do major.

— Largue a arma — disse Neil, com voz mortal. Ele não queria matar o major. Mas mataria, se fosse preciso. — Faça o que é certo, Chuck. Largue a arma.

Os olhos do homem pousaram na arma que Gwen havia levado para o porão e ele soltou uma gargalhada. O humor fora de lugar era mais uma prova de seu estado mental. Chuck deixou a arma pender para o lado.

— Você sempre foi o mais esperto. Eu devia ter mandado o Mickey te matar primeiro.

Então, sem nenhum aviso, o major Chuck Blayney levou o cano da arma para a própria cabeça e apertou o gatilho.

# 35

**QUANDO O MAJOR LEVANTOU A** arma, Gwen percebeu a intenção dele e fechou os olhos. Seu grito ecoou com a explosão do tiro. Seu corpo inteiro tremia quando a sala ficou em silêncio.

Neil a abraçou. Ela se jogou sobre ele, enterrando o rosto em seu ombro.

— Acabou — ele murmurou em seu ouvido. — Estou aqui.

Os joelhos de Gwen cederam. Neil a ergueu e a embalou em seus braços. Ele a segurava como a uma criança, ainda que ela tivesse as mãos algemadas às costas. Ela fechou os olhos com força, recusando-se a abri-los enquanto Neil a levava escada acima e a pousava suavemente no sofá.

Quando ele começou a se afastar, ela o puxou.

— Fique comigo, fique comigo.

— Tudo bem — ele sussurrou. — Estou bem aqui.

Ela abriu os olhos.

— Ele está...?

— Sim.

Gwen sentiu o estômago revirar.

Neil pegou um cobertor no sofá e a cobriu. Havia tanta preocupação nos olhos dele que ela teve vontade de chorar.

— Ele começou a ficar estranho depois que você foi embora. Então a Ruth foi para a Flórida e tudo piorou. Eu tentei fugir. — Ela tremia, incapaz de se controlar.

Neil esfregava os braços dela.

— Eu não sabia. Pensei que você estaria a salvo aqui.

Gwen esboçou um sorriso.

— Eu sei. Não é culpa sua.

— Ele poderia ter te matado...

Ela tentou usar as mãos para confortá-lo, mas se lembrou das algemas.

— Você pode tirar isso?

Ele assentiu e olhou os pulsos dela.

— Você está sangrando — disse.

— É só um arranhão. Vou sobreviver.

Ele puxou as algemas e bateu nos bolsos.

— Sabe onde ele colocou a chave?

Ela negou com a cabeça. Neil acariciou seu rosto.

— A polícia militar tem a chave. Vou chamá-los.

Quando chamasse, a casa ficaria cheia de militares. Além do irmão dela. Ele se levantou para fazer a ligação.

— Neil — disse ela, detendo-o. — Obrigada por ter voltado para mim.

Ele estendeu a mão para ela novamente e levou os lábios aos dela. Enxugou uma lágrima — que ela não notara que rolava pelo rosto — e pegou o telefone.

Em menos de dois minutos, a casa estava repleta de policiais militares. Alguém liberou as mãos de Gwen — ela tinha certeza de que nunca mais pareceriam normais — e lhe ofereceu um copo d'água. O líquido desceu como fogo pela garganta.

Uma sargento sentou a seu lado enquanto Gwen respondia às perguntas. A polícia militar mantinha Neil afastado, provavelmente lhe fazendo as mesmas perguntas para assegurar que as histórias dos dois batiam. Gwen não se cansava de repetir a si mesma que tudo tinha acabado e que eles estavam sãos e salvos.

Um soldado uniformizado se aproximou dela.

— Srta. Harrison?

— É sra. MacBain — ela corrigiu.

— Parece que o seu irmão está lá fora causando um alvoroço. Temos mais perguntas, não podemos liberá-la ainda. Mas ele quer vê-la por alguns minutos.

— Claro.

Alguém a ajudou a se levantar. Quando chegou à porta, ela se livrou das mãos que a apoiavam.

— Estou bem. Ele não vai embora se achar que eu estou machucada.

Blake estava ao lado de um jipe militar, com um celular na mão, escoltado por um guarda. Quando a viu, ele saiu correndo.

— Eu estou bem — disse ela.

Ele liberou todo o ar dos pulmões.

— Você quase me matou de medo, Gwendolyn.

— *Eu* quase morri de medo.

Blake se afastou um pouco, olhando a mancha escura no rosto dela. Ainda bem que a iluminação era ruim. Ela sabia como se sentia mal, e só podia imaginar como estava sua aparência.

— O Neil está aí?

— Sim. Falando com as autoridades.

Blake sacudiu a cabeça.

— Ele devia ter cuidado de você.

— E cuidou. Eu estou viva.

Seu irmão não parecia convencido.

— Preciso te levar para casa. Todo mundo está preocupado com você.

— Diga a todos que eu estou bem. Nós dois estamos bem.

Começou a chover, e Gwen afastou um fio de cabelo dos olhos. Blake notou o anel e segurou a mão dela.

— O que é isso?

— Isto se chama aliança, Blake. Eu e o Neil nos casamos.

Ele estreitou os olhos e olhou para a casa.

— Escuta — disse ela, colocando a mão no ombro do irmão —, avise a um desses homens onde você está hospedado e nos encontramos assim que pudermos sair daqui. — Passou as mãos nos ombros, afastando o arrepio. — Prefiro não ficar na chuva. Já passei frio suficiente para uma vida inteira.

Blake tirou o casaco e o colocou nos ombros dela.

— Sra. MacBain, temos mais perguntas a fazer.

Gwen se voltou para a sargento e lhe ofereceu um sorriso pálido.

— Estou indo. — Deu um beijo no rosto do irmão. — Diga para a Samantha que estamos bem, que ela não precisa se preocupar.

Já era quase de manhã quando a sargento Piper a dispensou do interrogatório.

— Isso é tudo, sra. MacBain.

Gwen esfregou os olhos cansados e viu os raios de sol atravessarem a janela da casa de Blayney.

— Onde está o Neil?

Ela não o via fazia horas. O médico-legista havia chegado poucos minutos antes, e ela não queria ver o corpo de Charles subindo aquelas escadas.

— Ainda está sendo interrogado.

— Ele não está aqui?

A sargento meneou a cabeça.

— Saiu faz um tempo, com uma escolta da polícia militar.

— Ele foi preso? — Ela não podia imaginá-lo indo embora sozinho, sem se despedir. Não depois de tudo que haviam passado.

A mulher à sua frente não a olhava nos olhos. Gwen se levantou, levando as mãos aos quadris.

— Do que ele está sendo acusado?

— Eu não disse que ele está preso.

— Nem que não está. Quem é o seu comandante? — perguntou Gwen, deduzindo que era assim que eles chamavam o chefe por ali.

A sargento apontou para a cozinha.

— No momento, um deles está deitado em uma poça de sangue, e o segundo em comando é o major Gilmor, que não está disponível agora. Até que possamos determinar exatamente o que aconteceu, o sr. MacBain vai ter que ficar conosco.

— Isso é um absurdo! O Neil não fez nada de errado. E eu já disse o que Charles Blayney fez comigo, o que ele me falou. Você não pode achar que eu e o Neil estamos mentindo.

— Ninguém a está acusando de mentir, sra. MacBain. Só precisamos segurar o tenente MacBain um pouco mais.

— Ele é reformado — corrigiu Gwen.

— Ele entrará em contato com a senhora assim que for liberado.

— Eu exijo ver o meu marido antes de sair daqui. — Ela cruzou os braços sobre o peito para enfatizar as palavras.

Será que a mulher à sua frente não entendia como ela havia sido subjugada nas últimas semanas? Gwen estava cansada que lhe dissessem o que podia ou não fazer. Talvez fosse hora de lembrar a essas pessoas com quem estavam lidando.

— Isso não será possível.

— É mesmo?

A sargento sorriu. O cabelo estava preso tão firme em um coque que o couro cabeludo devia estar doendo. Engraçado... por baixo daquele uniforme e da quantidade mínima de maquiagem, a sargento Piper provavelmente era uma mulher bonita. Mas ela subestimara Gwen, e isso fora um erro.

— Posso usar o telefone para ligar para o meu irmão?

A sargento Piper deu um sorriso cansado, como se dissesse: "Finalmente". Gwen ligou para o celular de seu irmão e esperou que ele atendesse.

— Blake?

— Gwen? Você está aqui no hotel?

— Ainda não. — Ela virou para que a sargento ouvisse cada palavra. — Escuta, preciso que você marque uma entrevista coletiva. Vou falar sobre a Operação Gralha e a série de assassinatos que...

A sargento Piper tentou puxar o telefone de Gwen e lhe lançou um olhar feroz.

— Isso é informação confidencial. Você não pode...

Gwen segurou o telefone na frente do rosto para que Blake pudesse ouvir o que ela dizia.

— Eu sou uma cidadã britânica, sargento Piper. Meu marido pode até pensar que me tornei automaticamente cidadã norte-americana por causa do nosso casamento, mas tenho plena ciência de que preciso passar pelo processo e me candidatar, como qualquer outra pessoa.

Na verdade, ela só se lembrara disso depois de várias horas sozinha no porão de Blayney. Gwen recordara uma conversa com Blake anos antes de ele se tornar cidadão norte-americano. Casar com um americano poderia acelerar o processo, mas não implicava a aprovação imediata do governo.

— Tudo o que estou pedindo são alguns minutos com o meu marido, e mantenho a boca fechada. Senão meu irmão, o duque de Albany, e nossos muitos amigos... governadores, senadores... — ela pensou em sua lista de clientes — advogados influentes, diplomatas, agentes da lei de todos os tipos, até atores que sabem como lidar com a mídia, vão fazer essa história chegar tão longe que seus preciosos fuzileiros navais vão ter que declarar estado de emergência só para evitar o escândalo. Se não quiser ter que contornar um incidente internacional, sugiro que me deixe falar com o Neil. Em particular.

A sargento Piper fez uma careta e olhou para o telefone na mão de Gwen.

— Vou ver o que posso fazer.

Ela sorriu e levou o telefone até a orelha.

— Se eu não ligar de volta em trinta minutos, você sabe o que fazer.

— Pode deixar, Gwen.

～⁜～

Neil não teve escolha quando a polícia militar o fez entrar na traseira de uma van e o levou até uma sala de interrogatório.

— Nunca existiu uma Operação Gralha.

O coronel Montgomery decolara do Pentágono assim que recebera a chamada falando do suicídio do major Blayney. O homem andava para lá e para cá, a fim de intimidar. Seu tamanho rivalizava com o de Neil, e, em se tratando de um homem de alta patente, isso dizia muita coisa. A maioria deixava a musculação para os soldados. Mas esse homem, obviamente, não queria ser superado por seus inferiores. Em qualquer outro dia, Neil teria admirado isso.

Nenhum fio dos cabelos grisalhos estava fora de lugar enquanto ele olhava para Neil, que se inclinou para a frente na mesa e se preparou para revelar todos os detalhes que havia guardado para si até aquele momento.

— Talvez o senhor queira se certificar de que a pessoa que está gravando essa conversa é de confiança, coronel. Eu odiaria que houvesse um vazamento a essa altura do campeonato.

Montgomery saiu da sala. Neil ouviu ordens sendo gritadas, e, quando o coronel voltou, chegou acompanhado de outro homem e de um gravador. Então Neil começou o relato:

— Fazia mais de um ano que a guerra tinha começado... depois das torres gêmeas. O Blayney me chamou e mandou formar uma equipe. Cada um de nós já tinha trabalhado junto em uma missão ou outra. Ele estava nos preparando para a missão da nossa carreira. Como teste, nos mandaram juntos em três missões: Operação Demolição, Operação Maremoto e Operação Tempestade. Como em todas as operações especiais, entramos, fizemos nosso trabalho e saímos. — Neil esperava ansiosamente que as três operações fossem legítimas. Não havia como saber por quanto tempo Blayney os manipulara. — Quando chegou a Operação Gralha, estávamos prontos. Entendemos que era algo grande. Algo que Washington ordenaria a qualquer momento. Tínhamos um objetivo: matar o Gralha. — Neil deu ao coronel Montgomery

294

o nome de seu alvo e prosseguiu: — Causar o menor dano colateral possível e cair fora.

Montgomery ouvia atentamente.

— Só que as coisas não correram como o planejado. Os helicópteros nos deixaram perto do alvo e nós tomamos posições. O Gralha estava no complexo, mas a família dele também. Quando entramos, ele fez o impensável. Mandou seus filhos correrem na nossa direção. Nós não sabíamos que as crianças carregavam bombas. O Boomer e o Robb morreram na hora. O Linden chegou até o helicóptero, mas morreu pouco depois. Essas mortes foram rotuladas como "acidentes de treinamento". Em seis meses, fomos todos dispensados ou saímos, com o aval do major Blayney. Exceto o Mickey. Pelo menos foi o que nos disseram. O Mickey ficou.

Neil continuou explicando sobre Billy, Rick e como Mickey havia sido manipulado por Blayney para matar todos eles a fim de esconder a verdade sobre a missão. Falou durante horas, terminando com o relato do que acontecera na última noite. Montgomery ouvia, impassível.

Quando Neil terminou, o coronel perguntou:

— Quem eram os pilotos?

— Eu nunca tinha visto nenhum deles antes. Atravessamos o oceano em um avião de carga, pulamos imediatamente para um helicóptero e descemos de rapel sobre o nosso alvo. Os pilotos que nos apanharam não tiraram o capacete. Não sei quem eram.

Montgomery se afastou e dispensou o assistente. Neil observava enquanto o homem andava pela sala. Embora odiasse a posição em que se encontrava no momento, ele se compadeceu do coronel.

— Você percebe a posição que isso me coloca, tenente?

— Reformado, senhor.

Montgomery inclinou a cabeça.

— Não neste momento. Enquanto não tivermos todos os detalhes, você está oficialmente reintegrado.

Neil se endireitou na cadeira.

— E se eu me recusar?

Montgomery o fitou.

— Isso não seria sensato.

Um barulho fora da sala fez Neil se levantar.

— Você devia levá-la para um hotel, não para cá!

Então, Neil ouviu a voz de um anjo:

— Eu não dei escolha para a sargento, soldado. Agora, pode fazer a gentileza de me dizer onde meu marido está?

Antes que Neil pudesse preparar o coronel para quem passaria pela porta, Gwen já estava ali. Ele não pôde deixar de sorrir quando ela invadiu a sala.

— Aí está você! — ela exclamou, atirando-se em seus braços, e a vida retomou seu equilíbrio. — Eles tentaram me fazer ir embora sem você.

— Gwen Harrison, presumo — disse o coronel.

Ela virou e estendeu a mão.

— Gwendolyn MacBain — corrigiu.

Neil adorava o som de seu nome ligado ao dela.

— Sra. MacBain, você tem cinco minutos para ligar para o seu irmão. — A sargento Piper, que entrara na sala com ela, acenou com um celular na mão, de um jeito nervoso. Notou o coronel e imediatamente saudou seu superior.

Gwen afastou a mulher.

— Eu não vou ligar para ninguém até saber que o meu marido vai embora comigo.

Neil afastou Gwen para poder ver seus olhos. Ignorou a ferida no rosto dela que o deixava furioso. Ela era mais durona do que parecia.

— Meu irmão vai convocar uma coletiva de imprensa em... quatro minutos, Piper?

A outra mulher assentiu, ainda parada com a mão direita na testa.

— Eu tentei impedi-la, coronel. Me disseram que ela estava liberada.

— Coletiva? — perguntou Montgomery, retribuindo a saudação da sargento e a dispensando.

— Isso mesmo — começou Gwen. — Sabe... aquela em que eu vou dizer para o mundo inteiro que um major da marinha norte-americana me manteve como refém depois de usar um militar para me encontrar e matar o meu marido. E que agora esses mesmos militares estão mantendo o meu marido prisioneiro.

Neil levou a mão à boca de Gwen, impedindo-a de dizer mais alguma coisa.

— O Blake está aguardando a sua ligação?

Gwen sorriu com inocência.

— Quatro minutos, mais ou menos. Certo, Piper?

— Coronel, o que ela disse é verdade. Eu não conheço a família, mas se metade do que ela falou for verdade, senhor... seria melhor... A situação não parece nada boa, senhor.

Montgomery virou para Neil e Gwen.

— Tenente?

Neil não pôde evitar o sorriso de satisfação que se abriu em seus lábios.

— Lady Gwen e eu conhecemos uma lista muito influente de pessoas. Conhece o governador Carter Billings? Ou o tio dele, o senador Maxwell Hammond?

Gwen sentou o traseiro minúsculo no colo dele e passou o braço em seus ombros.

— Coronel... é uma alta patente, certo? — Gwen perguntou a Neil, toda ingênua, coisa que ele sabia que ela não era.

— Sim — ele respondeu, dando-lhe um beijo no rosto.

— Me perdoe por não estar impressionada, coronel, mas o major Blayney me manteve encarcerada por quase dois dias. Ele me algemou, me amordaçou e não me deu água nem comida. Sem falar nas ameaças de me matar — disse Gwen, tocando a bochecha. — Meu único desejo é que a pessoa certa seja processada, e não a pessoa que me resgatou.

Montgomery olhava para os dois.

— Como posso ter certeza de que vocês não vão contar tudo isso para a imprensa?

Gwen baixou os olhos.

— Eu gosto muito da esposa do Charles, a Ruth. Ela não precisa saber o monstro que ele era. Só quero voltar para casa com o meu marido.

Neil olhou Montgomery nos olhos.

— Nós não vamos contar nada para a imprensa. A família da Gwen, por outro lado, não pensaria duas vezes.

— Não gosto de ser chantageado — disse Montgomery.

Neil sentiu os músculos do pescoço se retesarem.

— E eu não gosto de ser mantido como refém.

Todos guardaram silêncio por um momento. Até que a sargento Piper falou:

— Um minuto.

Gwen balançava as pernas no colo de Neil, como se fosse uma adolescente sentada no banco esperando o ônibus. Neil se lembrou dela de sandálias de salto baratas e um shorts justíssimo na porta de um hotel fuleiro.

*Bons tempos.*

Ele sabia que haviam deixado o coronel acuado. Mas também sabia que os militares norte-americanos não aceitavam ameaças.

— Ligue para o seu irmão. Vocês dois podem ir.

Gwen sorriu e pegou o telefone da mão de Piper. Digitou um número e esperou.

— Está ocupado.

Todos ficaram tensos.

— Estou brincando.

Neil teve vontade de rir. A dor que sentiu na barriga tentando conter o riso foi horrível.

— Oi, Blake. Não, estaremos aí em quinze minutos. Nós dois. Sim, por favor, e um banho quente. Eu sou capaz de matar por comida e uma banheira de água quente. Te amo.

Gwen pulou do colo de Neil e devolveu o telefone de Piper.

— Foi um prazer conhecê-lo, coronel — disse ela, passando por ele. — Ah, a propósito, na biblioteca do Blayney tem algumas fotos da filha do Charles e do homem que acredito que seja o Mickey. Tinha mais uma foto da equipe do Neil... com outro homem. Eu não sei como isso pode ajudar a sua investigação, mas achei que você devia saber.

Neil foi até o coronel e lhe estendeu a mão.

— Ela não é brincadeira — disse Montgomery.

Neil olhou para sua esposa.

— Não... não é.

— Manteremos contato, tenente.

— Senhor.

Neil pegou a mão de Gwen e saiu da sala.

Um motorista os levou ao hotel de Blake. Do lado de fora, o mundo começava a despertar. A chuva do dia anterior havia desaparecido, e o céu azul estava cheio de nuvens brancas e fofas.

Gwen apertava a mão de Neil e se recusava a soltá-la.

— Você tem noção de com quem acabou de falar?

Ela riu.

— Não.

— Você tem colhões, mulher!

— Garanto que não. Só estou cansada e com fome, e não me sinto particularmente segura sem você ao meu lado. Tenho certeza de que em dez ou vinte anos isso passa.

Ela esperou que ele falasse alguma coisa. Podia ser que ele virasse para ela e sugerisse anular o casamento, já que a ameaça tinha desaparecido. Mas não era isso que ela queria.

De jeito nenhum.

— Ou talvez demore trinta ou quarenta — ele retrucou.

Ela mordeu o lábio inferior e se aproximou mais dele.

— Então vamos fazer mesmo esse negócio de casamento?

Neil pegou a mão dela, a que ostentava o anel que ele havia lhe dado.

— Com uma condição.

Ela se aconchegou mais, com o coração pleno de amor.

— Qual, tenente?

— Que a gente se case do jeito certo. Em Aruba, com o vestido que você sempre sonhou e padrinhos e madrinhas escolhidos por nós.

Lágrimas brotaram dos olhos de Gwen. Ela estava exausta, mas muito feliz.

— Eu te amo, Neil MacBain.

Ele uniu os lábios aos dela em um beijo esmagador. A cabeça de Gwen girava enquanto toda a emoção crescia naquele beijo. Ela não queria nem imaginar sua aparência e o gosto horrível que devia ter na boca, mas Neil a beijava como se ela fosse feita do mais puro néctar, e ela não teve vontade de se afastar.

— Eu também te amo — Neil disse.

E então tudo dentro dela entrou em harmonia.

# Epílogo

Neil foi embora uma hora depois de deixá-la no hotel de Blake. Foi procurar seu amigo Rick. Ela odiava ter que se despedir depois de tão pouco tempo, mas compreendia a necessidade dele de encontrar seu colega, para se assegurar de que estava bem.

Ele havia ligado do hospital na manhã seguinte, dizendo que Rick estava passando por uma cirurgia. Quando Gwen sugerira ir lá para ficar a seu lado, ele a encorajara a voltar com Blake para a Califórnia. Neil não abandonaria o último membro de sua equipe até saber que ele estava bem. E isso levaria alguns dias.

— Ele precisa fazer isso sozinho — Blake dissera à irmã. — Ele perdeu todos os outros.

— Ele tem a mim.

Blake acariciou suas costas.

— Ele é um homem de sorte. Dê esse tempo para ele, Gwen. Deixe o Neil fazer isso sozinho e lhe dê todo o apoio quando ele voltar para casa.

Eles se falaram diariamente durante uma semana e meia. Nesse meio-tempo, Gwen planejara o casamento em uma praia de Aruba. Aparentemente, Samantha estava sofrendo com os enjoos matinais e não queria nem pensar em dizer "aceito de novo" com o café da manhã ameaçando voltar. Karen, Eliza e até Sam estavam mais que felizes de ajudar Gwen a planejar uma cerimônia apropriada para ela e Neil. Isso se ele saísse do hospital.

No dia da cerimônia, ela acordou sozinha em um quarto de hotel. Não via seu marido desde aquela manhã em Colorado Springs. A brisa quente tropical acariciava sua pele enquanto ela abria as cortinas para aproveitar o dia. Blake lhe assegurara que Neil estaria lá para o casamento, mas uma pequena parte dela se preocupava que tudo aquilo fosse apenas um sonho. Um sonho destinado a acabar.

Karen foi a primeira a cumprimentá-la.

— Meu Deus. Você ainda está de roupão? Pelo amor de Deus, mulher! Você só tem três horas para se arrumar.

Gwen riu.

— O Neil chegou?

— Vai chegar.

O que significava que ele ainda não estava lá.

— Tem certeza?

— Ora, Gwen, tenha fé. E vá tomar um banho. O cabeleireiro vai estar aqui em uma hora.

As próximas três horas voaram. Seus cabelos haviam sido puxados para cima e cachos dourados caíam em seus ombros. Descontraído, como ela imaginava seu vestido de noiva. Quando Eliza fechou o zíper em suas costas, Gwen se sentiu uma verdadeira noiva. Samantha se aproximou por trás e colocou o buquê colorido em suas mãos.

— Você está deslumbrante.

Gwen sorriu.

— E não estamos vestindo aquelas fantasias amarelas horríveis no sol do Texas — disse Eliza.

— Será que algum dia vocês vão esquecer isso?

Sam e Eliza responderam "não" ao mesmo tempo.

As madrinhas usavam vestidos de seda cinza. Estavam lindas.

— Obrigada a todas por estarem aqui.

— Ah, querida. Estamos tão felizes por ter dado certo!

Eliza a abraçou primeiro. Embora Samantha tentasse sorrir, seu estômago não estava colaborando.

— Agora, por favor, uma de vocês vá gentilmente verificar se o noivo já está no altar.

Karen riu e saiu do quarto.

— Tudo bem, vou checar.

— Ele disse que estava vindo. Logo vai estar aqui.

— Mas nenhuma de vocês o viu.

— O Blake o mataria — disse Sam.

— O Neil seria difícil de derrubar — murmurou Eliza. — Estou só dizendo...

Karen voltou para o quarto menos de cinco minutos depois. Atrás dela estava um homem que Gwen nunca tinha visto pessoalmente, mas sabia quem era.

O amigo de Neil, Rick, entrou no quarto, fazendo seu melhor para disfarçar a coxeadura.

— Nossa... O Neil disse que você era linda, mas... Bom, os homens dizem essas coisas o tempo todo.

Gwen deu uma risadinha.

— Você deve ser o Rick.

— Tem certeza que vai querer aquele velho lá embaixo? Eu sou dois anos mais novo — ele brincou.

Rick era bonitinho, alto. Aquelas covinhas fariam sucesso com a mulher certa.

— Já sou comprometida — ela também brincou.

— Não se pode culpar um homem por tentar — disse ele, dando um passo à frente e se apresentando. — Rick. Muito prazer.

— Estou muito feliz por você estar bem.

— Eu também. Aquelas enfermeiras não eram nem bonitas. Não precisa fazer teste de beleza para ser enfermeira? — Ele sorriu para as mulheres.

Eliza achou graça.

— Receio que não.

— Pois devia. Enfim, o Neil pediu que eu subisse e te desse isso. — Rick entregou um bilhete a Gwen. — Ah, e ele precisa que eu pegue o seu anel.

Ela sorriu e tirou o diamante rosa da mão.

— Vou querer de volta.

— Esse é o plano. Vejo vocês lá embaixo.

Gwen mordeu o lábio e abriu o envelope.

O cartão tinha a silhueta de uma bailarina. Instantaneamente surgiram lágrimas em seus olhos. *Ele lembrou.*

Para a minha princesa na torre de marfim.

Não sou muito bom com palavras. Na verdade, a maioria das pessoas pensa que eu tenho o vocabulário de uma criança de oito anos. Mas prometo sempre encontrar as palavras certas para fazer você se sentir segura e amada.

Antes de você, eu estava perdido. Com você, estou inteiro.

*Agora, por favor, desça e se case comigo na frente da nossa família e dos nossos amigos, para que eles saibam que você é minha.*

*Eu te amo*
*Neil*

— Ai, merda... ela está chorando. Rápido, alguém pegue um lenço!

— Más notícias? — perguntou Karen, correndo até ela e olhando o bilhete em sua mão trêmula. — Ah... Ah!

O bilhete foi passando de mão em mão.

— Quem diria... — sussurrou Sam.

— Boa, Neil — riu Eliza.

Gwen secou as lágrimas e sorriu.

— Tão romântico... e ainda tem um pau enorme — sussurrou.

— Ahhh! — Karen gritou, gargalhando.

Eliza arregalou os olhos e Samantha segurou a barriga.

— Senhor! Não fizemos sua despedida de solteira.

Karen fez um aceno com a mão.

— Tudo bem. Podemos compensar na minha festa de divórcio. Eu e o Michael já estamos planejando.

— Já?

— Não... ainda falta mais de um ano. Mas ele adora planejar. E adora uma boa festa.

Gwen revirou os olhos.

— Não vamos falar de separação quando eu tenho um homem esperando por mim.

As águas quentes do Caribe banhavam a praia. Uma festa de casamento a aguardava enquanto descia o corredor, e a música suave de uma banda local começou a tocar quando ela virou a esquina e caminhou em direção ao seu futuro.

Neil estava ali, com um terno cinza, como ela imaginara. De ombros largos eretos e o olhar fixo nela. Rick estava ao lado dele, depois Blake e Carter. Perfeito.

Ele parecia nervoso. Como se precisasse se preocupar... Ela já era dele. Mesmo sem os votos, sem as alianças. Havia sido dele durante meses, mesmo sem ele saber.

Ela se aproximou dele e do juiz de paz e sorriu.

— Você está linda — Neil sussurrou.

Ela mordeu o lábio inferior.

Então, como se não pudesse se controlar, ele a beijou.

Alguém ao lado dele pigarreou.

— Humm, Mac... ainda não chegamos nessa parte.

Gwen deu uma risadinha, se voltou para o juiz de paz e prometeu sua vida ao marido... mais uma vez.

# Agradecimentos

Muito obrigada a Elaine McDonald, da Elaine McDonald Photography. O que começou como uma relação de fã/amizade virtual virou profissional. Lindas capas começam com fotos espetaculares, e esta não foi exceção. Obrigada.

A Chad e Caitlin Kutz, por me permitirem usar sua foto de casamento para a história de Neil e Gwen. Obrigada!

A minha torcida organizada da RT e da RWA Conference, que está a meu lado com o mesmo olhar chocado no rosto. A TJ McKay, por se assegurar de que eu mantenha os pés no chão.

A Caridad Pinero, pelo apoio incondicional. A Jennifer Probst, HP Mallory, Katharine Ashe e Megan Mulry, por rirem sempre das mesmas piadas e compararem anotações.

Aos fãs que transformam o ato de ir a conferências em uma alegria.

A Robin: beba vinho e seja feliz. A Felicia, que tem sotaque de Chicago!

A Sheryl, que tira mais fotos de comida do que come. E a Bernie, o leitor feliz! Amo vocês, pessoal.

A todos da Dystel & Goderich Literary Management, e a toda a equipe da Montlake.

A Sandra Stixrude, sempre!

E, por fim, a Crystal Posey, a quem dedico este livro. Você é a prova de que nem todos que conhecemos na internet são esquisitos ou só querem nos irritar. Não tenho palavras para expressar como aprecio tudo o que você faz. E a sua família, que apoia o seu trabalho e a divide comigo.

Amo vocês!

Impresso no Brasil pelo Sistema Cameron da Divisão Gráfica da
DISTRIBUIDORA RECORD DE SERVIÇOS DE IMPRENSA S.A.